La vétérinaire et le sauveteur

*

Dans le château d'un médecin

TINA BECKETT

La vétérinaire et le sauveteur

Traduction française de
FRANÇOISE PINTO-MAÏA

BLANCHE

HARLEQUIN

Collection : Blanche

Titre original :
THE VET, THE PUP AND THE PARAMEDIC

HARPERCOLLINS FRANCE
83-85, boulevard Vincent-Auriol, 75646 PARIS CEDEX 13
Service Lectrices — Tél. : 01 45 82 47 47 - www.harlequin.fr
ISBN 978-2-2804-8757-3 — ISSN 0223-5056

Composé et édité par HarperCollins France.
Imprimé en avril 2023 par CPI Black Print (Barcelone)
en utilisant 100% d'électricité renouvelable.
Dépôt légal : mai 2023.

FSC www.fsc.org MIXTE Papier issu de sources responsables FSC® C159065

Pour limiter l'empreinte environnementale de ses livres, HarperCollins France s'engage à n'utiliser que du papier fabriqué à partir de bois provenant de forêts gérées durablement et de manière responsable.

1.

Cabe McBride n'avait détourné le regard qu'une minute, le temps d'inspecter les broussailles qui bordaient le sentier à flanc de montagne. Cette piste de la Sierra Nevada, étroite et sinueuse, était particulièrement dangereuse, même si elle se trouvait bien en deçà de la zone enneigée des crêtes.

Bon sang ! Où était Soldier ?

Ils faisaient toujours équipe ensemble lors des missions de sauvetage, car le flair de son chien était un atout inestimable pour retrouver des personnes disparues. Cette mission n'était pas différente. Soldier avait repéré une odeur dans ce coin qui, d'après Sandra Meridian, correspondait à l'endroit où son mari avait été aperçu pour la dernière fois. Elle avait ajouté que celui-ci avait des envies suicidaires depuis qu'il avait perdu son emploi la semaine précédente.

Cabe regarda autour de lui, se demandant si Soldier ne fouillait pas une autre zone. Il émit deux sifflements brefs, signal qu'il utilisait habituellement pour rappeler son compagnon. Pas de réponse, ni de hurlement prolongé indiquant qu'il avait trouvé le disparu. Rien.

Où était-il passé ?

Les deux autres volontaires du SAS le Service Assistance et Sauvetage, se trouvaient aux alentours. Cabe les connaissait depuis l'adolescence, et tous trois faisaient partie du même groupe de secouristes-ambulanciers. En contrebas, deux policiers participaient aussi aux recherches.

Il tapota son oreillette et parla dans le micro.

— Vous avez quelque chose ?

Bradley Sentenna fut le premier à répondre.

— Rien ici. Doug, un indice ?

— *Nada.*

— Soldier était sur une piste, leur expliqua Cabe. Mais je n'arrive pas à le trouver. Ça ne lui ressemble pas. Tenez-vous prêts, les gars.

— Compris.

Coupant son micro, il appela le chien. En vain. Il s'alarma. Jamais Soldier n'avait manqué de répondre à son appel. Après l'avoir adopté auprès d'un refuge, quelques années plus tôt, il avait découvert que ce chiot avait des aptitudes pour retrouver des objets, et même des personnes. Après lui avoir fait suivre un entraînement rigoureux, Cabe l'avait intégré dans l'équipe de secours, et ils travaillaient toujours en binôme depuis.

Un son faible lui parvint, venant des broussailles à environ dix mètres sur sa gauche. Il s'écarta du sentier. Bien que le soleil fût encore haut, l'ombre projetée par les buissons rendait la visibilité quasi nulle. Mais il distingua soudain une masse sombre tapie dans la végétation. Une paire de chaussures et des jambes immobiles, comme si…

Bon sang ! Immédiatement, il ralluma son micro.

— J'ai trouvé quelque chose. Venez me rejoindre !

Son appel lancé, il écarta doucement les premiers branchages, en espérant qu'il se trompait.

— Restez où vous êtes ! J'ai un revolver.

La voix menaçante le saisit. S'intimant de garder son calme, il demanda posément :

— Êtes-vous blessé ?

— Non. Pas encore. S'il vous plaît, n'approchez pas.

Pas encore ? L'inflexion de désespoir contenue dans ces paroles poussa Cabe à avancer d'un pas malgré la menace. Son devoir lui commandait d'alerter les autorités, puisque l'homme était armé, mais le faire maintenant, devant lui, pouvait avoir des conséquences désastreuses. Surtout si Sandra, l'épouse du fugitif, avait raison au sujet de son état dépressif.

Ayant été formé à la psychologie pendant sa carrière militaire, Cabe décida de gagner du temps de manière à évaluer la situation.

— Je cherche mon chien. Un Saint-Hubert. L'avez-vous vu ?

Il y eut un silence.

— Je… Je pense qu'il est allé trop loin, répondit l'homme sans se montrer.

Cabe comprit immédiatement ce que cela signifiait. Il y avait un à-pic juste après les buissons où son interlocuteur se tenait caché. À l'idée que son chien gisait peut-être au fond d'une crevasse, le corps brisé et ensanglanté, il sentit un goût horrible lui emplir la bouche.

Les branchages s'écartèrent, et l'homme se leva. Il était vêtu d'un costume sombre et d'une cravate, et il n'y avait aucune trace de l'arme qu'il prétendait avoir. Son visage était sale et en sueur, et ses cheveux étaient en désordre comme s'il y avait passé les doigts un million de fois au moins. Pour essayer de trouver le courage d'en finir ?

Cabe calcula qu'il faudrait au moins vingt bonnes minutes à Doug et Brad pour arriver sur place. Du coin de l'œil, il vit sa trousse médicale posée à sa gauche, sur le sentier. S'il s'en emparait, aurait-il le temps de retenir l'homme, si celui-ci se détournait pour se jeter dans le vide ? Sans doute pas.

Mieux valait essayer de détourner le malheureux de ses pensées suicidaires en engageant la conversation.

— Je pense qu'il est tombé, déclara l'homme, confirmant ses craintes.

— Où ?

— Là-bas. Il venait vers moi, puis d'un coup, il a paru perdre pied et il a disparu. Je… Je ne l'ai pas poussé, je vous le jure ! Je ne ferais jamais de mal à un animal.

Si Soldier était tombé, il devait agir, se dit Cabe. Mais d'abord, il fallait s'assurer des intentions de son interlocuteur.

— Où est votre arme ?

L'homme baissa les yeux.

— Je n'en ai pas. J'ai dit ça pour qu'on me laisse tranquille.

Cabe décida de le croire sur parole.

— Écoutez, j'ignore pourquoi vous êtes monté ici, mais en

ce moment, je dois sauver mon chien. Vous sentez-vous prêt à me donner un coup de main ?

— Oui, je pense.

— J'ai mon équipement d'escalade. Si mon chien est quelque part en bas, je vais avoir besoin de vous pour guider la corde. Êtes-vous capable de faire ça ?

L'homme opina. Cabe le regarda avec attention.

— Je suppose que vous êtes Randolph Meridian ?

Nouveau hochement de tête, un peu plus ferme cette fois.

— Comment le savez-vous ?

— Votre femme est très inquiète à votre sujet. Elle a appelé le SAS.

— Elle n'aurait pas dû. Elle serait beaucoup mieux sans…

— Pourquoi pensez-vous ça ? coupa Cabe.

Randolph haussa les épaules.

— Elle est intelligente, brillante. Son père m'a dit un jour qu'elle méritait beaucoup mieux qu'un simple courtier. Je commence à croire qu'il avait raison.

Cabe étouffa un juron.

— C'est faux ! Votre femme vous aime.

Il hésita. Devait-il livrer l'information qu'il détenait ? Mais il fallait que ce gars sache que sa femme ne serait pas la seule à souffrir s'il commettait l'irréparable.

— Il y a autre chose, dit-il. Elle allait vous l'apprendre aujourd'hui. Elle attend un enfant. Elle a préparé un gâteau et tout.

Randolph ferma les yeux et se pressa les tempes.

— Mon Dieu ! Un… un bébé ? Je suis incapable d'être père.

— Bien sûr que si. Cette petite personne mérite de vous connaître.

— Comme je l'ai dit, ils seraient mieux sans moi.

Un élan de colère traversa Cabe. Ces mots-là, il les avait entendus toute son enfance. Jusqu'au jour où la litanie avait pris fin.

— Vous pensez vraiment ce que vous dites ? Vous voulez que votre enfant sache qu'il ne comptait pas assez à vos yeux pour que vous fassiez au moins l'effort de vivre ?

Se rendant compte qu'il haussait le ton, Cabe laissa échapper un soupir.

— Je pense que votre femme et votre bébé méritent mieux que ça. Pas vous ?

Il était urgent d'agir. Soldier était quelque part, en bas de la falaise. Mais à moins de régler le problème de Randolph maintenant, Cabe ne voyait pas comment il pourrait obtenir son aide. L'homme risquait de se jeter dans le vide, une fois que lui, Cabe, serait descendu. Mais s'il parvenait à en faire un allié, peut-être pourrait-il renverser la situation.

— Si, je suppose… Je n'en sais rien, dit Randolph en se frottant la nuque.

— C'est normal, vous êtes en pleine confusion en ce moment. Mais ne prenez pas de décision sur laquelle vous ne pourrez pas revenir. Et parlez à votre femme. Je ne serais pas là si elle ne tenait pas à vous. Voulez-vous au moins penser à l'appeler ?

Randolph acquiesça, l'air abattu.

Cabe l'observa et décida qu'il était sincère. Le soulagement l'envahit. À présent, il s'agissait de passer un marché.

— Bien, il sera toujours temps de régler ça plus tard. Mais là, j'ai besoin de vous pour récupérer mon chien. Il est venu jusqu'ici pour m'aider à vous sauver. Pouvez-vous faire la même chose pour lui ?

Randolph fit signe que oui.

— Je suis pratiquement sûr de savoir où il a atterri. J'ai entendu un bruit sourd à votre droite.

Un bruit de quelle ampleur ? Cabe sentit l'angoisse lui enserrer la poitrine.

— Une information précieuse, commenta-t-il. Je vais voir. Ne vous éloignez pas, d'accord ?

S'approchant du précipice, il jeta un coup d'œil, mais ne vit pas grand-chose.

— Vous êtes sûr qu'il est tombé à cet endroit ?

— Oui. Que dois-je faire pour vous aider ?

S'emparant de l'équipement qu'il avait apporté, Cabe réalisa un encordement autour d'un arbre et accrocha l'extrémité de la corde à son harnais.

— Je vais descendre le long de la paroi. Il faut juste guider la corde en maintenant la tension. Ça ira ?

Pour la remontée, il savait qu'il lui serait impossible d'utiliser son ascendeur manuel puisqu'il porterait Soldier. La réussite de l'entreprise dépendait donc de la réponse de Randolph.

— Oui, dit celui-ci.

— Je compte sur vous.

Sur ce, Cabe recula jusqu'au bord du précipice. Des pierres se détachaient sous ses pas et tombaient à pic. Un gémissement faible lui parvint d'en bas. Au moins, Soldier était vivant. Mais pour combien de temps ?

J'arrive, mon vieux. Tiens bon.

Il s'adressa à Randolph.

— J'ai des amis qui sont en route. Suivez mes instructions jusqu'à ce qu'ils arrivent, d'accord ?

— Des flics ?

— Non. Mais deux agents sont en bas qui attendent des nouvelles. Ils s'inquiètent de votre sécurité. Rien d'autre.

— Elle a vraiment appelé la cavalerie, dit Randolph.

— Vous devriez comprendre ce que ça veut dire.

— Oui… Dites, elle va vraiment avoir un bébé ?

Sa voix était plus ferme, comme s'il avait pris une décision. Cabe espérait seulement que c'était la bonne.

— Oui. Maintenant, laissez filer la corde.

La menace immédiate étant écartée, Cabe prit une inspiration, espérant envers et contre tout que Soldier n'était pas en train de mourir. Avec des gestes mesurés, il entama sa descente. La corde tenait, du moins jusque-là. Randolph suivait ses directives.

La manœuvre lui parut interminable, même s'il ne s'écoula probablement que cinq minutes avant que ses pieds ne rencontrent une saillie. Des roches s'en détachèrent et rebondirent plus bas dans un vacarme effrayant.

Son appui n'était plus qu'un rebord étroit avant un nouvel à-pic vertigineux. Il doutait qu'il y ait suffisamment de corde pour le faire descendre tout le long de la paroi. Si Soldier n'était pas là… S'il luttait contre la mort…

Assez !

— Soldier !

Il y eut un gémissement étouffé. Il semblait provenir de derrière un buisson qui poussait non loin de là, sur le versant.

Cabe héla Randolph.

— Je vais me déplacer vers la droite. Continuez à laisser filer la corde.

— Compris !

Cabe fit quelques bonds de côté.

— J'arrive, mon chien.

Un aboiement plaintif lui répondit. Au moins, son compagnon était vivant ! Il l'avait adopté au moment de quitter la vie militaire. En hommage à tous les hommes qu'il avait soignés en opération en tant qu'infirmier, il l'avait baptisé « Soldier », c'est-à-dire « Soldat ». Courageux et loyal, il lui rappelait ses frères d'armes qu'il avait côtoyés pendant ses dix années de service.

— Tiens bon. Je suis presque là !

Il enjamba de nouvelles broussailles et vit un fragment de pelage roux. Un autre saut l'amena près du chien. Cabe s'accroupit et il ne lui fallut qu'une seconde pour évaluer la situation. En tombant, Soldier s'était empalé sur une branche qui lui avait traversé la cuisse.

La pauvre bête tenta de ramper vers lui, puis s'arrêta en poussant un hurlement.

— Reste en place !

Relevant la tête, Cabe cria :

— Je l'ai trouvé ! Donnez du mou.

Aussitôt, la corde devint lâche. Comme il réfléchissait à la conduite à tenir, la voix de Doug lui parvint d'en haut.

— Je suis sur place, Cabe ! Quelles nouvelles ?

Dieu merci ! Un soulagement immense l'envahit. Il était reconnaissant à Doug d'être arrivé si vite. Pour lui et Soldier, mais aussi pour Randolph qui avait trop de choses en tête en ce moment.

— Soldier s'est empalé. Je vais devoir couper la branche au plus près et…

Sa voix se brisa. Il était parfaitement maître de lui dans presque toutes les situations d'urgence, mais à l'idée de faire souffrir son chien…

— Je comprends, lança Doug. Dis-nous quand tu es prêt.

— D'accord. Randolph, je vais vous demander de donner un coup de main à Doug, OK ?

— Oui, pas de problème.

Il examina la blessure de Soldier. Il y avait du sang, mais pas assez pour indiquer qu'un vaisseau majeur était sectionné. Quoi qu'il en soit, il n'avait d'autre choix que d'essayer de libérer la patte transpercée. Prenant une pince coupante dans une poche de sa veste, il caressa la tête de son compagnon.

— Courage, mon vieux. On va te sortir de là, mais ça va faire mal.

Soldier agita la queue, comme s'il avait compris. Cabe positionna les lames au plus près de la blessure.

— Reste en place.

Soldier connaissait parfaitement cet ordre. D'habitude, il se figeait instantanément. Mais pas cette fois, bien sûr, et Cabe n'avait rien pour lui cacher les yeux et l'empêcher de voir ce qu'il faisait. S'il se faisait mordre… eh bien, tant pis. Il ne le laisserait pas dans cet état une seconde de plus.

Les puissantes mâchoires coupèrent net la branche. Soldier poussa un hurlement de douleur. À présent, Cabe devait retirer l'autre extrémité qui sortait de la patte. Une opération qu'il redoutait plus que tout.

— Ça va faire mal. Je suis désolé.

Glissant ses mains sous la cuisse, de part et d'autre du morceau de bois, il compta jusqu'à trois, à voix haute. Pour donner du courage à Soldier ? À lui-même ? Toujours est-il qu'il souleva le membre blessé et le dégagea du bout de branche, non sans causer de nouveaux hurlements déchirants à son compagnon.

Doucement, il fit pivoter le chien et posa la patte blessée

sur sa propre cuisse, afin d'éviter autant que possible qu'elle ne soit contaminée.

Sentant du sang chaud couler à travers le tissu de son pantalon, il retint son souffle. Mais aucun flot épais ne jaillit. Il n'y avait donc pas d'hémorragie. Il exhala un soupir et procéda à un examen général rapide, palpant les côtes et les autres membres. Rien de cassé.

— Je l'ai délivré, cria-t-il à l'adresse de Doug et Randolph. Vous allez devoir nous hisser tous les deux, je n'ai pas de main libre. Vous allez y arriver ?

— Nous sommes tous là maintenant, alors à nous trois, ça le fera. Dis-nous quand commencer la manœuvre.

Donc, Brad était là aussi ? Parfait. La seule façon d'envisager la remontée, c'était de prendre Soldier dans ses bras et d'enrouler son propre corps autour du chien qui ne pesait pas moins de cinquante kilos. La corde était adaptée pour supporter deux adultes de bonne taille, donc elle tiendrait.

Soldier releva la tête vers lui. L'espace d'une seconde, Cabe sentit les larmes brouiller sa vision.

— Tu es formidable, mais ça risque d'être encore douloureux.

Glissant un bras sous l'épaule du chien, il l'attira sur ses genoux. Soldier n'émit aucune plainte cette fois. L'attirant au plus près de lui, Cabe se courba de manière à le garder bien en place. Il espérait que cette posture le préserverait un peu des chocs pendant l'ascension.

— Commencez à tirer !

L'action de la corde le traîna d'abord de biais sur la roche, puis chaque traction le fit osciller comme un pendule, de sorte que son dos heurtait la paroi ou des branches. Néanmoins, il resta arc-bouté, sans desserrer son étreinte. Tant pis s'il s'exposait aux chocs et aux secousses, cette manière était la moins douloureuse pour son chien.

Aïe ! Son épaule droite frappa durement une aspérité, assez pour lui faire voir trente-six chandelles. Mais il réussit à serrer les dents et à se cramponner à Soldier.

Au bout de dix minutes d'efforts, des mains l'agrippèrent

enfin et le ramenèrent sur la terre ferme. Brad l'enveloppa d'un regard et grimaça.

— Mon vieux, tu es dans un sale état.

Cabe parvint à sourire. Il le croyait sur parole. Sa joue le brûlait. Égratignée par une branche, sans doute.

— Ce n'est pas le plus important en ce moment.

Randolph, qui tenait toujours la corde, demanda d'une voix mal assurée :

— Comment va-t-il ?

— Il est vivant, répondit Cabe. Mais je dois l'emmener chez un vétérinaire. Merci de votre aide.

Pour autant, il était incapable de bouger. Brad avait raison : il était mal en point. Tous ses muscles étaient meurtris au point qu'il pouvait à peine se redresser. Il regarda Soldier. Ses yeux d'un brun liquide étaient emplis d'une sérénité que lui-même était loin de ressentir.

— Randolph va nous aider à porter Soldier, dit Brad.

À sa voix, Cabe sut que son ami avait compris la situation. Quant à Doug, il s'était mis à l'écart du groupe, son téléphone collé à l'oreille. Il parlait probablement aux policiers ou peut-être appelait-il la femme de Randolph.

Brad déplia une couverture de survie et l'étala sur le sol.

— Je pense que ça supportera le poids de Soldier. Nous le transporterons comme sur une civière jusqu'en bas. Qu'en penses-tu ?

— Oui, ça devrait marcher.

Lentement, il redressa le haut du corps pour que les autres prennent Soldier et le déposent avec précaution sur la couverture. Puis Doug lui tendit la main.

— Tu peux te mettre debout ?

— Oui…

Néanmoins, il laissa son ami l'aider. Une fois sur pied, il s'adressa à Randolph.

— Il va falloir parler aux policiers. Doug ou Brad vous dirigera vers eux. Promettez-moi de ne pas cacher vos difficultés et de parler à votre femme.

— Ils vont m'arrêter ?

— N'ayez pas peur. Ils peuvent vous aider à trouver du soutien. Faites-le. Pour votre femme et votre bébé à venir, mais surtout pour vous-même.

— Je le ferai, c'est promis.

Cabe sortit une carte de sa poche.

— Voici mon numéro. Je veux que vous m'appeliez dans quelques jours pour me dire comment ça va. Sinon, j'irai vous voir.

Randolph leva les mains en signe d'excuse.

— C'était stupide, je sais. Le choc de perdre mon emploi, alors que nous venons d'acheter une maison m'a anéanti.

Cabe le comprenait parfaitement. Quand son père avait sombré, lui aussi avait été submergé par des émotions inavouables. Au moins, Randolph ne semblait pas noyer son mal-être dans l'alcool. Donc, il était capable de garder le contrôle de sa vie. Cabe espérait que sa femme et lui chercheraient du soutien pour surmonter ça.

— Je comprends, mais ne refaites jamais ce genre de bêtise.

Randolph hocha la tête.

— J'aimerais vous aider à ramener votre chien. Ensuite, je parlerai aux policiers, dès que j'aurai appelé ma femme.

— C'est la meilleure chose que j'ai entendue de toute la journée, répondit Cabe.

En entendant la sonnerie de son téléphone, Jessie traversa le jardin en hâte et entra dans la maison. Une urgence, la première qu'elle aurait à gérer en tant que nouvelle vétérinaire dans cette région, se dit-elle en reposant l'appareil pour frotter ses doigts pleins de terre. Et il fallait que ça arrive un samedi, quand son unique employée était partie à la pêche !

Glissant une main dans sa poche, elle serra instinctivement la clé de son armoire à pharmacie. Une habitude qu'elle avait prise, quelques mois plus tôt.

Tu n'es plus à San Francisco…

Se forçant à desserrer les doigts, elle se rappela ce que le vieux

Dr Humphrey lui avait dit la semaine précédente, au moment de partir en retraite : la clinique vétérinaire de Santa Medina recevait parfois des animaux de compagnie qui se blessaient dans les grands espaces sauvages aux environs.

Mais cette fois, il s'agissait d'un chien sauveteur tombé d'un escarpement lors d'une mission…

En même temps que la clinique, le Dr Humphrey lui avait laissé sa maison qui jouxtait le cabinet. Il allait vivre chez sa fille dans l'Idaho, lui avait-il expliqué, et profiter au maximum du temps qu'il lui restait, puisqu'on lui avait diagnostiqué des symptômes parkinsoniens. La maladie n'en était qu'à ses débuts, mais Jessie avait vu la douleur dans le regard du vieux vétérinaire quand il avait réalisé qu'il abandonnait son cabinet pour de bon. Il avait été contraint de trouver un remplaçant, et elle avait eu hâte de quitter San Francisco. L'arrangement avait été vite réglé.

Sachant que le client et son chien blessé étaient en route, elle ne prit pas la peine de se changer. Elle se lava les mains, enfila sa blouse blanche pendue près de la porte d'entrée et gagna la clinique pour préparer son matériel dans la petite salle d'examen. Elle espérait que le maître ne ferait pas un malaise si jamais elle lui demandait de lui servir d'assistant. Il était arrivé que son ex se sente mal dans ces cas-là.

Jessie leva les yeux au ciel. Bien sûr que non, puisque le propriétaire du chien était secouriste, et non joueur de base-ball comme Jason, qui avait été soucieux avant tout de ne pas abîmer son bras de lanceur. Et nullement inquiet de salir sa réputation à elle quand il avait utilisé la clé de son armoire à pharmacie !

Un quart d'heure plus tard, elle entendit une voiture remonter l'allée et klaxonner à plusieurs reprises en s'arrêtant dans la petite cour gravillonnée.

Comme elle sortait sur le pas de la porte pour accueillir son client, Jessie reçut un choc en voyant l'homme qui portait ce qui ressemblait à un Saint-Hubert de grande taille. Ses cheveux noirs étaient complètement ébouriffés, et du sang s'écoulait d'une profonde entaille sur sa joue droite.

— Que vous est-il arrivé ?

— Il est tombé d'une bonne hauteur. Il a atterri sur une grosse branche qui a transpercé sa patte arrière droite.

L'homme était à bout de souffle, probablement blessé lui aussi. Était-il tombé en même temps que son chien ?

Quelqu'un apparut derrière lui.

— Donne-le-moi, Cabe. Tu peux à peine marcher.

— Ça va, je le tiens, répondit-il.

Jessie s'empressa de les diriger vers la salle.

— Installez-le ici.

Quand le chien releva la tête, elle lui tendit sa main, doigts repliés, pour qu'il puisse la renifler.

— Alors, mon beau, dit-elle avec douceur. Voyons où tu as mal.

Elle commença son auscultation. L'animal gardait la tête baissée, les oreilles étalées, comme s'il était épuisé. Et il l'était certainement, tout comme son maître – si c'était lui.

— À qui est le chien ?

— C'est le mien. Il s'appelle Soldier.

Un nom inhabituel, pensa Jessie. Mais le propriétaire était un peu bizarre lui aussi.

— Ça va ? demanda-t-elle en lui jetant un regard furtif.

— Très bien. Occupez-vous de lui… S'il vous plaît.

La formule de politesse contrastait avec ses manières rudes. Il était inquiet, comme tous les propriétaires d'animaux en pareilles circonstances.

Il se tourna vers celui qui l'accompagnait.

— Merci, Doug. Je peux gérer maintenant. Rentre auprès de ta famille.

— Je vais t'aider à le ramener chez toi. Il pèse lourd.

Jessie leva les yeux après avoir écouté le cœur du chien.

— Non, je préférerais qu'il passe la nuit ici.

Ses mots lui parurent soudain ambigus, et elle s'empressa d'ajouter :

— Soldier, je veux dire. Je ne tiens pas à ce qu'il bouge. Il est déjà 18 heures, mais si vous acceptez que votre ami reste pour m'aider à faire l'examen… Il n'y a que moi ce soir. Et vous avez l'air…

— Il a une tête à faire peur, coupa le dénommé Doug. Je n'arrête pas de le lui dire, mais vous allez vous rendre compte que Cabe est têtu comme une mule, docteur. Et que ce chien est tout pour lui.

— Je t'ai dit que ça allait, répliqua Cabe. Tu peux rentrer chez toi.

Doug leva les mains.

— C'est bon, j'y vais. Appelle-moi quand même pour me dire comment il va. Au revoir, docteur.

Dès qu'il fut sorti, Cabe se tourna vers elle. Il avait des yeux intensément bleus, nota Jessie.

— Dites-moi ce que je dois faire.

Un quart d'heure plus tard, ils étaient dans le petit bloc opératoire aménagé au fond de la clinique. Soldier avait reçu une dose d'anesthésique pour que Jessie puisse poser une perfusion sur sa patte et lui faire passer une radio.

Cabe effectuait sans broncher tout ce qu'elle lui demandait de faire, y compris couper les fils chaque fois qu'elle réalisait une suture.

— Vous travaillez dans le milieu médical ? demanda-t-elle, impressionnée.

— Exact. Avant, j'étais ambulancier dans l'armée. Maintenant, je travaille dans le civil. Peu après avoir quitté la vie militaire, je suis allé dans un chenil et… voilà, dit-il en regardant son chien endormi.

— Ah… je comprends mieux pourquoi vous n'êtes pas rebuté par l'aspect traumatisant de la médecine.

— J'ai eu ma dose de traumatismes. Mais avec Soldier, c'est la première fois, expliqua-t-il.

— D'après ce que je vois à la radio, il va s'en remettre. Une côte cassée qui devrait guérir sans problème avec du repos. Pas de vaisseau majeur lacéré, ce qui est quand même un miracle vu l'endroit où cette branche l'a transpercé. Généralement, on recommande de ne pas retirer l'objet de la plaie…

— La branche était toujours accrochée au buisson, et il était couché dessus. Impossible de me glisser sous lui pour la couper. Et il fallait le remonter le long de la falaise.

Jessie haussa les sourcils. Cela expliquait les plaies sur son visage.

— Vous le teniez, et on vous a traîné sur le sol pour le ramener, c'est ça ?

— On nous a hissés ensemble au moyen d'une corde, rectifia-t-il.

Leurs regards se rivèrent l'un à l'autre pendant quelques secondes, avant que Jessie ne reporte résolument son attention sur son patient. Elle se mit à panser la plaie.

— Nous allons l'installer dans une niche le temps qu'il se réveille. Je lui ai fait une piqûre contre la douleur.

Comme elle allait mettre une couverture dans la plus grande des niches, elle se ravisa. Le Saint-Hubert risquait trop de se blesser en entrant ou en sortant par l'ouverture étroite.

— Tout compte fait, il vaut mieux le placer dans la salle où nous étions au début. Aucun risque pour lui.

Avant qu'elle n'ait eu le temps d'ajouter quoi que ce soit, Cabe souleva le chien comme s'il ne pesait pas plus lourd qu'une plume. Un frisson la parcourut, sans qu'elle comprît pourquoi.

Stoïque, il semblait imperméable à tout, même aux émotions. Sa voix avait seulement tremblé un peu quand il avait murmuré quelques mots à son chien juste avant que l'anesthésie ne fasse son effet.

De retour dans la salle, Cabe le posa sur la couverture que Jessie arrangeait sur le carrelage. Puis elle alla chercher un récipient d'eau.

— Je ne veux pas lui donner de nourriture. Il aura peut-être besoin d'être endormi de nouveau. On le saura d'ici une heure ou deux.

Le regard de Cabe s'assombrit.

— Je vais rester avec lui, si ça ne vous dérange pas. Vous n'avez pas besoin d'attendre. Je fermerai la clinique pour vous, si vous le souhaitez.

Elle se raidit instantanément.

— J'avais déjà prévu de veiller sur lui. Mais d'abord, je vais vous demander de monter sur la table d'examen pour que je puisse regarder votre joue.

— Ma joue va très bien. Mais j'accepterais volontiers quelque chose contre le mal de tête.

— J'ai de l'Advil, c'est tout, répondit-elle sèchement.

Serait-elle sur la défensive chaque fois que quelqu'un lui demanderait un simple calmant ? C'était fort possible.

— Et j'insiste, votre joue est en piteux état.

Il regarda la table métallique qu'elle abaissait en actionnant une pédale.

— Elle est solide ?

Jessie ne put s'empêcher de sourire. Il devait mesurer un mètre quatre-vingt-quinze environ et était doté d'une carrure athlétique. Elle venait juste de le remarquer. Au moins, elle ne l'avait pas dévoré des yeux dès qu'il avait franchi la porte.

Bon, tu ne vas pas gâcher cette prouesse en le reluquant maintenant, Jessie Swinton !

Elle nota qu'il s'allongeait en grimaçant.

— Vous avez mal à ce point ? Il vaudrait mieux vous rendre aux urgences pour passer une radio.

— Non. J'ai juste quelques bosses et des bleus.

Puis regardant son chien qui dormait, il ajouta :

— Il faut vraiment que Soldier reste ici ? C'est que… nous n'avons pas été séparés depuis longtemps.

— Désolée, mais je serai plus rassurée s'il est ici où je peux veiller sur lui.

Il fronça les sourcils.

— Vous allez passer la nuit à la clinique ?

— Oui, il y a un coin repos, dit-elle en versant de l'antiseptique sur un carré de gaze. Attention, ça va piquer un peu.

Doucement, elle nettoya la plaie. Elle avait eu raison d'insister, la coupure était assez profonde.

— À mon avis, des points de suture sont nécessaires, annonça-t-elle.

— D'accord.

Jessie suspendit son geste.

— Alors, vous êtes prêt à aller aux urgences ?

— Vous ne pouvez pas le faire ?

— Je suis vétérinaire, pas médecin généraliste.

Il ébaucha un sourire crispé.

— Je vous ai fait confiance pour soigner Soldier, alors je m'en remets à vous pour me faire ces sutures. Mais si vous refusez, et que vous avez des pansements cicatrisants ou de la colle cutanée que je peux utiliser, je vais fermer cette plaie moi-même.

Il se moquait d'elle, ou quoi ? En même temps, il avait été soignant dans l'armée, il avait dû avoir recours aux moyens du bord plus d'une fois.

— Je vais poser une suture adhésive, déclara-t-elle. Mais vous garderez probablement une cicatrice si vous ne voulez pas vous faire recoudre correctement.

— Ce ne sera pas ma première, dit-il avec un sourire bref.

Cet homme était ridicule. En même temps, elle ne put s'empêcher de se demander où étaient situées ses autres cicatrices.

Prenant une nouvelle compresse, elle nettoya quelques coupures superficielles sur sa tempe.

— Laissez-moi examiner votre tête.

Glissant ses doigts dans la chevelure brune, elle passa son crâne au crible, cherchant des blessures ou des signes révélateurs d'un traumatisme. Elle ne repéra aucune bosse suspecte.

— Je pense que ça va, dit-il en rejetant la tête en arrière. Si vous pouviez panser la plaie sur ma joue, je pourrais partir.

Puis il parut réfléchir.

— Vous êtes sûre que je ne peux pas dormir dans votre salle de repos ? Comme ça, vous pourriez rentrer chez vous et retrouver… quelqu'un qui vous attend, qui que ce soit.

Ça, aucune chance !

— Ce serait seulement mon oiseau, Dumble, répondit-elle. Et j'habite juste à côté, alors je vais courir à la maison pour le nourrir et revenir ici. Je ne serai partie que cinq minutes.

Chloe, sa chienne, était morte d'un cancer. C'était en partie ce qui l'avait poussée à quitter San Francisco pour s'installer à Santa Medina. Elle avait eu Chloe alors qu'elle était lycéenne, et la perdre avait été plus douloureux que de rompre avec son petit ami de longue date, Jason. Le surprendre en possession des clés de son armoire à pharmacie et comprendre du même coup pourquoi les antidouleurs de Chloe s'épuisaient si vite l'avaient anéantie. Jason les volait ! Au début, il avait nié, puis il avait prétendu qu'il n'avait pas voulu aller chez le médecin pour une blessure à l'épaule. Jessie n'en avait pas cru un mot. Elle s'était davantage méfiée quand il avait affirmé avoir trouvé les clés près de sa voiture et les avoir récupérées pour les lui rendre. Il était clair qu'il avait eu l'intention de s'introduire dans la clinique vétérinaire où elle travaillait pour voler des médicaments. Mon Dieu ! S'il avait réussi, elle aurait été renvoyée… À ce souvenir, une vague de colère l'envahit.

Elle avait eu entièrement confiance en Jason au début, mais plus jamais elle ne se fierait à quelqu'un. Hors de question donc de laisser un client dormir dans la clinique.

— Dumble ? Pas de chat ou de chien ?

Ses paroles la ramenèrent au présent.

— Plus maintenant.

Il la dévisagea un long moment avant de murmurer :

— Je suis désolé.

Une vague d'émotion submergea Jessie par surprise. Un haussement d'épaules, ce fut tout ce dont elle fut capable pendant plusieurs minutes. Pour se donner une contenance, elle rangea compresses et antiseptique et prit deux Steri-strips, ainsi que des comprimés. Elle appliqua les pansements avec soin.

— Promettez-moi de consulter un médecin au moindre signe d'infection, dit-elle quand elle eut terminé. Et vous devriez recevoir une injection de vaccin antitétanique si vous n'en avez pas eu depuis longtemps.

Elle alla jusqu'au petit réfrigérateur et prit une bouteille d'eau qu'elle lui tendit en même temps que les comprimés.

Il avala les pilules dans un puissant mouvement de gorge.

— Merci, dit-il en descendant de la table. C'est tout ?

— Oui, nous en avons terminé. Rentrez chez vous, s'il vous plaît. Il va probablement dormir la plus grande partie de la nuit, et vous avez l'air épuisé. Je vous appellerai s'il y a du changement.

— Dans ce cas…

Une vague de soulagement la traversa. Il était enfin décidé à partir. Quelque chose chez lui la mettait mal à l'aise. Oh ! rien d'effrayant, mais cela suscitait en elle une incertitude. C'était très étrange. Jason avait été incroyablement séduisant avec son physique d'athlète et son sens de l'humour. Et pas de cicatrice. Mais ce Cabe… Il y avait quelque chose de sombre chez cet homme, d'énigmatique aussi, comme s'il dissimulait un million de secrets derrière son regard bleu.

Il avait été ambulancier en zone de guerre. Qui n'aurait pas gardé un côté sombre ou des secrets après une telle carrière ? Jason avait eu les siens. Et aucun n'avait été du genre honorable.

Cabe tapota les poches de sa veste.

— Mon portefeuille est resté dans la voiture. Si vous voulez bien m'excuser, je vais aller le chercher.

— Nous verrons ça demain quand vous viendrez récupérer Soldier.

— Vraiment ? Merci.

En se tournant vers elle, Cabe fit tomber la laisse de nylon qu'elle avait utilisée un peu plus tôt pour immobiliser le chien. Il se pencha pour la ramasser, et Jessie écarquilla les yeux en laissant échapper un petit cri de stupeur.

Parce que la portion de jean qui aurait dû couvrir son postérieur n'était plus qu'un lambeau qui pendait, laissant voir dans toute sa splendeur une fesse rose et nue.

Oh ! mon Dieu ! Arrête de regarder !

Émoustillée malgré elle, elle dut faire un effort pour fixer le mur derrière lui, en attendant qu'il se retourne.

2.

Le son étranglé le fit se redresser. Cabe regarda Soldier, pensant que son chien avait eu une réaction qui avait alarmé la vétérinaire. Mais celui-ci dormait toujours, étendu sur le côté, et ronflait légèrement.

Il se tourna vers la jeune femme.

— Tout va bien ?

— Votre… euh…

Sa main fine décrivit un tourbillon dans l'air, puis elle se frappa le postérieur.

N'ayant pas la moindre idée de ce qu'elle voulait dire, il se passa une main dans le dos.

— Non, pas là…

Ce disant, elle ôta sa blouse blanche et la tint de côté, à la manière d'un torero. Dessous, elle portait un T-shirt marron ajusté, dont le décolleté en V suggérait juste ce qu'il fallait de la naissance de ses seins.

— Je pense que vous aurez besoin de ceci, dit-elle.

Cabe réalisa juste à temps qu'elle ne faisait pas allusion à son corps sculptural, mais à la blouse qu'elle lui tendait.

Bon sang ! Ressaisis-toi…

— Je ne comprends pas, avoua-t-il.

Il vit l'ombre d'un sourire incurver ses lèvres roses.

— Touchez votre derrière.

Toucher son… ? Où voulait-elle en venir, à la fin ? Néanmoins, il palpa son postérieur, sous sa veste cette fois. Sa main rencontra… ses fesses nues !

Oh ! mince… D'où ce petit cri qu'elle avait poussé. Son jean avait dû se déchirer pendant qu'on les remontait, lui et Soldier, le long de la paroi. Comme ses amis ne lui en avaient pas fait la remarque, Cabe en conclut que ça n'était pas visible, le bas de sa veste cachant le problème. Jusqu'à ce qu'il se penche. Et devant la nouvelle vétérinaire, en plus !

Le feu lui monta au visage, si brusquement qu'il crut que sa tête allait exploser. Il serra les dents en attendant que la sensation s'apaise. Il était ridicule ! Ce n'était pas comme si personne n'avait jamais vu ses fesses avant. Mais ce n'était pas non plus un spectacle qu'il voulait imposer à quiconque, à son insu.

— Désolé, je ne m'en étais pas rendu compte. Mais je doute que ceci soit à ma taille, dit-il en désignant la blouse d'un hochement de tête. Auriez-vous par hasard un drap chirurgical à me prêter pour arranger ça ?

— Oui… euh, attendez une minute.

Jetant sa blouse sur le bureau, elle disparut vers le fond du couloir. Cabe nota que son derrière à elle était couvert d'un jean noir qui moulait délicieusement ses courbes.

Bon sang ! Il était entré dans la clinique, pensant que le docteur vétérinaire Jessie Swinton était un homme d'un certain âge, comme le vieux Doc Humphrey. Mais la jeune femme à qui il avait eu affaire n'aurait pu être plus éloignée de cette image. Elle paraissait avoir dix-neuf ans, bien qu'il fût impossible qu'elle ait été aussi jeune.

Doc avait été son vétérinaire depuis qu'il était rentré de l'armée. Celui-ci l'avait aussi vu traverser la période difficile de son divorce, se remémora-t-il. Une rupture ni rapide ni facile, qu'il avait sentie arriver bien avant que Jackie ne prononce ce mot…

Et maintenant, quelqu'un d'autre avait pris la place de Doc, parce qu'un léger tremblement avait affecté les mains de ce dernier, marquant probablement la fin de sa carrière.

Bien sûr, il y avait d'autres vétérinaires d'un certain âge dans les environs, mais il n'allait pas en changer simplement parce que le Dr Swinton ne correspondait pas à cette image. Ni parce qu'il était maintenant embarrassé devant elle. Ce serait stupide. Et du moment que Soldier allait s'en sortir, cela valait bien une petite gêne.

Elle revint, portant un drap en papier bleu. Cabe s'en affubla et l'attacha dans la ceinture de son jean, le laissant pendre comme un kilt ridicule.

— Encore merci d'être venue soigner mon chien en dehors de vos heures de travail, docteur.

— De rien, c'est normal. Merci à vous de m'avoir aidée, car mon assistante est partie en week-end.

— Pour aller pêcher ? dit-il en souriant. Margo adore ça.

— Vous la connaissez ?

Cabe acquiesça.

— J'ai grandi dans le coin. Et Margo était déjà l'assistante de Doc.

— Tout le monde appelle le Dr Humphrey Doc ?

— Oui, pour autant que je sache.

Trop tard, il se rendit compte que cela la gênait peut-être que toute la ville ait traité l'ancien vétérinaire de façon si familière.

— Il a grandi à Santa Medina, se hâta-t-il d'ajouter.

Elle ébaucha un sourire chaleureux, et Cabe sentit son embarras s'atténuer quelque peu.

— Y a-t-il quelqu'un ici qui n'ait pas grandi dans cette ville ? demanda-t-elle.

Oui, vous.

Mais il s'abstint de formuler cette réponse, de peur qu'elle ne se sente comme une étrangère dans leur communauté.

— Des gens viennent ici tout le temps, répondit-il évasivement. Certains restent, d'autres non.

Ce n'était guère mieux, mais il n'avait pas les idées claires tout à coup.

Il tira une carte de visite de sa poche et la lui tendit.

— Voici mon numéro de portable. Appelez-moi si vous avez besoin de quoi que ce soit pour Soldier.

— Merci, dit-elle en l'acceptant. Désolée de ne pas avoir consulté votre dossier sur l'ordinateur, mais Margo ne m'a pas encore montré comment ça fonctionne.

— Aucun problème.

Cabe s'accroupit près de son chien, content de se savoir

protégé par le drap, car il n'avait aucune envie de commettre la même bévue. Tout en caressant les oreilles douces de Soldier, il inspira profondément en réalisant que cette journée aurait pu très mal tourner. Randolph aurait pu avoir une arme et blesser quelqu'un ou lui-même. Soldier aurait pu trouver la mort dans sa chute. Mais rien de tout cela n'était arrivé, heureusement. Il espérait que l'homme obtiendrait l'aide dont il avait besoin. Quant à Soldier, il était entre de bonnes mains.

— Je viens te chercher demain. Ne cause pas de problèmes au Dr Swinton, d'accord ?

Les paupières du chien papillonnèrent, mais ses yeux étaient révulsés.

— Je ne sais pas s'il s'est cogné la tête dans sa chute, déclara Cabe, soucieux.

— Je vous promets de garder un œil sur lui. Il a eu beaucoup de chance. Vous aussi, d'ailleurs.

— Oui, j'en suis conscient, dit-il en se redressant. Merci de nous avoir reçus pendant votre jour de congé.

— Oh ! ça ne m'a pas dérangée. Je travaillais dans le jardin.

Cabe sourit. Il avait remarqué la trace de terre sur son bras nu.

— Je pensais bien que vous étiez occupée à jardiner, dit-il en se touchant le bras, imitant d'une certaine façon le geste qu'elle avait ébauché un peu plus tôt. Vous avez quelque chose là.

Elle baissa les yeux et se mit à rire. Un joli rire amusé, nota-t-il.

— Oh la la… rien de grave heureusement, dit-elle en frottant la tache.

— Il est vrai que ça aurait pu être pire, comme un morceau de vêtement qui manque au mauvais endroit, commenta-t-il en riant.

Elle cilla, l'espace d'une seconde, et ses joues s'empourprèrent.

— Oui, vous avez raison, ça aurait été bien pire.

Non, pas pire, mais beaucoup plus dangereux, se dit Cabe. Il se rabroua. Il ne voulait pas avoir ce genre de pensées. Ni maintenant, ni jamais.

Il prit congé, en promettant d'être là dès qu'elle jugerait que Soldier était apte à rentrer à la maison. De nouveau, il la remercia.

— Pour ça aussi, dit-il en désignant sa joue barrée de

pansements qui le faisaient un peu souffrir chaque fois qu'il souriait.

— De rien. J'espère que vous avez trouvé la personne que vous recherchiez ?

Cabe eut une hésitation.

— Oui. À demain.

Comme il quittait la clinique, il repensa à cette parole qu'elle avait prononcée. « J'espère que vous avez trouvé la personne que vous recherchiez ». Il savait qu'elle faisait allusion au sauvetage de Randolph Meridian, mais l'espace d'une fraction de seconde, il avait cru qu'elle parlait d'une partenaire. Il avait pensé avoir trouvé celle qu'il cherchait en la personne de Jackie. Au lycée, on les avait désignés comme le couple d'amoureux le plus susceptible de se marier. De fait, il avait épousé Jackie juste avant de s'engager dans l'armée. Mais une fois de retour… Les choses avaient changé, voilà.

Il monta dans sa voiture et jeta un coup d'œil à la clinique avec son écriteau bien en vue à la fenêtre : « Fermé ». Comme il s'engageait sur la chaussée, il aurait juré qu'on avait soulevé le rideau. Mais quand il regarda de nouveau, celui-ci était parfaitement en place. Sans doute son imagination lui jouait-elle des tours. En tout cas, cette entrevue avait été bien différente des consultations de Doc.

Cabe avait l'impression d'avoir été heurté par un camion. Tous ses os le faisaient souffrir, il était couvert de bleus et son épaule lui faisait mal à hurler.

Il s'était attendu à quelques courbatures au réveil, vu le mal qu'il avait eu à se déshabiller la veille. Mais pas à des douleurs aussi aiguës. Il était censé être en congé ce jour-là, mais un de ses collègues était tombé malade. Cabe aurait sans doute dû dire qu'il ne pouvait pas effectuer ce remplacement, mais c'était dans sa nature de tout endurer, même quand la situation était difficile.

Sauf avec Jackie, évidemment, mais ce n'était pas lui qui avait pris la décision finale à l'époque. Il ne pouvait pas vraiment la blâmer. Il savait pertinemment comment il était et, malgré tous ses efforts, il n'avait pas été capable de chasser le passé qui lui collait à la peau.

Ne voulant pas que le Dr Swinton soit coincée avec Soldier à garder, il avait essayé de la contacter très tôt pour récupérer son chien avant de se rendre au centre de secours. Mais elle n'avait pas répondu au téléphone. Il espérait que tout allait bien.

De toute façon, elle l'aurait appelé en cas de problème, n'est-ce pas ? C'était ce qu'elle avait promis de faire, en tout cas. Est-ce qu'une urgence s'était présentée ? Il espérait que non, mais on ne pouvait jamais prévoir ce genre d'événement. Il était bien placé pour le savoir.

Il gara sa voiture derrière le centre de secours. En entrant, il vit Randolph Meridian qui parlait avec quelques-uns de ses collègues. À côté de lui, se tenait une jeune femme.

— Randolph ? dit Cabe en s'avançant. Est-ce que tout va bien ?

— Oui. Je passais juste pour vous remercier encore une fois. Si vous ne m'aviez pas trouvé hier…

Il s'interrompit et le regarda avec surprise.

— Hé ! Vous êtes sûr que ça va ?

— Oui, très bien.

Évidemment, il devait avoir l'air mal en point, étant donné ses douleurs, se dit Cabe.

La jeune femme agrippait le bras de son mari comme si elle avait peur qu'il disparaisse.

— Merci, M. McBride. J'ai appris que votre chien était blessé. J'en suis vraiment désolée. Est-ce qu'il se remettra ?

— Oui. Doc… je veux dire, la nouvelle vétérinaire lui a donné tous les soins. Il est toujours là-bas en observation et elle s'occupe de lui.

Du moins, c'est ce qu'il espérait.

— Pouvons-nous faire quelque chose ? Payer les frais ?

— Soldier est couvert par l'assurance du SAS. Je suis heureux que tout se soit bien terminé pour vous, dit-il en enveloppant le couple du regard.

Sandra Meridian sourit.

— En fait, nous nous rendons chez un psychologue. Mais Randolph a insisté pour passer ici et vous remercier en personne. Vos deux collègues qui sont intervenus sont là aussi ?

— Non, Doug et Brad sont de repos aujourd'hui, mais je leur transmettrai votre message.

Randolph tendit la main et serra celle de Cabe.

— Merci. Et mes amitiés à Soldier. J'aimerais lui faire parvenir une boîte de friandises, si ça vous convient.

Cabe sourit à cette suggestion. À l'évidence, l'homme allait beaucoup mieux qu'hier.

— Je suis sûr qu'il adorera ça. Revenez nous voir quand vous en aurez l'occasion. Et prenez bien soin l'un de l'autre.

— Comptez sur nous.

Cabe prit une profonde inspiration. Il n'avait pas été capable de sauver son père de ses démons, mais il savait mener ce genre de sauvetage, pensa-t-il en regardant le couple s'éloigner. Rien d'émotionnel, juste une intervention physique, où l'on peut sauver la vie de quelqu'un. Peut-être que dans une part secrète de lui-même, c'était sa façon de rattraper ce qu'il n'avait pas pu faire étant enfant.

Comme il entrait dans la salle de repos, Sam Murray vint vers lui et lui tendit un grand bol qui contenait du chili con carne et du pain de maïs.

— Merci. Ça a quel âge, ce truc ?

— Ah, non, dit Sam en souriant. Ma femme a eu pitié de nous après notre dernière conserve de ragoût immangeable et elle nous a préparé ce chili.

Le ragoût en conserve était resté sur l'étagère du garde-manger bien après sa date limite de consommation. Mais comme ils étaient appelés n'importe quand, les pompiers et les ambulanciers du centre de secours n'avaient guère le temps de cuisiner un vrai repas.

Cabe dut admettre que le plat sentait merveilleusement bon.

— Remercie-la de ma part.

Clay, l'un des pompiers, était déjà à table et attaquait sa ration.

— Sam, tu es sûr que ta femme ne veut pas intégrer l'équipe ?

— J'ai déjà de la chance qu'elle me laisse venir ici aussi souvent, répondit Sam en riant.

Comme Cabe avalait sa première bouchée, son téléphone sonna. En consultant l'écran, il fronça les sourcils. Il leva une main à l'adresse de ses deux compagnons.

— Je reviens dans une seconde. Personne ne touche à mon bol.

Il prit l'appel tout en s'éloignant.

— Est-ce qu'il va bien ?

— Oui, très bien. Je vous avais dit que je vous appellerais si ce n'était pas le cas.

La voix du Dr Swinton était douce. Il n'y avait aucun signe d'irritation dans son intonation. Néanmoins, Cabe voulut s'excuser.

— Désolé pour les coups de téléphone. Je voulais vous dire que j'ai été appelé pour le travail et que ça n'était pas prévu, mais que j'essaierais de trouver un moment pour venir le chercher ce matin. Peut-il rester un peu plus longtemps à la clinique ?

— Rien ne presse, vous savez. Je ne voulais pas le laisser enfermé dans la salle, je l'ai donc libéré. Au moment où je vous parle, il me suit dans la cour. Heureusement que je n'ai pas de cadavres enterrés ici, il est tout le temps en train de renifler le sol.

Sa boutade le fit rire.

— Il adore travailler. Comment va sa patte ?

— Il boite, évidemment, mais il se déplace. Je ne pense pas qu'il gardera de séquelles au niveau des muscles ou des nerfs. Il a eu beaucoup de chance.

Chance… Cabe entendait souvent ce mot depuis la veille.

Avant qu'il puisse répondre, elle ajouta :

— En fait, j'appelais pour vous demander quelques renseignements. J'aimerais savoir ce qu'il mange le matin et en quelle quantité.

Cabe lui indiqua la nourriture habituelle de Soldier.

— Mais je suis sûr qu'il acceptera ce que vous avez sous la main. Il va aussi essayer de vous amadouer pour obtenir une ration supplémentaire, ne vous laissez pas faire. Il sait s'y prendre pour faire croire qu'il n'a pas mangé depuis des jours.

Elle se mit à rire.

— Oh ! je vois qu'il est bien nourri. Dans le bon sens du terme, car son poids est parfait. Comment va votre épiderme ?

— Pardon ?

— Oh… Je veux dire, votre joue.

Bon sang ! Évidemment… À quoi d'autre pensait-il ?

— Ça va. Les pansements tiennent. Merci pour les soins et les comprimés. J'étais vraiment abattu hier.

Pourquoi se lâchait-il ainsi ? Elle se fichait de son état de fatigue. Il allait devoir se montrer plus prudent, d'autant plus qu'il ne savait pas s'y prendre avec les femmes. Son ex avait exposé les choses très clairement : il n'avait rien d'un bon mari, même si elle avait semblé assez amoureuse au temps du lycée. Mais les « Je t'aime, voyou » qu'elle lui avait murmurés s'étaient vite transformés en accusations stridentes. « Attardé émotionnellement », « indisponible »… Cabe avait été obligé d'en convenir, il était ainsi. Il n'aurait probablement pas dû se marier avec elle… ni avec quiconque d'ailleurs. Mais il s'était persuadé qu'il était capable de s'engager et d'entretenir une relation sentimentale en dépit des cicatrices qu'il gardait au fond de lui. Comme il se trompait… Il s'était juré de ne faire subir à personne d'autre ce que Jackie avait enduré à cause de lui.

— Je n'en doute pas, répondit Jessie Swinton. J'espère que vous vous sentez mieux aujourd'hui.

Pas vraiment, même s'il était heureux que Randolph et sa femme aient pris la bonne décision apparemment. Au moins, l'aide psychologique fonctionnerait pour quelqu'un. Il avait proposé à Jackie qu'ils suivent une thérapie de couple, même si cela ne l'enchantait pas personnellement. Mais elle n'avait même pas voulu essayer. Dire qu'il en avait été soulagé était un euphémisme. Puis elle était partie. Alors, certes, faire promettre à Randolph de consulter faisait peut-être de lui un hypocrite, mais Randolph n'était pas lui.

— Ça va, et je suis heureux de savoir que Soldier marche de nouveau. Je regrette juste de ne pas pouvoir venir le chercher tout de suite.

— C'est une bonne compagnie pour moi, ne vous inquiétez

pas. Prévenez-moi quand vous serez en route pour que je sois à la clinique quand vous arriverez.

— Je le ferai. Merci encore.

Cabe soupira. La revoir n'était peut-être pas une bonne chose, mais c'était nécessaire.

Que faisait-elle chez elle pour que Soldier la suive ainsi ? Encore du jardinage ? Il l'imagina, bêchant dans le jardin, une trace de terre sur le bras et peut-être une autre sur le front, et cette vision lui causa un tressaillement au creux du ventre.

Arrête !

Il ferait mieux de se ressaisir, de se mettre au travail et de prévoir à quel moment il serait en mesure d'aller chercher Soldier.

Le plus tôt serait le mieux. Pour éviter d'autres remarques sur son épiderme, celui de sa joue ou de toute autre partie de son anatomie.

Jessie était fébrile. Pas à cause de Soldier qui se portait de mieux en mieux, mais parce qu'elle venait d'avoir l'idée du siècle, ou du moins de ces quinze dernières minutes. Elle devait en remercier Cabe, puisque son chien était issu d'un refuge. Mais elle n'était pas sûre qu'il accepterait sa proposition, ni même qu'elle devait lui demander ça.

Le projet était issu de son dernier emploi. Elle désirait mettre en place des ateliers éducatifs sur les bénéfices de la relation avec l'animal, non seulement sur le plan personnel mais aussi pour une communauté. Ces séminaires avaient toujours rencontré un franc succès à San Francisco.

Elle avait déjà appelé un refuge local, et les responsables étaient d'accord pour participer à un atelier sur l'adoption et pour amener avec eux certains de leurs pensionnaires. Mais ce serait formidable aussi d'inviter un membre du SAS à parler des missions et du type d'entraînement que les chiens sauveteurs suivaient.

Mon Dieu ! Cabe allait arriver à la clinique d'un instant à

l'autre, se dit-elle soudain. Et elle était perchée sur un escabeau en train d'essayer de faire marcher cette stupide visseuse électrique !

Soldier, qui suivait les opérations, émit un « ouah » bref, comme s'il compatissait.

— Je sais. Cet angle est vraiment peu commode…

La visseuse ripa de nouveau et, cette fois, heurta son pouce. La vis tomba sur le sol.

— Flûte !

— Je peux vous être utile ?

Jessie tourna la tête si brusquement qu'elle vacilla sur l'échelle et serait tombée si des mains fortes ne l'avaient pas agrippée aux hanches.

Oh la la… De mieux en mieux !

Cabe McBride la maintenait, et elle n'avait rien pour se raccrocher et recouvrer son équilibre. Avant qu'elle puisse réaliser ce qui se passait, il la souleva et la déposa à terre.

Elle déglutit péniblement. Eh bien, elle avait la preuve que sa musculature n'était pas de la gonflette. En même temps, c'était logique puisqu'il était sauveteur.

Elle lui fit face pour ne pas être tentée de se blottir contre son épaule.

— Oh ! désolée. Je suis tellement maladroite.

— Je vous ai fait peur, c'est moi qui devrais m'excuser.

Il n'avait pas du tout l'air désolé pourtant. En fait, l'ombre d'un sourire flottait sur ses lèvres. Le côté sombre qu'elle avait perçu chez lui la veille avait disparu. Cela la rendit pleine d'espoir pour ce qu'elle avait à lui demander.

— Il boite à peine maintenant, dit-elle en regardant Soldier tourner autour d'eux. On dirait qu'il est heureux de vous voir.

— Je le suis, moi aussi. Pendant un moment, hier, j'ai cru que…

La voix de Cabe mourut. Jessie devinait aisément le fil de ses pensées.

— Mais il va bien, comme vous voyez, dit-elle très vite. Je lui ai donné un calmant ce matin, mais il ne doit plus faire d'effet.

— Dois-je lui donner un traitement une fois à la maison ?

Il avait les mains sur les hanches, et sa posture était si sexy que Jessie sentit sa bouche s'assécher. Sa brillante idée ne lui paraissait plus aussi sage maintenant.

— Il doit continuer à prendre l'antibiotique, un comprimé par jour. On arrête les analgésiques, sauf si vous voyez qu'il a un peu mal. Je vais vous en donner deux, mais sachez que ça peut affecter ses mouvements.

Jessie eut une hésitation et reprit :

— Si vous n'avez pas à lui donner ces pilules, j'apprécierais que vous me les rendiez afin que je m'en débarrasse.

— Pas de problème, répondit-il.

Jessie se détendit d'un seul coup. Pourquoi avait-elle dit ça ? Allait-elle demander à chaque client de lui rendre les médicaments inutilisés ? Non, mais cela avait été plus fort qu'elle, les mots étaient sortis de sa bouche avant qu'elle ait pu les retenir.

Au lieu de la questionner, Cabe s'approcha du panneau d'affichage au mur qui, retenu par une seule vis, pendait de travers.

— Qu'est-ce que c'est ?

Eh bien, c'était le moment ou jamais d'aborder le sujet qui lui tenait à cœur, se dit-elle.

— Dans mon ancienne clinique, nous organisions des ateliers sur le rôle social des animaux domestiques. Jusqu'à présent, un refuge des environs a accepté de venir présenter son programme…

Jessie s'éclaircit la voix avant de poursuivre :

— Cela vous intéresserait de venir avec Soldier pour parler de votre travail et du sien dans le domaine du sauvetage ?

Il se pencha pour gratter l'oreille de son chien, comme s'il cherchait un moyen de refuser poliment son offre.

Jessie se hâta d'ajouter :

— Vous savez, je comprendrais si vous n'avez pas le temps, entre votre travail et tout… Seulement, ce serait formidable que le public voie comment des chiens abandonnés peuvent être utiles à la communauté.

— Je pense que c'est une excellente idée. Je ne crois pas

que Doc organisait quoi que ce soit de ce genre. Ces ateliers auraient lieu tous les combien ?

— À San Francisco, c'était une fois par semaine avec chaque fois des invités nouveaux. Mais à mon avis, le SAS attirerait beaucoup de monde, et vous pourriez assurer deux séances d'affilée. Et si vous connaissez un éducateur canin qui entraîne les chiens à faire le même travail que Soldier, ce serait une belle façon de clore le thème du sauvetage et, qui sait, de susciter des vocations.

— C'est plus difficile d'encourager les gens à devenir sauveteurs quand ce n'est pas une activité rémunérée.

Jessie le dévisagea, incrédule.

— Vous êtes bénévole ?

— Oui. Je suis payé pour mon travail d'ambulancier, mais pas pour mes missions avec le SAS. Et j'interviens seulement quand je suis disponible.

Jessie n'en revenait pas.

— Vous devez vraiment aimer ça, dans ce cas.

— Soldier adore ça, c'est certain. Ce qui me fait penser… Aura-t-il encore des problèmes avec sa patte, même quand elle sera guérie ? Dois-je penser à le mettre à la retraite ?

— Je ne vois pas pourquoi il ne pourrait pas continuer à travailler. Il boitille, c'est vrai, mais c'est juste parce que le muscle est douloureux. À moins de complications imprévisibles, il devrait être complètement remis dans quelques semaines.

Jessie sourit avant d'ajouter :

— Et d'après ce que j'ai vu, la retraite ne lui conviendrait pas.

Ni à vous…

Elle avait ces mots sur le bout de la langue, mais elle les retint juste à temps. Après tout, elle ne connaissait pas Cabe McBride. Et cela ne risquait pas de changer, même s'il acceptait de participer à ses ateliers, se dit-elle fermement.

Cabe ramassa la visseuse qu'elle avait laissée tomber et, montant sur la première marche de l'escabeau, il fixa le panneau sur le mur de l'accueil.

— Comme ça ?

— Oui, c'est génial. Merci.

Il lui rendit son outil.

— Quel jour auront lieu ces ateliers ?

Elle s'attendait à ce qu'il donne une excuse pour ne pas y participer, mais jusque-là il n'en était rien.

— Pour l'instant, je les ai prévus le samedi. Mais il n'y a rien de définitif.

— Je vais vérifier si je peux avoir deux samedis consécutifs de congé, mais ça ne devrait pas poser de problèmes. Quelles semaines voulez-vous que je prenne ?

Jessie cilla, stupéfaite.

— Vous voulez dire que vous acceptez de participer au projet ?

— Ça m'en a tout l'air.

— Super ! s'exclama-t-elle avec un large sourire. Étant donné que je n'ai que le refuge d'inscrit pour l'instant et qu'ils viennent ce samedi, pourriez-vous venir la semaine suivante et l'autre d'après ?

— Je verrai avec le planning du centre de secours, mais je suis à peu près sûr que je pourrais permuter avec un collègue si je suis de service. Après tout, c'est le moins que je puisse faire pour vous remercier.

— Un dédommagement ? dit-elle, sidérée.

— Oui, pour ne pas m'avoir laissé sortir dans une situation pour le moins embarrassante. J'avais prévu de passer à la pharmacie pour les calmants et je n'aurais pas voulu être exposé à tous les regards. Vous m'avez épargné le déplacement et le ridicule.

Oh ! c'était donc ça.

Jessie désigna l'escabeau.

— Vous m'avez déjà dédommagée en m'évitant une belle chute.

Cabe sourit à son tour.

— Alors, nous sommes quittes ?

Puis sortant son portefeuille de sa poche :

— Sauf pour la consultation d'urgence. Voici la carte d'assurance de Soldier.

Elle esquissa un geste de refus.

— C'est gratuit, en échange de votre expertise pour l'atelier. Je fais la même chose pour le refuge.

Il haussa les sourcils.

— Vous allez vite faire faillite si vous continuez à offrir vos services. Plus sérieusement, je ne sais pas ce que j'aurais fait si vous n'aviez pas reçu Soldier hier. L'autre clinique vétérinaire est à cinquante kilomètres d'ici. L'attente aurait été trop longue pour lui.

— Je comprends. Et je suis contente de m'être trouvée à la maison.

Ils restèrent silencieux une minute ou deux. Puis Soldier poussa du museau la main de son maître. Cabe prit une brève inspiration, et son attitude changea brusquement.

— Il me fait comprendre qu'il veut rentrer. Je vous confirmerai ma participation à l'atelier, dit-il d'un ton bref.

Il ne semblait plus aussi enthousiaste, nota-t-elle. Mais à lui de savoir ce qu'il voulait. S'il n'était plus d'accord, il suffisait de le dire.

— Merci d'y penser, en tout cas.

Puis, avant qu'elle ait réalisé ce qu'elle faisait, elle toucha sa joue blessée du bout des doigts.

Il eut un mouvement de surprise, et elle s'empressa de dire :

— Je vois que c'est moins gonflé…

— Oui, c'est en bonne voie. Merci encore de m'avoir remis sur pied.

Mais Jessie avait le sentiment de ne pas avoir vraiment réussi sur ce plan-là. C'était peut-être le fruit de son imagination, mais l'expérience lui avait appris que certains êtres vivants ne pouvaient pas être guéris. Ni par elle, ni par personne. Comme Jason, par exemple.

Déterminer cette limite faisait partie de son travail de soignante. Mais pas avec les humains, et certainement pas avec cet homme.

Tant qu'elle retiendrait cette leçon, tout irait bien.

3.

En sortant du petit bureau du SAS, aménagé dans les locaux du centre de secours, Cabe exhala un soupir désabusé. Non seulement son patron pensait qu'une participation aux ateliers de Jessie Swinton était une bonne chose, mais il voulait sortir le grand jeu et faire un exercice en plein air ! Cabe était donc chargé d'organiser un simulacre de sauvetage, avec un membre de l'équipe dans le rôle de la victime, de pousser Soldier à le trouver, puis de descendre le « blessé ». Son épaule meurtrie le faisait encore souffrir, et la perspective d'une escalade ne l'enchantait guère.

Était-ce la seule raison ? Il dut s'avouer que non. Le fait d'avoir rattrapé Jessie dans ses bras, deux jours plus tôt, avait mis ses nerfs à rude épreuve. Depuis, il revivait chaque seconde de cette scène. Il l'avait presque attirée contre lui et…

Et quoi ? L'as-tu embrassée ? Même pas !

Mais ses fantasmes ne s'étaient pas arrêtés là. Il avait également imaginé les suites possibles à ce baiser, dans les moindres détails. Et certaines de ces possibilités étaient…

Stop !

Il prit une profonde inspiration. Ce baiser qui n'avait pas eu lieu n'était pas la seule chose qui le tracassait. Ce jour-là, il avait bavardé avec elle comme si elle était une amie de longue date. Un moment chaleureux et infiniment agréable, comme il n'en avait pas eu depuis longtemps, admit-il.

Seulement, Jessie Swinton n'était pas une amie. Et il ne savait même pas pourquoi il se sentait si nerveux de l'avoir soulevée de l'escabeau. Il ne pouvait mettre ça que sur le compte de la gratitude, pour la façon dont elle avait soigné Soldier.

Et maintenant, il devait appeler Jessie et lui rapporter ce que Terry avait dit au sujet du projet d'atelier. Peut-être qu'elle ne voudrait rien d'aussi approfondi et qu'elle refuserait toute suggestion autre que les prises de parole initialement prévues.

Pour autant, Cabe avait senti qu'elle voulait lui laisser carte blanche pour sa prestation, du moment qu'il était à l'aise.

Eh bien, il était loin de l'être en cet instant. Et s'il confiait cette tâche à Brad ou à Doug ? Puis il se rappela qu'elle voulait montrer ce que les animaux des refuges pouvaient apporter à la société. Donc ça ne concernait pas seulement le SAS. Et Soldier était le seul chien sauveteur dans le secteur. Bien sûr, en dehors de ce périmètre, il y en avait d'autres auxquels on faisait appel en cas de mission d'envergure qui réclamait du renfort, tout comme Soldier et lui pouvaient être sollicités pour aider une autre équipe.

Il ouvrit la portière arrière de la voiture pour faire monter le chien, notant que ses blessures ne semblaient plus lui poser de problèmes. Puis il s'installa au volant et composa le numéro de la clinique.

Elle répondit à la première sonnerie.

— Clinique vétérinaire de Santa Medina, bonjour. Que puis-je pour vous ?

— Jessie ? C'est Cabe.

Surpris d'entendre sa voix, il avait oublié de l'appeler par son titre. Mais si elle le remarqua, elle n'en laissa rien paraître.

— Margo n'est pas encore revenue ? ajouta-t-il.

— Bonjour, Cabe. Si, elle est rentrée, mais elle vient de prendre sa pause. Comment va Soldier ?

— Il est en pleine forme. Il boite à peine.

Oui, tout allait pour le mieux en ce qui concernait son compagnon. Quant à lui, sa plaie à la joue était en bonne voie.

— C'est une excellente nouvelle. Donc, si vous n'appelez pas au sujet de Soldier… ?

— Vous recevez un patient en ce moment ?

— Non. Vous comptez venir à la clinique ?

Ce serait préférable de la voir et de lui exposer l'idée de

Terry, jugea-t-il. Ainsi, il pourrait évaluer sa réaction. S'il notait une hésitation, il limiterait sa participation à un simple exposé, avec Soldier auprès de lui. L'option qu'il préférait, et de loin.

— Oui, répondit-il. Ce ne sera pas long, je vous assure.

— Vous ne voulez pas parler lors de l'atelier, c'est ça ?

— Non… Je veux dire, si. C'est juste que…

Cabe réfléchit à toute vitesse avant de demander :

— Auriez-vous le temps de prendre un café ?

Il y eut un silence, puis Jessie répondit :

— Que diriez-vous si je faisais le café à la maison ? Vous me direz ensuite ce qui vous préoccupe.

C'était probablement la meilleure solution.

— Vous avez fini votre journée ?

— Oui, je pense. À moins d'une urgence imprévue.

Cabe se rappela que Soldier et lui avaient été dans ce cas de figure, deux jours plus tôt.

— J'ai Soldier avec moi. Cela pose un problème ?

— Je sais déjà qu'il ne croque pas les oiseaux. Alors, non, aucun problème.

Sa réponse le fit sourire.

— Dans ce cas, nous serons là dans une vingtaine de minutes. Ça vous va ?

— Parfait, d'ici là je devrais être prête pour vous recevoir.

À ces mots, Cabe se raidit, comme sous l'effet d'une étincelle électrique. À en croire son ex, personne n'avait envie d'avoir affaire à lui, et elle avait probablement raison. Il n'avait jamais été doué pour les relations, qu'elles soient familiales, amicales ou romantiques. Cela affectait tous ses rapports aux autres, sauf la relation qu'il avait avec sa mère. Et même celle-là n'était pas des meilleures, bien qu'elle fût plus agréable que par le passé. Parce que sa mère avait fini par prendre conscience de sa codépendance, sa manie de s'impliquer avec des hommes qu'elle pensait pouvoir guérir. Bien entendu, cela n'avait jamais fonctionné. Ni avec son père, ni avec les trois autres compagnons qu'elle avait eus par la suite. Mais Dieu merci, elle avait mis le dernier en date à la porte. Si elle pouvait juste continuer à vivre comme ça maintenant…

Cabe songea que Jackie l'avait viré de sa vie pour la même raison. Non, il n'était pas alcoolique, mais grandir auprès d'un ivrogne l'avait rendu frileux en ce qui concernait les sentiments. Il n'était donc pas le candidat idéal si on cherchait une vraie connexion émotionnelle dans une vie à deux. Plus jamais il ne tenterait ce genre d'expérience.

Soldier aboya, visiblement impatient de partir. Cabe mit le moteur en route et prit la direction de la clinique.

Rien n'avait changé, constata-t-il. C'était le même intérieur que lorsque Doc occupait la maison. À part l'énorme cage à oiseaux qui trônait au milieu du salon. Celle-ci était vide, et son locataire, un gigantesque cacatoès blanc, se tenait à l'extérieur, sur un perchoir.

À hauteur de visage. Hum… Idéal pour vous picorer les yeux, se dit-il avec une légère appréhension.

C'était donc son oiseau ? Il avait imaginé une créature plus petite. Moins menaçante.

L'oiseau se tordait le cou pour le dévisager. Quand il vit Soldier, il releva sa crête et se déplaça le long du perchoir en petits mouvements saccadés.

— Joli toutou ! chanta-t-il.

Puis il émit un long sifflement qui n'avait rien de politiquement correct. Cabe en resta stupéfait.

— Dumble ! Ce n'est pas gentil, dit Jessie.

Mais l'oiseau siffla de nouveau avant de répéter :

— Pas gentil. Dumble, pas gentil.

— Oh la la… Je suis désolée. Je n'arrive pas à lui faire perdre ses manières vulgaires, dit Jessie en s'empourprant.

— J'en déduis que vous ne lui avez pas appris ça.

— Ah non, ce n'est certainement pas moi. J'ai hérité de lui, en quelque sorte. À l'école vétérinaire, je suivais les cours sur les oiseaux exotiques. Malheureusement, un de mes professeurs est mort en milieu d'année. Dumble lui appartenait, et personne ne voulait de lui. Alors, je…

— Vous avez hérité de lui. De son nom aussi ?

Jessie était certainement une bonne âme quand il s'agissait d'animaux.

— Oui. Les enfants de mon professeur l'avaient baptisé ainsi, d'après un personnage de leur livre préféré. Dumble a maintenant vingt-cinq ans. Mais asseyez-vous. J'ai préparé le café. Comment l'aimez-vous ?

Cabe s'avança et prit place sur le sofa qui devait avoir le même âge que l'oiseau. Le meuble, recouvert d'une housse en velours marron, ne correspondait pas du tout à Jessie.

Comme si elle lisait dans ses pensées, elle déclara sur un ton d'excuse :

— Je n'ai pas encore eu l'occasion de changer la décoration. Je ne suis pas vraiment une femme d'intérieur, je préfère de loin être en plein air. Alors, plutôt que de remplacer le mobilier de la maison, je me suis occupée du jardin.

Dumble avait pivoté sur son perchoir pour les regarder, Soldier et lui, d'une façon qui rendait Cabe légèrement mal à l'aise.

— Il ne va pas venir se poser sur moi, j'espère ?

Jessie lui jeta un regard amusé.

— Vous n'aimez pas les oiseaux ?

Cabe haussa les épaules.

— Je ne les ai jamais vraiment côtoyés.

— Je vous rassure, il est inoffensif. Mais je peux l'enfermer dans sa cage, si vous préférez.

— Non, ça ira.

Soldier s'était couché sur le côté, laissant libre sa patte blessée, et semblait totalement indifférent à une approche éventuelle de Dumble.

Cabe s'efforça de paraître aussi détaché.

— Je peux vous aider avec le café ?

— Non, ne vous dérangez pas. Je vais le chercher.

Comme elle se dirigeait vers la cuisine, Jessie se tourna vers lui.

— Vous ne m'avez pas dit comment vous le prenez ?

— Oh. Juste noir.

— Oui, c'est évident.

Puis comme si elle regrettait d'avoir prononcé ces mots, elle ajouta :

— Le genre d'homme à ne pas faire de chichis.

Cabe sentit un regain de tension à cette description. Si elle savait à quel point !… La douceur, le romantisme, la tendresse, ce n'était pas son truc. Il ne s'y adonnait pas facilement, du moins. Bien sûr, il savait ce qu'on attendait d'un partenaire et il se conformait aux usages à l'occasion, offrant des fleurs et des chocolats. Mais c'était plus un rôle qu'il jouait sans vraiment ressentir de véritables émotions. Cela l'inquiétait. Son ex avait mérité mieux que ça. Mais il avait l'impression de n'avoir rien de plus à donner. Voilà pourquoi il avait renoncé aux relations amoureuses. Il avait peur aussi de ressembler à son père. C'était donc en toute conscience qu'il avait pris la décision de rester célibataire après son divorce.

Se rendant compte que Jessie attendait sa réponse, il dit :

— Vous avez raison. Je suis sans fioritures.

Elle esquissa un sourire étrange avant de lancer :

— Je reviens. Et toi, Dumble, sois gentil.

Puis elle quitta le salon.

— Dumble pas gentil ! Dumble pas gentil ! cria l'oiseau.

Cabe lui jeta un coup d'œil sarcastique.

— Tu n'es pas le seul, mon vieux.

— Pas le seul ! Pas le seul !

Il soupira. Il n'avait pas l'intention d'inciter cette bestiole à répéter tout ce qu'il disait. S'il y avait un bouton pour l'arrêter, il aurait volontiers appuyé dessus.

Jessie revint quelques minutes plus tard, tenant un plateau et deux grands mugs blancs. Pas de tasses en porcelaine délicate. Il n'était pas le seul à aimer la simplicité.

Elle posa le plateau sur la table basse et lui tendit son café.

— Pas le seul ! Pas le seul ! cria Dumble. Pas le seul !

Jessie regarda l'oiseau, la mine sévère.

— Je me demande parfois où il entend toutes ces choses.

Cabe prit son mug pour ne pas avoir à faire de commentaire, pendant qu'elle s'asseyait dans un fauteuil en face de lui. Sa blouse de laboratoire avait disparu. Elle portait un jean et un débardeur noir dont les fines bretelles révélaient ses épaules fines et… Très vite, il releva les yeux. Ses cheveux blond-roux, ondulés, étaient remontés en une longue queue-de-cheval, ce qui exposait délicieusement son cou qui semblait fait pour les baisers. Elle était vraiment belle, pensa-t-il, fasciné. Et venir ici avait été une mauvaise idée.

Ignorant les pensées tumultueuses qui l'assaillaient, Jessie regardait le chien qui dormait paisiblement.

— Il a l'air beaucoup mieux.

Puis relevant la tête vers lui :

— Et votre blessure guérit bien ?

— Oui, merci. Je suppose que d'ici sept jours, je pourrai enlever les pansements ?

— Oui, c'est à peu près le temps qu'il faut. Ça dépend à quelle fréquence vous souriez.

Cabe dut laisser voir sa surprise, car elle précisa :

— Si les points de suture sont dans une zone très mobile, on les laisse un jour ou deux supplémentaires pour s'assurer que la peau cicatrisera au mieux.

— Dans mon cas, sept jours devraient suffire, répondit-il même s'il sentait les muscles de sa joue le tirailler pour lui arracher un sourire.

Génial ! C'était comme si elle venait de dire « Ne pensez pas au mot «gorille» » et, bien sûr, c'était chose impossible après cette suggestion.

— Vous voulez dire que vous souriez rarement ? demanda-t-elle avant de prendre une gorgée de café sans le quitter des yeux.

Sans lui laisser le temps de répondre, elle enchaîna :

— Vous vouliez donc me parler de l'atelier ? Vous avez pu vous libérer ?

— Oui, mais il y a un hic. Et il est de taille.

Comme il l'avait prévu, elle eut un froncement de sourcils. Il tint à la rassurer.

— Si ça ne correspond pas à ce que vous souhaitez, n'hésitez pas à le dire. Sachez aussi que ce n'est pas mon idée.

— D'accord… Quel est le hic ?

— Mon patron, en fait. Pour promouvoir notre travail, il aimerait faire une simulation de sauvetage en conditions réelles au Stately Pleasure Dome.

Elle lui renvoya un regard intrigué.

— Le Pleasure Dome ? Le Dôme du plaisir ?… Je ne sais même pas ce que c'est et je n'ose pas poser la question.

Le nom était si répandu dans la région que personne ne s'étonnait plus de sa singularité. Mais Cabe comprenait que l'appellation pouvait surprendre quelqu'un qui n'était pas du coin.

— C'est le nom non officiel de l'une des formations rocheuses du site des Tuolumne Meadows, expliqua-t-il. Il serait tiré d'un poème anglais. Quoi qu'il en soit, c'est un spot populaire pour l'escalade, parce que facile d'accès.

— Et où sont ces Meadows – ces prairies ? Vous avez dit… Tou-hall-o-mi ?

Sa prononciation approximative lui arracha un sourire.

— Ce n'est pas loin d'ici. Vous n'êtes pas encore allée là-bas ?

— Je suis de San Francisco, rappelez-vous. J'ai fait quelques recherches sur les environs de Santa Medina, mais je ne suis ici que depuis deux semaines et je n'ai pas eu l'occasion de visiter quoi que ce soit.

Bien sûr, comment pouvait-il en être autrement ? Il se sentait stupide de ne pas avoir pensé à ça.

— Désolé, j'aurais dû m'en rendre compte.

— Ce n'est rien. Alors, parlez-moi de cet exercice de sauvetage.

— Ça se passerait de la façon suivante : Soldier flairerait la trace d'une victime fictive, puis une fois le randonneur blessé retrouvé, j'organiserais le « sauvetage » avec trois membres de l'équipe.

— Cette démonstration aurait lieu quand ? Un des samedis où vous avez accepté de faire une présentation ?

— Non, la semaine d'après probablement. Les gens intéressés pourraient venir nous parler sur place. Terry, mon patron, aimerait distribuer des brochures expliquant comment fonctionne le SAS et les conditions requises pour en faire partie.

Elle resta silencieuse une longue minute.

— Wouah…, dit-elle enfin.

Cabe ne savait pas comment interpréter cette exclamation. Voulait-elle dire par là : « Vous croyez vraiment que je vais accepter ? » ou bien « C'est tellement mieux que ce que j'espérais » ?

— Alors, qu'en pensez-vous ? dit-il, impatient de connaître sa réponse.

— C'est absolument parfait. Je me sens privilégiée de pouvoir assister au déroulement d'un sauvetage. J'aimerais juste visiter le site par moi-même, si possible. L'accessibilité pourrait poser un problème si le public est nombreux.

Cabe n'en revenait pas. Il s'attendait vraiment à ce qu'elle rejette l'idée. Au lieu de quoi, il voyait une lueur d'excitation briller dans ses prunelles.

— Pouvez-vous me dire comment aller là-bas ? Ou me donner l'adresse ?

— Il vaudrait peut-être mieux que je vous y conduise.

Bon sang ! D'où sortait-il cette idée ?

— Oui, j'adorerais ça. Quand ?

Eh bien, assez tôt, pour que son équipe puisse mettre au point leur exercice. Il ne savait pas pourquoi, mais l'enthousiasme de Jessie semblait déteindre sur lui tout à coup.

— Avez-vous le temps cette semaine ? demanda-t-il. Vous avez dit que le refuge assurerait la première séance des ateliers, n'est-ce pas ?

Elle sortit son téléphone de la poche de son jean.

— Oui. Vous permettez ? Je vérifie ce que j'ai de prévu pour les autres jours.

Du doigt, elle fit défiler les pages sur l'écran du portable.

— Voyons… Mercredi, c'est assez chargé. Jeudi aussi. Ce serait possible vendredi ? Vous travaillez ce jour-là ?

— Oui, de 1 heure du matin jusqu'à 9 heures. On pourrait se retrouver à la clinique à 10 heures ?

— Vous êtes sûr de vouloir faire une excursion après un service de nuit aussi long ?

Cabe sourit. En fait, il se réjouissait de travailler de longues heures. Cela lui laissait moins de temps pour penser. Il y avait des choses qui lui trottaient dans la tête et sur lesquelles il n'aimait pas s'attarder.

— Absolument. Il faut environ trente minutes pour aller jusqu'au Dôme. Mais le paysage vaut le coup d'œil, et la route passe juste à côté.

— Ça me semble parfait, dit Jessie avec un franc sourire. Merci pour ce nouveau projet qui devrait attirer pas mal de monde.

— C'est ce que Terry espère. Si nous pouvions inciter des grimpeurs expérimentés à nous rejoindre, ce serait idéal. Voulez-vous passer à notre bureau pour faire la connaissance du chef avant vendredi ? Je lui dirai que vous êtes d'accord avec son idée.

Cela faisait des années qu'il n'était pas allé aux Tuolumne Meadows en simple touriste. Bizarrement, il avait hâte de voir le site à travers le regard de Jessie. Et peut-être de profiter davantage de sa compagnie ? Voilà un truc qu'il n'avait pas l'intention de dire en présence de son oiseau. Le cacatoès semblait se désintéresser d'eux. Il somnolait sur son perchoir, et c'était très bien comme ça.

Cabe se leva.

— Nous avons assez abusé de votre temps. Merci pour le café.

Son chien le regardait avec une impatience contenue.

— Tu es prêt, mon vieux ?

Immédiatement, Soldier vint se poster à ses pieds. Cabe le caressa et révisa son jugement sur son propre manque d'émotions. Il aimait son compagnon, mais les attentes de Soldier étaient assez réduites. Pas d'insinuations ou de vexations, si Cabe ne disait pas tout à fait ce qu'il fallait. C'était le genre de relation qui lui convenait à merveille. Les choses étaient claires d'emblée et n'échappaient que rarement à son contrôle.

Il leva les yeux vers Jessie, et quelque chose d'inexplicable lui enserra la poitrine. Cela n'arrivait pas seulement avec elle, mais avec toutes les femmes. Il se sentait perdu et hors de son élément en leur présence.

Comme s'il pressentait son départ, Dumble se réveilla et s'agita sur son perchoir en les fixant, lui et Soldier.

— Pas le seul ! cria-t-il, moqueur.

Cabe ne put s'empêcher de rire.

— Rappelez-moi de ne jamais avouer de crimes devant lui.

— Oui, ça ne serait pas une bonne idée, mais je me demande dans quelle mesure son témoignage serait recevable devant un tribunal. Surtout s'il lançait en plus son sifflement infamant.

Elle tendit une cacahouète à l'oiseau. Il la décortiqua habilement et avala la graine, laissant tomber l'enveloppe dans la barquette accrochée au perchoir. Jessie lui gratta la gorge, et le cacatoès vint frotter sa tête contre ses doigts. Quand elle se pencha pour lui donner un baiser rapide, Cabe sentit son ventre se nouer. Une flamme de désir qu'il refusait de reconnaître ?

— Sur ce, je vous laisse, dit-il.

Elle se redressa, imprimant un joli mouvement à sa longue queue-de-cheval, et ramena une mèche folle derrière son oreille. Une image traversa l'esprit de Cabe. Il se vit remettre lui-même la mèche rousse, se pencher et…

— C'est ça, à vendredi, dit-elle.

Immédiatement, il reprit pied dans la réalité. *Vendredi… Le Dôme du Plaisir…*

Bon sang ! Il aurait dû choisir un autre endroit, n'importe lequel. Qu'est-ce qui lui avait pris de lui proposer de l'emmener aux Tuolumne Meadows ?

Pour survivre à cela, il allait se jeter à fond dans le travail. Et se détacher de tout le reste !

4.

L'endroit que Cabe lui montrait à travers le pare-brise était désert. Bizarre pour un lieu aussi connu de tous les randonneurs. Puis Jessie se rappela qu'on était vendredi et que les gens du coin étaient au travail.

Cabe était passé la prendre à la clinique une demi-heure plus tôt et, pendant le court trajet le long de la Tioga Road, elle avait fait presque toute la conversation. Était-ce la nervosité qui le rendait silencieux ? Elle avait plutôt le sentiment que c'était sa façon d'être. Il était du genre taciturne. Heureusement, son bavardage ne semblait pas le gêner.

Il se gara sur une grande dalle naturelle, juste au pied de la gigantesque falaise de granit.

— Le Stately Pleasure Dome, annonça-t-il. Nous y voilà.

— Wouah… C'est impressionnant ! s'exclama-t-elle.

Tout autour, s'étendaient de grands espaces sauvages parsemés de dômes granitiques.

— La fameuse prairie dont vous parliez ?

— Oui. C'est sûrement le meilleur endroit pour assister à l'exercice de sauvetage. De là, vous aurez un excellent point de vue sur ce qui se passe. Comme c'est prévu dans trois semaines, Soldier devrait être assez remis pour faire l'ascension, non ?

— Oui, je pense. Il boite aujourd'hui ?

— Non, et il est monté dans la voiture comme si de rien n'était.

— Les animaux guérissent très vite, probablement parce que leurs ancêtres étaient dotés de cette aptitude afin de survivre. La démonstration se fera sur la façade de cette montagne ou sur l'autre versant ? demanda-t-elle en désignant la falaise devant eux.

Cabe esquissa un sourire.

— À moins que vous et le groupe de spectateurs sachiez marcher sur l'eau, il faudra faire l'ascension de ce côté. Je vous emmènerai à l'arrière tout à l'heure pour découvrir le lac.

Là-dessus, il descendit de voiture et fit sortir Soldier. Le chien se mit immédiatement à traquer les odeurs. Jessie l'observa. Les chiens de chasse l'avaient toujours fascinée.

— A-t-il déjà trouvé des choses que vous ne lui aviez pas demandées ? demanda-t-elle en emboîtant le pas à Cabe.

— Oh ! ça arrive tout le temps. Il a presque toujours le museau collé au sol.

Cabe se tourna de côté pour grimper sur des éboulis, et Jessie laissa son regard errer sur son postérieur ferme et musclé sous le jean noir qui le couvrait. Il se retourna avant qu'elle ait eu le temps de relever les yeux, et elle sut qu'il l'avait prise sur le fait.

Elle s'empourpra violemment, d'autant qu'un sourire oblique incurvait les lèvres de Cabe. Dieu merci, il ne fit aucun commentaire. Peut-être était-il gêné lui aussi, se dit-elle pour se rassurer.

Elle se hâta de changer de sujet.

— Comment ça va se passer ? Celui qui fera semblant d'être blessé sera sur une de ces plates-formes, et vous grimperez jusqu'à lui ?

D'une main, il s'abrita les yeux et regarda la falaise.

— Oui, mais nous n'avons pas encore décidé si je devrai monter ou descendre. Dans le cas où la personne chute en faisant une randonnée ou de l'escalade, il arrive qu'on ait à gravir l'un des sentiers pour ensuite descendre jusqu'à la victime. Heureusement, ces spots d'escalade sont fréquentés, donc il y a des points d'ancrage laissés par les autres grimpeurs et sur lesquels on peut s'accrocher.

— Je ne suis pas sûre de comprendre, étant donné que je n'ai jamais fait d'escalade, avoua-t-elle.

— Ça veut dire qu'on peut atteindre la personne plus rapidement que si on devait poser soi-même des fixations.

Un frisson d'angoisse la parcourut, tandis qu'elle s'imaginait chuter d'une telle hauteur et devoir attendre qu'on vienne à son secours.

— Je comprends, dit-elle à mi-voix.

Au même instant, Cabe émit plusieurs sifflements stridents. Immédiatement, Soldier releva la tête, avant de revenir vers eux, ses longues oreilles battant à chaque foulée.

— Il est adorable, commenta-t-elle. Et tellement drôle !

Cabe acquiesça.

— Oui, c'est un compagnon formidable. N'est-ce pas, Soldier ? dit-il en le caressant.

Jessie se demanda si le maître et le chien étaient souvent appelés en opération dans ces lieux sauvages qui les forçaient à escalader. Elle n'avait jamais rencontré de spécialiste de ce genre d'intervention et elle se rendit compte qu'elle avait hâte de voir la démonstration.

Cabe était si différent de Jason. Pour le physique, du moins. En ce qui concernait le caractère, c'était difficile à dire, et elle ne pouvait se fier à son propre jugement.

Son ex avait été un citadin dans l'âme, sûr de lui et aimant attirer l'attention. À coup sûr, il détesterait vivre à Santa Medina. Ses gains en tant que champion de base-ball avaient été beaucoup plus élevés que le salaire qu'elle percevait. Elle était donc venue habiter dans une de ses magnifiques résidences. Mais il n'avait pas supporté les bavardages incessants de Dumble, et elle avait déploré le manque d'espaces verts autour de l'immeuble, même si la vue depuis l'appartement avait été exceptionnelle. Puis Chloe était tombée malade, et Jason avait fait des choix impardonnables. Quand elle avait pris la décision de le quitter, il l'avait suppliée de lui donner une seconde chance. Mais elle n'avait pas pu, pas après une telle trahison. Et elle s'était promis de ne plus jamais se retrouver dans une telle situation. Désormais, elle protégerait son cœur et garderait les clés de son armoire à pharmacie avec la même vigilance.

Et Cabe ? Contrairement à son ex, il ne s'exprimait pas beaucoup et ne livrait pas ses émotions, d'après le peu qu'elle avait vu de lui. Mais elle pouvait témoigner de l'amour et de l'admiration qu'il vouait à son chien.

Il ne semblait pas apprécier beaucoup Dumble, lui non plus.

Mais ça n'avait aucune espèce d'importance, n'est-ce pas ? Elle ne vivait pas avec lui, et ça ne risquait pas d'arriver de toute façon. Cela avait été un tel soulagement de se retrouver seule après le comportement criminel de Jason qu'elle ne se voyait pas vivre avec quelqu'un de sitôt. Et si cela arrivait malgré tout, ce serait avec un homme qui attendait les mêmes choses qu'elle. Quelqu'un en qui elle aurait une totale confiance. Seulement, cela risquait de prendre des années, et franchement, elle n'était pas sûre de vouloir franchir ce pas.

En réalisant que Cabe disait quelque chose, Jessie chassa vivement ses pensées.

— Pardon ?

— Je disais qu'on pourrait grimper sur la base du Dôme si ça vous dit. Pas besoin d'équipement, car la pente est modérée.

— Vraiment ? Ça me plairait beaucoup !

Une voiture s'était arrêtée non loin d'eux. Un couple en descendit. Tous deux étaient munis d'un matériel conséquent et d'une série de cordes accrochées à leurs ceintures. Jessie se dit que l'escalade pouvait être une activité amusante finalement. Peut-être prendrait-elle quelques cours d'initiation sur les pentes les plus faciles. Pourquoi pas ?

Le couple agita la main vers eux en passant.

— Quelle voie empruntez-vous ? lança Cabe.

— Nous aimerions faire l'escalade du Boltway.

— Alors, bonne ascension !

— Merci !

Le couple se mit en route vers la falaise. Quand celle-ci devint abrupte, la jeune femme tira une corde de sa ceinture.

— À quoi servent ces sangles ? s'enquit Jessie.

— À s'ancrer à différents points pendant l'ascension. Venez. Grimpons jusqu'à un escarpement où nous pourrons nous asseoir. Je vous expliquerai ce que nous comptons faire lors de la démonstration. Vous verrez si ça correspond à ce que vous voulez.

— Oh ! j'en suis sûre. C'est beaucoup plus que je n'osais espérer, dit-elle en souriant.

Tout en suivant Cabe, Jessie se félicita d'avoir mis des baskets au lieu des sandales qu'elle portait habituellement au cabinet. L'adhérence des semelles en caoutchouc lui évitait de déraper à mesure que la pente s'accentuait. Quand elle eut une seconde d'hésitation, Cabe lui tendit la main. Elle la saisit et se laissa hisser jusqu'au rebord où il se tenait.

— Merci, dit-elle, haletante. Je comprends maintenant pourquoi les gens portent tout cet équipement… Ce n'est pas aussi facile qu'il y paraît.

Soldier, qui avait grimpé avec une facilité déconcertante, était couché près de son maître.

— Il ne semble pas traumatisé par sa chute, constata-t-elle.

— Non, effectivement. Je suis même surpris qu'il n'ait montré aucune appréhension.

Le replat sur lequel ils se tenaient était protégé du soleil par un surplomb. Cabe défit son sac à dos et en sortit deux bouteilles d'eau.

— Merci, dit-elle en acceptant celle qu'il lui tendait.

Quelle idiote ! Elle n'avait même pas pensé à emporter de quoi se désaltérer. En même temps, elle n'avait pas prévu de faire de l'escalade pendant cette excursion. Elle s'assit à même le rocher qui était étonnamment frais.

Cabe versa un peu d'eau dans un creux du rocher, et Soldier but avec avidité. Puis il vint s'asseoir près d'elle, et ils regardèrent en contrebas. Une autre voiture s'était garée. Des randonneurs aussi.

— Je parie que ça regorge de grimpeurs ici, le week-end, fit-elle remarquer.

— Absolument. Et pas seulement en fin de semaine. C'est l'une des escalades les plus prisées de la région en raison de son accessibilité.

Jessie contempla le panorama de forêts et de prairies. Le cadre était idyllique, et il régnait une telle paix…

— C'est magnifique.

— Oui. Vers le lac, c'est encore plus beau.

Soldier goûtait aussi cette tranquillité, car il s'étendit sur le flanc et exhala un soupir de contentement. Jessie pensa à sa chienne. Chloe aurait aimé cet endroit, mais à cause de ses petites pattes, il aurait fallu la porter. Le souvenir de Jason s'insinua une nouvelle fois dans son esprit. La pensée qu'il avait utilisé les médicaments destinés à soulager Chloe lui déchirait toujours le cœur. Sans doute ne se débarrasserait-elle jamais de ce chagrin.

— La vue depuis le sommet doit être spectaculaire, dit-elle pour chasser ses pensées moroses.

Cabe acquiesça, puis se tourna vers elle.

— Vous devriez prendre des cours d'escalade. Ça pourrait vous plaire.

— J'y pensais justement, mais je suis sujette au vertige.

— Vous pourriez avoir de bonnes surprises. À votre place, je m'en tiendrais aux pentes faciles au début. Elles offrent aussi des vues impressionnantes.

En dépit du pansement, un large sourire se dessina sur ses traits. L'expression de son regard bleu était si chaleureuse que Jessie se sentit délicieusement troublée.

Elle sourit en retour, déviant légèrement le regard pour englober le chien et le paysage autour d'eux. Quelle journée parfaite ! Dommage qu'elle n'ait pas pensé à emporter un pique-nique… Mais cela aurait peut-être été présomptueux de sa part, car Cabe n'avait pas parlé de partager un repas.

— Je suis fermement décidée à visiter la région à partir de maintenant. À en juger par la beauté de ce panorama, le parc de Yosemite doit être splendide.

— Oui. Vous ne serez pas déçue.

Elle eut une hésitation avant de demander :

— Je peux regarder votre pansement pour m'assurer qu'il est bien en place ?

Et que feras-tu si ce n'est pas le cas ? Tu n'as pas le matériel nécessaire pour soigner la plaie…

Comme elle se maudissait de sa stupidité, le regard de Cabe accrocha le sien.

— Oui, allez-y.

Cabe se mettant à genoux, Jessie se pencha. L'adhésif n'était plus très propre. Ses doigts effleurèrent la joue tiède de Cabe et glissèrent le long du premier sparadrap. Doucement, elle palpa la peau. Celle-ci semblait se ressouder convenablement.

— Ça cicatrise très bien, on dirait.

— Oui, c'est presque guéri, murmura-t-il.

Son timbre grave et hypnotique résonna profondément en elle. Jessie sentit sa bouche s'assécher, d'autant que leurs visages n'étaient qu'à quelques centimètres l'un de l'autre. Mais elle sut qu'elle ne s'écarterait pas. Du moins, pas encore.

La main de Cabe vint couvrir la sienne, la pressant contre sa joue légèrement rugueuse. Jessie dut admettre que cette apparence un peu brute le rendait terriblement sexy. Elle avait une folle envie de faire courir ses doigts sur sa peau hâlée et d'en sentir les picotements, mais le regard dont il l'enveloppait était si beau et si intimidant qu'elle resta figée, le cœur battant.

Cependant, quand il leva l'autre main pour lui caresser la joue, elle ne put s'empêcher de se coller contre sa paume tiède. Le monde autour d'eux semblait ne plus exister. Il n'y avait plus que Cabe et elle.

Baissant les yeux vers sa bouche sensuelle, elle inclina la tête…

Un cri brisa soudain la chaude sensualité du moment. En un instant, Jessie s'écarta de lui, et il fallut une seconde à Cabe pour comprendre que ce n'était pas elle qui avait crié.

Alors, qui ? Dans un mouvement réflexe, il scruta la paroi au-dessus d'eux. Le hurlement retentit de nouveau, mais il se changea très vite en un rire aigu.

Ah… Il ne s'agissait pas d'un cri de détresse. C'était le premier couple qu'ils avaient vu qui s'amusait en grimpant.

Reportant son attention sur Jessie, il vit qu'elle regardait aussi vers le sommet du Dôme. Quand son regard rencontra le sien, elle se couvrit la bouche, avec une expression horrifiée.

Bon sang ! Il n'y avait même pas eu de baiser. Où était le mal ?

Puis elle abaissa sa main et se mit à rire.

— Désolée, dit-elle entre deux hoquets. J'ai cru que quelqu'un tombait. Dire que nous étions en train de… Enfin, je ne sais pas comment dire ça.

Cabe ébaucha un sourire bref.

— Je me suis fait la même réflexion. J'ai toujours mon matériel d'escalade dans le coffre, juste au cas où.

Mais il ne pouvait se détacher aussi facilement de ce qui avait failli se passer entre eux.

— Dieu merci, c'était une fausse alerte, ajouta-t-elle.

Oui, mais l'élan de passion qui l'avait saisi quand elle s'était rapprochée n'en était certainement pas une. Son parfum, sa chaleur l'avaient enveloppé au point qu'il avait perdu la notion de tout ce qui l'entourait. Et ce n'était pas une bonne chose. Il ne tenait pas à être surpris par quelqu'un de Santa Medina et à devoir expliquer pourquoi il bécotait la nouvelle véto ! Sauf que ça n'était pas arrivé. Peut-être que Jessie ne l'aurait pas embrassé, que tout cela faisait partie de ses fantasmes.

Il jeta un coup d'œil à Soldier et constata qu'il dormait. Le cri ne l'avait pas réveillé. Parce que, dans son subconscient, il avait su faire la différence entre le vrai et le faux ?

Cabe aurait aimé savoir où il en était, lui aussi. Une chose était claire, en tout cas : il ne voulait pas se laisser entraîner dans une autre relation qui n'avait pas lieu d'être. Même s'il trouvait Jessie Swinton incroyablement attirante.

— Parfois, la beauté du site vous submerge jusqu'à vous faire perdre la raison. À bien des égards, répondit-il en espérant qu'elle comprendrait le message.

— C'est évident. Je ne sais pas comment j'ai pu être si…

Elle secoua la tête, puis brusquement une expression de doute se peignit sur ses jolis traits.

— Ça ne va pas remettre en question votre participation à l'atelier, au moins ?

— Non, pourquoi ? Si vous pensez que je me rétracte de mes engagements pour des broutilles, vous me connaissez mal. Ce qui est la vérité. Vous ne me connaissez pas.

Elle se déplaça pour mettre de la distance entre eux. S'il

avait voulu lui faire comprendre qu'ils étaient des inconnus l'un pour l'autre, il avait parfaitement réussi ! se dit-il, frustré.

— Vous avez raison, je ne vous connais pas. Et je ne suis pas venue ici pour me faire des amis ou quoi que ce soit d'autre. Mon seul but, c'est mon travail. C'est là-dessus que je veux me concentrer.

Pourquoi avait-il l'impression d'avoir causé un beau gâchis en parlant de « broutilles » ? C'était toujours comme ça quand il avait affaire à une femme : il brisait tout, et c'était difficile de réparer ensuite. Mais faire marche arrière, c'était prendre le risque d'envoyer à Jessie un mauvais message ou de lui laisser penser qu'il était intéressé par ce qu'elle avait à offrir. En réalité, elle n'avait rien proposé, et il n'était pas intéressé non plus. Et ça devait rester ainsi. Il savait ce qu'il pouvait donner et ce qu'il ne pouvait pas.

— Voilà une chose sur laquelle nous sommes d'accord. Nos métiers respectifs passent avant tout. Bien, maintenant que cette question est réglée…

Il esquissa un sourire contraint. Au même instant, un autre rire strident fusa au-dessus d'eux. Brusquement, il refusa de rester assis là, à écouter les roucoulades d'un couple amoureux.

— Je peux vous emmener jusqu'au lac pour vous montrer un autre point de vue ?

— Oui. Allons-y.

Il ne plaisantait pas en disant qu'il fallait savoir marcher sur l'eau pour admirer le paysage de ce côté. La route qui contournait le Dôme était étroite, et personne ne pouvait se tenir là pour assister à une opération de sauvetage, à moins de nager au large. Mais Jessie doutait que les spectateurs seraient prêts à prendre un bain.

Elle contempla les eaux cristallines si paisibles. Mais son esprit revenait sans cesse à ce qui avait failli arriver entre Cabe et elle. Bon sang ! Qu'est-ce qui lui avait pris ? Car il n'y avait aucun doute sur ce qu'elle avait eu l'intention de faire. Après s'être répété maintes fois de ne pas s'aventurer sur ce terrain, de ne faire confiance à aucun homme et de ne pas baisser la garde… eh bien, elle était quand même tombée dans le panneau !

Vite, remets tes défenses en place.

Elle n'avait pas fait tout ce chemin jusqu'à Santa Medina pour commettre les mêmes erreurs. D'accord, Cabe et Jason étaient deux hommes très différents, mais ça ne voulait pas dire que Cabe était mieux pour elle.

Alors, pourquoi avait-elle failli l'embrasser ? S'était-elle laissé envoûter par le paysage, comme il l'avait dit ? À moins que ce ne soit le fait de voir ce couple de randonneurs si heureux ? Elle avait rêvé de partager un tel bonheur avec son ex. Jusqu'à ce que le rêve se transforme en cauchemar. Au fond d'elle-même, elle se demanda si elle était faite pour une relation durable.

— De quel lac s'agit-il ? s'enquit-elle en bannissant ses pensées sombres.

— Le lac Tenaya.

— C'est vraiment grandiose !

La brise fraîche, qui rabattait sa queue-de-cheval vers son visage, calmait peu à peu son esprit troublé.

Soldier se glissa auprès d'elle, et elle se baissa pour caresser sa belle tête lisse, appréciant la façon dont il s'appuyait contre sa jambe. Elle n'était pas prête à accueillir un autre chien. Plus tard peut-être… Il ne remplacerait jamais Chloe dans son cœur, mais le cœur humain était assez grand pour aimer plusieurs fois.

Raison de plus pour rester sur ses gardes, pensa-t-elle en jetant un coup d'œil furtif vers Cabe. Mais elle parlait d'accueillir un autre animal, pas de chercher un nouvel homme pour partager sa vie.

Le soleil brillait sur les eaux limpides, reflétant le ciel bleu. Autour du lac, la masse vert sombre des forêts formait un magnifique contraste. Une longue bande de sable bordait la rive non loin de là, et quelques personnes étaient assises au ras de l'eau.

— Est-ce que les gens viennent nager ici ?

— Oui, répondit Cabe. Mais l'eau est plutôt froide, même

si on est à la fin de l'été. En dehors de la belle saison, elle est glaciale.

— Vous n'êtes pas un adepte des plongeons en eau glacée ?

Son pansement se plissa, et elle vit qu'il souriait. C'était ce même sourire qui l'avait fascinée un peu plus tôt.

Oh ! oublie ça tout de suite !

— Disons que je préfère l'escalade au-dessus de l'eau glacée.

— J'aurais tendance à penser comme vous, même si je ne suis pas à l'aise en altitude. J'aimerais suivre votre conseil et trouver un club pour prendre des cours.

— J'en connais quelques-uns. Je pourrais aussi vous montrer les rudiments.

Il était prêt à faire ça ? Même si elle avait failli l'embrasser ? Peut-être s'en faisait-elle beaucoup trop à ce sujet. Ce n'était rien, il l'avait dit lui-même.

Mais passer plus de temps avec lui, c'était jouer avec le feu, elle en avait conscience. Quoi qu'il en soit, elle serait bien obligée de le revoir pour préparer les ateliers.

— Vous êtes sûr ? Ce serait formidable. J'aimerais être un peu au courant de ce que vous faites avec votre équipe quand vous animerez les sessions. Vous pourriez me parler des sauvetages en me montrant les notions de base ?

Cabe regardait fixement le lac, de sorte qu'elle ne pouvait lire son expression, mais il lui semblait plus tendu tout à coup. Regrettait-il son offre ? Ou était-il simplement peu enthousiaste à l'idée de tout lui expliquer ?

— Nous pouvons entreprendre une ascension facile du Dôme, et je vous montrerai comment utiliser les points d'ancrage et aussi l'assurage.

— L'assurage ?

Jessie réprima une grimace. Allait-elle prendre cet air ahuri chaque fois qu'il mentionnait un terme technique ? Il n'empêche qu'elle avait envie d'apprendre et de savoir comment l'équipe du SAS de Santa Medina travaillait.

— C'est une mesure de sécurité pour éviter les chutes,

expliqua-t-il. Raison pour laquelle il est très important de grimper à deux.

Elle hocha la tête en prenant conscience que cette activité n'était pas sans danger.

— S'il y a des activités addictives, l'escalade en fait certainement partie, poursuivit-il. Vous verrez, vous ne pourrez plus vous en passer.

Jessie se raidit. Si quelqu'un s'y connaissait en matière d'addiction, c'était bien elle. Elle s'expliquait beaucoup mieux le comportement de Jason maintenant qu'elle était capable de prendre du recul. La poursuite obstinée de son sport, son incapacité à se rassasier d'elle au lit pendant son repos forcé après sa blessure à l'épaule, sa consommation de médicaments et son refus de reconnaître le problème... Il n'avait fait que remplacer une addiction par une autre.

Et Cabe ? Son attachement à son travail entrait-il dans cette catégorie ? Bizarrement, elle pensait que non. Mais elle devait admettre que l'homme lui-même pouvait devenir irrésistible.

De nouveau, elle s'exhorta à la prudence. Mais quel mal y avait-il à prendre quelques conseils auprès de lui ? Cela l'aiderait à comprendre la démonstration que son équipe et lui entreprendraient dans quelques semaines.

— Je ne sais pas si je trouverai l'escalade addictive, mais je vous remercierai certainement de m'avoir montré quelques rudiments.

— Avez-vous d'autres questions ?

Jessie aurait aimé en avoir des milliers à lui poser en cet instant, car elle devinait que Cabe mettait fin à l'excursion. Elle n'était pas prête à abandonner la magie de cet endroit, mais elle ne pouvait rester là indéfiniment, n'est-ce pas ? Ce n'était pas le monde réel, du moins pas le sien. Et plus vite elle arriverait à se rentrer ça dans la tête, mieux cela vaudrait.

5.

Cabe ne savait pas vraiment pourquoi il était venu aujourd'hui. C'était le premier atelier de Jessie, et son intervention à lui n'aurait lieu que dans une semaine. Il avait fini par se convaincre qu'il devait se rendre compte du format de ces sessions, pour savoir à quoi s'attendre.

Assis sur une chaise dans la salle d'attente de la clinique, il constata qu'il y avait très peu de sièges vacants. Les autres personnes présentes devaient être aussi curieuses que lui de savoir en quoi consistaient ces séances ouvertes à tous.

Jessie l'avait agréablement surpris pendant l'excursion au Dôme et au lac Tenaya. Elle avait un caractère facile et une nature décontractée. Cela transparaissait dans l'intérêt qu'elle avait manifesté pour l'escalade et dans l'aisance avec laquelle elle avait animé la conversation. Mieux encore, elle n'attendait pas de lui qu'il donne son avis sur les divers sujets qu'elle abordait. Il avait trouvé cette attitude infiniment reposante. Et si différente de celle de son ex qui avait tenu à ce qu'il se prononce sur tout ce qu'elle disait. Cela avait été épuisant et exaspérant. Mais c'était en partie de sa faute, il le comprenait maintenant. Parler n'avait jamais été son fort, mais il aurait pu au moins essayer de lui répondre. Mais après le mariage, les attentes de Jackie n'avaient plus été les mêmes. Peu à peu, le sexe était devenu leur seul moyen de communication.

Puis quand il avait été question de bébé, Cabe s'était montré encore plus laconique. Parce qu'il ne s'était pas senti prêt. Il gardait encore des cicatrices de son enfance et de l'alcoolisme de son père, des questions qu'il n'avait pas réglées. L'idée de fonder une famille l'avait terrifié, et il n'avait pas trouvé les mots pour le dire à Jackie. Il avait donc évité soigneusement le sujet, la laissant le cajoler et le supplier.

Lassé, il avait fini par répondre : « Pas maintenant ». Alors, elle avait été prise d'une colère folle, jamais il ne l'avait vue dans une telle rage. « Oublie ça. Avoir des enfants avec toi serait la plus grave erreur de ma vie ! », lui avait-elle lancé.

Le lendemain, elle avait quitté la maison. Cabe n'avait pas essayé de la retenir. Parce qu'il ne pouvait que lui donner raison. Avoir des enfants avec lui aurait été la plus grosse erreur de leur vie, pour elle et pour lui. Sans le savoir, Jackie avait achevé par cette parole ce que son père n'avait jamais terminé : le convaincre qu'il n'était pas fait pour le rôle de mari et de père.

Et pourtant, il avait été prêt à embrasser Jessie, si leurs lèvres s'étaient jointes ce jour-là, sur le Dôme. Ils avaient été assis là-haut, offerts aux regards de tous ceux qui passaient, comme s'ils avaient été un couple ordinaire.

Ce qu'ils n'étaient certainement pas. Aussi ne comprenait-il pas pourquoi il lui avait proposé de l'initier à l'escalade. Ni pourquoi il avait jugé important de se montrer à la clinique aujourd'hui.

Était-ce vraiment par simple curiosité ? Bon sang ! Il l'espérait.

Jessie arriva et parcourut la salle, en se présentant à ceux qui étaient venus. Soit elle ne l'avait pas encore vu, soit elle l'ignorait délibérément, pensa-t-il. Car son regard n'avait pas croisé le sien une seule fois.

Puis elle se faufila dans sa rangée et se trouva devant lui. Elle lui tendit la main, comme elle l'avait fait aux autres jusque-là. Cabe la serra. Très vite, elle retira ses doigts.

— Merci d'être venu. Vous n'étiez pas obligé, vous savez.

— Je voulais savoir comment se déroulaient les séances. Je vois que les intervenants ont bien fait les choses, dit-il en désignant d'un mouvement de tête les niches alignées.

— Oui, la responsable du refuge espère qu'il y aura des adoptions aujourd'hui. Lilian est formidable, comme tous ses collègues que j'ai rencontrés. Elle va parler des bénéfices de l'adoption pour des entreprises qui voudraient une mascotte. En donnant l'exemple d'un magasin de meubles de Santa Medina qui a un chien pour accueillir les clients. Je ne suis pas encore allée là-bas, mais j'ai entendu dire qu'il était un membre essentiel de leur équipe de vente.

— Santa Medina Mobilier. Oui, c'est Bosco. Il est là depuis des années. Il est choyé par ses maîtres et par les clients.

— Ça ne pose aucun problème ? Des allergies ou des personnes qui n'aiment pas les chiens ? s'enquit Jessie en reprenant son rôle de vétérinaire.

— Pas que je sache. Les clients savent à quoi s'attendre en entrant dans la boutique. Il y a un panneau sur la devanture avec la photo de Bosco et l'inscription « Ici, on reçoit des bisous de chien ». Mais je dois dire que Bosco est bien élevé, expliqua-t-il en souriant.

— En tout cas, après avoir rencontré Soldier, je suis convaincue qu'il y a des chiens dans les refuges qui pourraient être dressés pour devenir chiens de thérapie ou de soutien psychologique dans un hôpital ou un centre de soins palliatifs, ils seraient une source de réconfort.

— Excellente idée ! commenta-t-il.

Une serveuse du restaurant voisin s'approcha pour serrer Jessie contre elle et la remercier d'aider le refuge.

— Docteur, j'ai recueilli trois chiens, mais mon mari m'a dit : « Pas un de plus ». Donc, je suis ravie qu'on leur donne de la visibilité aujourd'hui. C'est vraiment nécessaire.

— Je suis tout à fait d'accord, répondit Jessie. Chaque animal domestique mérite un bon foyer. Le refuge veille à ce que chaque futur adoptant reçoive le chien ou le chat qu'il lui faut. J'ai été impressionnée par leur travail de sélection.

Elle avait beau être nouvelle ici, elle était manifestement douée pour nouer des contacts avec les habitants, constata Cabe. Ses manières chaleureuses leur donnaient envie de faire partie de son cercle de relations. Même à lui.

Il n'y avait pas que ça. La passion qu'elle mettait à trouver des familles d'accueil pour les animaux abandonnés était si évidente qu'il était difficile de ne pas se laisser gagner par son enthousiasme.

Ses joues étaient empourprées et ses yeux pétillaient tandis qu'elle parlait. Chaque inclinaison de sa tête imprimait à sa queue-de-cheval un charmant mouvement de balancier qui venait caresser son cou gracile. Cette coiffure lui allait à ravir. Longue et incroyablement soyeuse, il était difficile de ne pas s'imaginer l'enroulant autour de ses doigts et…

Ah, bon sang ! Voilà qu'il repartait dans ses fantasmes.

La serveuse s'éloigna, et Jessie regarda vers la petite estrade où Lilian avait pris place.

— Elle va prendre la parole. Il est temps que j'aille l'annoncer, murmura-t-elle.

Cabe la regarda traverser la salle d'une démarche chaloupée. Le joli balancement de ses hanches n'avait rien de forcé ni d'artificiel comme il avait vu chez certaines femmes.

Cesse de faire des comparaisons ! Jessie Swinton est différente.

Certes, mais ça ne changerait rien. Il ne voulait personne dans sa vie, et elle n'avait surtout pas besoin de quelqu'un comme lui.

Jessie fit les présentations, puis alla s'asseoir au premier rang pour écouter Lilian. Celle-ci parla de la campagne que le refuge de Santa Medina venait de lancer afin de sensibiliser le public sur l'utilité des animaux de compagnie dans le secteur professionnel, notamment celui de la santé.

L'idée était de forger des liens entre les gens et les animaux et d'intégrer ces derniers dans tous les milieux. Cela passait par l'adoption et par un programme d'éducation en fonction du public concerné.

Cabe pensa à Soldier qui faisait un peu figure de mascotte au centre de secours. Mais ce n'était pas tout à fait la même chose, puisqu'il était avant tout son chien. Il se demanda si le centre envisagerait une adoption en ce sens et se promit d'en parler à Terry.

Son discours terminé, Lilian présenta les chiens qui l'accompagnaient, les promenant dans l'assistance pour permettre à chacun de les approcher.

— Chacun de ces braves compagnons serait un atout dans une maison ou une entreprise. Ils sont sociables et ont reçu une éducation pour évaluer leur tempérament au contact des gens et des enfants. Ils supportent aussi les autres animaux. Ils feraient d'excellents compagnons de jeu ou de thérapie.

Une demi-heure plus tard, Lilian remontait sur l'estrade, tandis que des personnes se pressaient autour des quatre chiens. Resté au fond de la salle, Cabe constata que trois d'entre eux avaient déjà trouvé un foyer. Il connaissait les adoptants et il était sûr que les chiens seraient bien traités.

Il ne restait qu'une petite boule de poils aux yeux en amande et au museau légèrement de travers. Comme Lilian allait le remettre dans son panier de transport, le chien regarda vers lui comme s'il cherchait quelque chose… ou quelqu'un.

Cabe savait qu'il ne devait pas s'approcher. Il ignorait si Terry serait ouvert à l'idée d'avoir un chien au centre, en dehors de Soldier. Mais…

Il se leva et se dirigea vers l'estrade.

— Puis-je le voir ? demanda-t-il en souriant. Juste une minute.

— C'est une chienne, répondit Lilian. Je ne suis pas sûre que Carrie soit adaptée pour la recherche et le sauvetage de personnes. Elle est du genre pantouflarde.

Néanmoins, elle lui mit la petite créature dans les bras. Carrie se pelotonna immédiatement contre lui, le museau enfoui dans le creux de son coude.

— Je vois, mais peut-être que l'équipe serait prête à l'accueillir comme mascotte, dit Cabe. Sa petite taille joue en sa faveur.

— Elle est super avec les enfants, renchérit Lilian. Un avantage non négligeable quand vous recevez les gosses de l'école pour les cours de secourisme.

— J'en suis sûr. Mais c'est Terry qu'il faut convaincre.

— Cet homme est une crème. Je vais l'appeler moi-même.

Cabe esquissa un sourire oblique.

— Est-il possible que vous taisiez mon nom ?

— Hum… Je crains que non. Il vaut mieux que vous lui parliez avant que je ne passe ce coup de fil.

Cabe caressa les oreilles douces de Carrie.

— Je le ferai. Mais je ne peux rien vous promettre.

— Si vous autres, vous n'en voulez pas, je suis sûre que nous lui trouverons un bon foyer. Ses traits un peu bizarres la rendent attachante, vous ne trouvez pas ?

Oui, il en convenait. Raison pour laquelle il devait rendre la petite chienne. Cependant, il se promit de faire de son mieux pour elle.

— Vous me donnerez vite une réponse, d'accord ? dit Lilian en plaçant Carrie dans son panier.

Cabe donna sa parole.

Comme l'auditoire se dirigeait vers la sortie, il s'avança vers Jessie. Dans quel but ? La féliciter ? L'atelier ne lui avait pas directement profité. Qu'à cela ne tienne, il voulait lui parler.

Elle se tenait près de la porte et remerciait les gens qui sortaient. Cabe se plaça à la fin de la file. Quand son tour arriva, il lui serra la main, conscient au même instant de la stupidité de son geste étant donné leur proximité lors de l'excursion au Dôme.

— Je suis impressionné, déclara-t-il.

— Impressionné ? répéta-t-elle, comme si elle ne s'attendait pas à ce genre de réaction de sa part.

— Oui, quel succès et quelle efficacité ! Lilian est venue avec quatre chiens et repart avec un seul. Et j'ai l'espoir que le centre de secours adoptera Carrie.

Jessie sourit.

— C'était un peu l'idée de cette réunion, de donner aux animaux une place dans une communauté aussi unie que Santa Medina. Si on met l'accent sur ce genre de programme, on peut espérer qu'il y aura moins d'abandons dans les refuges. Et pour les chiens et les chats qui y sont, les chances de trouver un foyer seront plus grandes.

— En tout cas, à en juger par ce qui s'est passé aujourd'hui, vous êtes en bonne voie de réaliser ce projet. Est-ce que d'autres organismes se sont inscrits pour participer ?

— Oh oui, j'ai reçu des candidatures. Un agriculteur va venir parler des chiens utiles dans les travaux de la ferme, comme les bergers australiens. Et une école spécialisée qui accueille les enfants handicapés viendra faire un exposé sur les chiens d'assistance. La police essaie aussi d'obtenir une date.

— Eh bien, ces ateliers seront un beau succès. Dire que vous aviez peur de ne pas trouver assez de personnes pour animer les séances.

— Je pense que je dois vous remercier pour ça, dit-elle.

— Moi ?

Qu'avait-il à voir là-dedans ? Il n'avait rien fait pour l'aider sur ce plan-là.

— La rumeur s'est répandue que le SAS allait participer. D'un coup, j'ai reçu des coups de téléphone de diverses associations qui désiraient se présenter.

— Eh bien, je suis content même si je n'ai rien à voir avec le fait qu'on l'ait appris. Peut-être que mon patron y est pour quelque chose.

— Qui que ce soit, je vous suis très reconnaissante pour cette publicité.

Se rendant compte qu'une personne se tenait derrière lui, Cabe s'écarta avant de lui souffler discrètement :

— À propos de l'escalade, avez-vous du temps cette semaine ? Avant ma prestation à l'atelier de samedi ?

— Je vais regarder ça et je vous appellerai, dit-elle très vite avant de se tourner vers la femme qui le suivait.

Cabe sortit de la salle. Il espérait qu'il ne commettait pas une grave erreur en acceptant de lui enseigner quelques rudiments.

L'erreur serait de croire qu'il en commettait une, se raisonna-t-il. À l'inverse, ce serait l'occasion de faire découvrir son activité à Jessie et de repartir avec elle sur de nouvelles bases. En laissant le souvenir de leur première visite au Dôme définitivement derrière eux. Et plus de fantasmes sur cette queue-de-cheval, ou toute autre partie du corps de la jolie vétérinaire.

Le harnais d'escalade ressemblait à une armure barbare. Jessie se retrouva enveloppée d'un désordre de cordes et de pièces métalliques.

Comme elle levait les yeux vers le Dôme, il lui apparut encore plus formidable que la première fois.

Soldier ne les accompagnait pas, et elle se demanda à quelle altitude Cabe comptait aller s'il ne pouvait emmener son chien. Elle aurait peut-être dû l'interroger à ce sujet.

— Vous vous rappelez que je n'ai jamais fait ça, n'est-ce pas ?

— Oui, ne vous inquiétez pas. J'irai doucement pour vous. Il n'y a rien que vous ne puissiez gérer dans cette course, assura-t-il.

De toute évidence, il avait une grande confiance en ses capacités, beaucoup plus qu'elle-même.

— Pff... Vous ne savez même pas ce que je suis capable de gérer, murmura-t-elle, maussade.

— Eh bien, nous allons le découvrir.

Jessie se mordit la lèvre. *Oh ! flûte !* Elle n'avait pas voulu qu'il entende cette réflexion.

Cabe s'approcha pour fixer sur son harnais une quantité incroyable de mousquetons, en plus de ceux qui s'y trouvaient déjà.

— Oh ! misère ! Je vais avoir besoin de tout ça ? s'exclama-t-elle, effarée.

— Non, mais il vaut mieux en avoir plus qu'il n'en faut. Regardez, c'est pareil pour moi.

Jessie l'enveloppa d'un regard bref. Lui aussi était bardé de ferraille, ce qui le rendait encore plus impressionnant. Plus séduisant aussi.

Il lui fourra quelque chose dans la main.

— C'est un descendeur, expliqua-t-il devant son air intrigué. Je vous en ai parlé l'autre jour. Pour l'assurage. Voici comment ça fonctionne.

Avec des gestes méthodiques, il lui montra comment faire passer la corde dans le dispositif, ainsi que la position des mains.

— La technique est essentielle pour le freinage. Rappelez-vous que vous ne devez en aucun cas lâcher le brin inférieur de la corde.

Il répéta la manœuvre.

— Et maintenant, à vous.

Jessie avait l'impression d'avoir deux mains gauches. Jamais elle ne s'était sentie aussi maladroite. Sans compter que le regard imperturbable de Cabe n'aidait pas à alléger sa tension.

— Comme ça ? dit-elle une fois qu'elle eut exécuté les étapes de la manœuvre.

— Oui. Réessayez.

Lors de la deuxième tentative, elle lâcha la corde au moment du changement de mains. Cabe tiqua et, immédiatement, elle rectifia son geste.

— Compris. Ne jamais lâcher le brin sortant.

Il lui montra ensuite la mise en place d'un système secondaire d'assurage.

— C'est toujours une bonne chose. Cela offre une sécurité supplémentaire en cas de défaillance.

— Oh la la..., dit-elle avec effroi. La dernière chose à laquelle j'ai envie de penser quand je serai là-haut, c'est qu'un truc pourrait ne pas fonctionner.

Sa remarque le fit sourire. Puis Cabe lui apprit comment se servir correctement de son mousqueton.

Oh ! Seigneur... Pour lui expliquer la plupart de ces techniques, il devait se tenir tout près d'elle. Jessie sentait le parfum léger de son après-rasage et le contact de ses mains sur elle, tandis qu'il installait le matériel sur son harnais. Elle voyait aussi de près le début de barbe qui ombrait ses joues et qu'elle trouvait si irrésistible. Cet homme était incroyablement sexy.

Et maintenant elle s'apprêtait à escalader le Dôme – ou du moins, sa partie facile – avec lui...

— Nous allons nous diriger vers le premier point d'ancrage, et je vous apprendrai comment vous encorder et m'assurer.

La voix de Cabe la tira de sa rêverie.

— Vous ne comptez pas sur moi pour vous retenir en cas de chute, n'est-ce pas ? demanda-t-elle, alarmée.

— Mais si.

Sa réponse la fit frissonner.

— Et si c'est moi qui tombe ?

— Je ferai pareil pour vous.

Le ton qu'il avait employé était si solennel que Jessie se demanda s'il parlait de l'escalade ou de toute autre forme de chute.

La question n'était pas si incongrue. Depuis quelques jours, elle réalisait combien il serait facile de tomber amoureuse de cet homme. Mais elle ne voulait pas en arriver là. Oh ! mon Dieu ! Elle ne le voulait en aucun cas.

Elle sortait d'une relation qu'elle avait trouvée merveilleuse pendant un certain temps et qui s'était avérée un désastre. Il n'était pas question qu'elle se lance dans une autre histoire qui finirait de la même façon… voire pire. Elle appréciait Cabe et ne voulait pas gâcher cette complicité en développant pour lui quelque chose de sentimental. C'était normal de le trouver attirant, et elle ne s'en privait pas. Ce qui l'était moins, c'était de penser à lui comme partenaire romantique.

Surtout au moment où elle cherchait à s'intégrer dans cette petite communauté. Elle avait déjà constaté que son programme d'ateliers intéressait beaucoup de monde depuis qu'on savait que Cabe McBride y participerait. Si une brouille survenait entre eux, ce serait sûrement l'inverse. Non, décidément, elle était plus que jamais résolue à se faire une place par elle-même et grâce à ses propres compétences plutôt que de profiter de la popularité de quelqu'un. Ce ne serait pas loyal envers Cabe, et la situation se retournerait contre elle.

— Bon, je vais grimper et vous m'assurez.

Un frisson de panique traversa Jessie.

— Cabe, vous êtes sûr ? Et si vous tombez à cause de moi ?

— Ça n'arrivera pas. Et même si vous êtes perdue, l'ascension est courte et j'aurai de bonnes prises. Assurage ?

Elle comprit cet ordre utilisé chez les grimpeurs. Après avoir vérifié son équipement, elle lança la réponse qu'il lui avait apprise pour signaler qu'elle était prête :

— Quand vous voulez !

Cabe entama la montée. Consciente de concourir à sa sécurité, Jessie se concentra pour maintenir la corde en tension pendant sa progression. Puis il s'arrêta et réclama davantage de mou.

— Point d'ancrage installé, cria-t-il avant de lui jeter la corde.

Jessie tâtonna un peu avant d'amener celle-ci dans la bonne position. Oh ! mon Dieu, elle n'arrivait pas à croire qu'elle allait escalader à son tour. Sous la peur qui la tenaillait, un léger frisson d'excitation la parcourait. Ténu, certes, mais il était bien là.

Cabe lui communiquait les instructions à chaque étape. Chaque fois qu'elle posait le pied sur le rocher, elle sentait grandir en elle l'exaltation. Quand elle fut presque à sa portée, il lui tendit la main.

À l'instant où ils se touchèrent, la chaleur de sa paume ferme déclencha en elle une salve de frissons brûlants, tandis qu'il la hissait jusqu'à lui. Elle l'observa, le souffle saccadé jusqu'à ce qu'il détourne le regard pour les accrocher à la fixation de la paroi. La plaquette en acier ressemblait à la languette d'une canette de soda.

Jessie sentit la peur l'envahir de nouveau.

— Vous êtes sûr que ça va nous supporter tous les deux ?

— Affirmatif. C'est profondément ancré dans la roche et ça peut résister à une charge d'une tonne. Renversez-vous contre votre harnais, cela vous aidera à reposer vos muscles.

Avec précaution, Jessie fit ce qu'il suggérait et découvrit que c'était moins effrayant qu'elle ne s'y attendait. Elle leva les yeux vers le ciel intensément bleu au-dessus d'elle. Il semblait beaucoup plus près à cette altitude, même si elle savait que c'était seulement une illusion.

— Oh la la. Ma mère ne voudra jamais croire que j'ai fait ça.

— Vraiment ? Pourquoi ?

— Parce que nous sommes toutes les deux sujettes au vertige, dit-elle en riant.

— L'important quand on grimpe est de toujours regarder vers le haut en allant chercher les ancrages l'un après l'autre.

— Donc, vous conseillez de ne pas regarder en bas ?

À peine avait-elle posé cette question qu'elle fut tentée de le faire. Comme s'il avait deviné son intention, il se pencha vers elle.

— Ne le faites pas.

— D'accord.

Le regard fixé sur lui, elle prit une profonde inspiration,

notant les courtes mèches brunes qui s'égaraient sur son front hâlé. Au prix d'un vaillant effort, elle résista à l'envie de tendre la main pour les ramener en arrière.

— Alors, que voulez-vous faire maintenant ? Continuer l'escalade ? Redescendre ?

Elle réfléchit un instant. L'ascension de cette première section avait été exaltante.

— C'est le même procédé ? demanda-t-elle.

— Oui, tout à fait. Une répétition constante, jusqu'à ce que ça rentre dans la mémoire procédurale comme la pratique du vélo.

Était-ce vraiment aussi facile ? Mais elle n'hésita pas longtemps.

— Alors, d'accord pour poursuivre l'ascension.

Cabe approuva d'un sourire. Finalement, ils continuèrent bien plus haut que prévu. En atteignant le troisième point d'ancrage, Jessie sentit que les muscles de ses jambes protestaient douloureusement. Elle n'avait toujours pas regardé en bas. Comment l'expliquer ? Était-ce une volonté inconsciente de vaincre sa peur ?

Elle se renversa contre son harnais pour reprendre son souffle.

— C'est très dur… vraiment très dur. Mais ça fait du bien aussi.

Elle comprenait maintenant comment Cabe s'était forgé sa belle musculature. Le renflement de ses biceps était visible sous sa veste, et elle aurait parié que ses cuisses étaient aussi puissantes et énergiques. Elle savait déjà, pour les avoir vus, que ses muscles fessiers étaient bien dessinés.

Elle sourit à ce souvenir.

— Qu'y a-t-il ? s'enquit-il en la fixant de son regard si bleu.

— Rien du tout.

Il inclina la tête, mais n'insista pas.

— Bon, si vous voulez profiter de la vue, c'est le moment.

Jessie se figea, l'espace d'une seconde.

— Je peux vraiment regarder en bas ?

— Oui, une fois que vous avez atteint votre objectif, vous pouvez le faire.

Prenant une profonde inspiration, elle tourna lentement la tête, et un sentiment d'émerveillement l'envahit.

— Mon Dieu ! Je… Je n'ai pas de mots. C'est à couper le souffle…

Ils se trouvaient plus haut qu'elle ne l'avait pensé. Bien sûr, en tant que grimpeur de tête, Cabe avait fourni le plus d'efforts. Mais elle était tellement fière d'être arrivée jusque-là que l'euphorie menaçait de la submerger.

— Maintenant, je comprends, dit-elle.

Elle se tourna vers lui et rencontra l'éclat intense de son regard bleu posé sur elle. Des frissons exquis se propagèrent dans tout son être avant de refluer et d'atteindre son cœur comme une lame.

— Vraiment ? demanda-t-il d'une voix sourde.

— Oh oui.

Il leva une main et lui effleura la joue.

— Je le pense aussi.

Sa caresse prit fin. Cabe ne souriait plus, mais un muscle tressaillait au coin de sa bouche. Jessie sentit un étrange désir jaillir au creux de son ventre.

Ce n'était pas bon signe…

Avant qu'elle ait eu le temps d'analyser cette réaction, Cabe prit la parole pour détailler les étapes de la descente. Ils seraient reliés l'un à l'autre par une corde courte et, comme la pente n'était pas si raide, Jessie descendrait en premier.

— Je défais nos ancrages, puis nous partons.

Une fois qu'il eut raccroché le matériel sur son harnais, il donna le signal du départ. Jessie suivit la voie qu'il lui avait indiquée plus tôt, en priant pour ne pas trébucher. Ils retrouvèrent la terre ferme sans encombre et en beaucoup moins de temps qu'il ne leur en avait fallu pour monter.

Un soulagement immense l'envahit. En même temps, il y avait quelque chose de cathartique dans le fait d'avoir vaincu une de ses peurs, se dit-elle. En tout cas, elle était heureuse de retrouver sa liberté de mouvement. Le fait de laisser Cabe diriger chacun de ses pas l'avait rendue vulnérable. Elle n'avait pas ressenti cela depuis longtemps, et la sensation n'avait pas été particulièrement agréable.

— Maintenant, vous pouvez dire que vous avez escaladé le Dôme du Plaisir, déclara-t-il en détachant la corde.

L'ambiguïté de ses paroles la troubla. Néanmoins, elle s'efforça de sourire.

— Une petite partie, du moins. Merci infiniment de m'avoir fait vivre cette expérience, Cabe. J'avoue que ça ne figurait pas sur ma liste de choses à accomplir, mais ça aurait dû. Je songe vraiment à prendre des cours, vous savez. J'aimerais tenter l'ascension par une des voies faciles.

— Je pense que vous y arriverez.

Sortant un bout de papier d'une poche de sa veste, il griffonna quelque chose.

— Tenez. C'est le nom de quelqu'un de confiance. Il vous guidera jusque là-haut en toute sécurité.

Jessie sentit une vague de déception l'envahir en comprenant qu'il ne lui donnerait pas lui-même ces leçons. Mais encore une fois, il avait dit qu'il lui montrerait les bases et n'avait rien promis de plus. Pourquoi ne pas se réjouir simplement qu'il lui ait donné l'envie de faire de l'escalade ? Oui, elle s'en tiendrait à ça.

— Merci encore. J'espère ne jamais avoir besoin du SAS pendant que je m'exerce.

— Je suis convaincu que…

Un cri déchira l'air soudain, et elle ne sut jamais ce que Cabe s'apprêtait à lui dire.

— Hé ! Nous avons besoin d'aide ! appela une voix paniquée au-dessus d'eux. Un grimpeur blessé au sommet du Dôme.

Jessie sentit le sang se glacer dans ses veines.

6.

L'homme qui avait crié descendait la paroi.

— Remontez et attendez-moi ! lança Cabe d'une voix forte. J'arrive immédiatement.

Puis, se tournant vers Jessie :

— J'ai besoin que vous appeliez Doug ou Brad au bureau du SAS. Qu'ils viennent ici le plus vite possible.

Il lui donna le numéro, puis réfléchit à la situation. Il allait s'assurer seul jusqu'au sommet. En tant que débutante, Jessie ne pourrait le suivre. De plus, il devait emprunter l'une des voies les plus difficiles. Il n'avait pas sa trousse médicale avec lui, mais Brad ou Doug auraient le nécessaire.

Rapidement, il vérifia son équipement. Dès qu'il fut prêt, il endossa son rôle de sauveteur et marcha vers le Dôme.

— Bonne chance, Cabe !

Il était trop concentré pour répondre à cet encouragement. Grimper, grimper encore… Rien d'autre ne comptait.

L'ascension lui parut interminable. Jusqu'à ce qu'il parvienne au sommet, le souffle saccadé.

L'homme qui avait appelé au secours était là, avec un autre grimpeur.

— Un petit chien a essayé de nous suivre pendant que nous montions, expliqua-t-il. Il s'est trouvé en difficulté, et ma femme a voulu l'aider. Elle est tombée. La corde l'a retenue, mais elle ne répond pas à mes appels.

L'homme se mit de côté, et Cabe vit effectivement une petite boule de poils, toute blanche, qui tremblait comme une feuille au bord de la falaise. Comment le chien avait-il pu monter jusque-là ? Mystère.

Se renversant contre son harnais, il appela Jessie sur son portable. Elle répondit dès la première sonnerie.

— Cabe, ça va ?

— Oui, très bien. Il y a un chien en difficulté ici. Si on arrive à le faire descendre, vous pouvez vous charger de lui ?

— Absolument. Dites-moi où je dois le réceptionner.

— Je vous mets en contact avec l'un des grimpeurs.

Puis s'adressant à l'autre homme :

— Pouvez-vous prendre le chien dans votre sac à dos sans risque de vous blesser ? Il y a une vétérinaire en bas.

— Oui, ça ira. Je la rejoindrai à mi-chemin.

— Non, elle est novice. Tenez-la au courant, dit-il avant de lui donner le numéro de Jessie.

— Compris.

Cabe jeta un coup d'œil en contrebas. Une femme était suspendue dans le vide juste sous un affleurement. Le vent qui soufflait plus fort à cette altitude la plaquait sans cesse contre la paroi qu'elle heurtait durement. Le corps était inerte. Elle avait dû perdre connaissance.

— A-t-elle seulement perdu l'équilibre ? demanda-t-il.

Il voulait savoir si la chute était due à une défaillance du matériel ou si elle avait fait un écart dans la mauvaise direction.

— Son pied a glissé sur des pierres instables…

La voix de l'homme se brisa, l'angoisse contractait ses traits.

— Nous avons une petite fille. Si quelque chose arrive à ma femme, je ne me le pardonnerai jamais.

— Je suis du SAS. Nous allons la sortir de là.

Juste à cet instant, son téléphone sonna.

— Ici McBride.

— Cabe, c'est Doug. Quelle est la situation ?

Cabe lui communiqua ce qu'il savait.

— Je vais la récupérer. Elle se balance sur la face sud-est. Je n'ai pas assez de corde pour la descendre de là. Mais…

Il se tourna vers le mari de la blessée.

— Quelle longueur de corde avez-vous ?

— Suffisamment. Tenez.

L'homme lui remit le lourd cordage. Du coin de l'œil, Cabe vit que le second grimpeur ramassait le chien. Dieu merci, l'animal ne montra aucune résistance. Après l'avoir calé dans sa veste, il sortit son téléphone et donna une série d'informations. Il devait parler à Jessie, pensa Cabe. Donc, de ce côté-là, tout allait bien.

— Comment s'appelle votre femme ? demanda-t-il à l'homme resté près de lui.

— Gloria. Moi, c'est Jerry. Je n'ai pas osé la ramener moi-même…

— Vous avez fait ce qu'il fallait, dit Cabe. Attendez ici jusqu'à ce que je vous dise que vous pouvez descendre en toute sécurité.

La dernière chose qu'il souhaitait, c'était que quelqu'un le suive et s'emmêle dans son équipement ou se laisse submerger par l'émotion. C'était justement là où lui-même excellait. Son manque d'émotion qui avait détruit son mariage le servait en mission. Il était capable de prendre des décisions fondées sur une parfaite objectivité et de garder son sang-froid en toutes circonstances.

— Doug, tu es toujours là ? dit-il dans le téléphone.

— Oui, je suis sur le versant indiqué. Je la vois.

— Bien, je vais m'assurer sur la corde que son compagnon m'a donnée. Tu pourras l'utiliser pour descendre la victime.

— Compris, je me tiendrai prêt. J'ai vu le Dr Swinton. Elle dit que quelqu'un est en train de descendre un chien ? De là-haut ?

— Exact.

Cabe espérait que son collègue réussirait à encorder la blessée. Tout dépendait de l'état du harnais de Gloria. Connaissant Doug, il savait que le reste des secours était déjà en route.

Il était temps de passer à l'action. Avec des gestes minutieux, il entama la descente jusqu'à l'affleurement. Parvenu sur l'étroite plate-forme, il s'allongea pour examiner la situation. La femme se trouvait à environ trois mètres au-dessous de lui. Son corps inerte oscillait sous l'action du vent, mais elle ne donnait toujours aucun signe de vie.

— Gloria ? Vous m'entendez ?

Ne recevant aucune réponse, Cabe appela de nouveau. Cette

fois, il perçut un gémissement prolongé, mais elle ne bougeait pas. Il y avait du sang sur sa tempe et sur la sangle de son harnais. Ainsi, il avait raison. Elle s'était blessée à la tête et avait perdu connaissance. Il fallait donc la ramener à terre au plus vite.

Il leva les yeux vers la paroi et héla Jerry.

— Je vais descendre jusqu'à elle. Je pense qu'elle s'est cogné la tête. Mon partenaire prendra le relais en tant qu'assureur.

— Très bien. Bonne chance.

Passant par-dessus l'affleurement, Cabe chercha des prises du bout des pieds et des doigts jusqu'à ce qu'il atteigne une section plus verticale. Fort heureusement, il rencontra un piton en place. À présent, il s'agissait de ramener Gloria vers lui, puis Doug la guiderait vers le bas en évitant qu'elle ne heurte la paroi plus que nécessaire.

Profitant d'un coup de vent, Cabe saisit la corde qui la retenait du premier coup. Il passa le filin dans la fixation et tira. Une fois la position de Gloria sécurisée, il vérifia son état. Elle respirait, et ses pupilles étaient normales, Dieu merci.

Soulagé, il appela Doug.

— Je l'ai accrochée à moi. Je te jette l'excédent de corde.

— Vas-y, répondit son collègue.

D'un geste ample pour éviter les pierres saillantes, il lança le filin dans le vide. Puis il fixa le téléphone à sa veste, en prenant soin de ne pas raccrocher.

— C'est bon, Cabe. Je mets en place l'assurage.

Cinq minutes plus tard, la voix de Doug résonna de nouveau.

— Prêt quand tu veux. Les secouristes sont là.

— Bonne nouvelle.

Chacun travaillant de son côté, Cabe fit descendre doucement la femme blessée, tandis que Doug guidait sa progression le long de la paroi en contrôlant la tension de la corde. Pendant cinq longues minutes, le téléphone resta silencieux, Cabe ne percevant que le souffle haché de son collègue.

Puis soudain :

— Elle est à terre. Je la tiens !

La corde se relâcha, comme chacun de ses muscles, pensa

Cabe. Il s'accrocha à la paroi et resta là plusieurs minutes, sachant de toute façon qu'il n'arriverait pas à descendre assez vite pour prodiguer les soins à Gloria. Il devait se reposer, se répéta-t-il, sinon sa propre descente pourrait lui être fatale.

Mais d'abord, il fallait prévenir le mari.

— Jerry ? Elle est en bas. Avez-vous assez de corde pour descendre ?

— Oh ! mon Dieu... Merci ! Quelle chance que vous ayez été là. Oui, je peux descendre. Lloyd vient de m'envoyer un message. Il a remis le chien à votre femme.

Sa femme ? Oh ! non, il y avait erreur. Mais il n'avait reconnu aucun des membres du trio, donc ceux-ci n'avaient aucun moyen de savoir que Jessie et lui n'étaient pas en couple. En dépit de ce raisonnement, Cabe sentit une brusque tension au fond de lui. Les mots de Jerry l'avaient troublé. Devait-il rétablir la vérité ? Mais à quoi bon ?

— Bonne chance ! répondit-il simplement.

Après quoi, il se laissa aller contre son harnais. Maintenant que le plus dur était passé, l'adrénaline se dissipait, en même temps que son énergie, le laissant vidé.

Allons, du cran ! Il ne pouvait pas rester suspendu là indéfiniment. Il devait aussi reconduire Jessie, surtout si le chien avait besoin de soins. Mais peut-être était-elle déjà partie.

Il entreprit donc la descente de cette face du Dôme, réputée comme l'une des plus périlleuses. Mais il n'avait pas le choix. C'était ça ou remonter jusqu'au sommet pour passer sur l'autre versant. Chaque fois que la paroi s'y prêtait, il effectuait des bonds en arrière pour gagner du temps. Quand la zone était trop dangereuse, il se recroquevillait et reculait à pas mesurés. Enfin, ses pieds touchèrent la terre ferme. Il resta immobile, et respira profondément.

Sentant soudain une main envelopper la sienne, il tourna la tête. Jessie était là, très pâle, le petit chien blanc blotti dans ses bras.

— Comment va-t-il ? demanda-t-il, haletant.

Elle ouvrit plusieurs fois la bouche, essayant de parler.

— Elle va bien, répondit-elle enfin. Je n'ai trouvé aucune blessure apparente. Mais, Cabe… Je vous en prie, dites-moi que votre démonstration ne ressemblera pas à ça. J'étais morte de peur.

Ma parole ! Elle parlait comme… une épouse.

Alors, brusquement, il se mit à rire. Une hilarité bruyante que rien ne justifiait, sinon le soulagement de savoir Gloria revenue à terre. Il ouvrit les bras et enlaça Jessie avec fougue. L'étreinte se prolongea. Bientôt, il entendit sa voix étouffée, tout contre sa poitrine.

— On pense que Gloria a une légère commotion cérébrale, mais elle va être transportée à l'hôpital pour voir s'il n'y a rien de plus grave.

— Et Jerry, son mari ? demanda-t-il.

— Il est descendu par l'autre versant. Il est dans l'ambulance avec elle. Il vous est très reconnaissant. Moi aussi, pour… pour cette petite chose, dit-elle en désignant la minuscule créature serrée contre elle.

Puis sa lèvre inférieure se mit à trembler, et une larme roula sur sa joue.

Cabe comprenait parfaitement cette réaction. Il savait que les sauvetages semblaient plus dangereux vus d'en bas qu'ils ne l'étaient pour les grimpeurs en pleine action. Même si celui de Gloria avait été particulièrement périlleux.

Du pouce, il effleura la joue humide de Jessie.

— Hé ! Tout va bien. Tout le monde s'en est bien sorti, y compris votre protégée.

— Oh la la, oui, heureusement. Mais…

Elle se ressaisit et lui offrit un sourire tremblant.

— Je vais peut-être reporter ces leçons d'escalade.

Cabe passa un bras autour de ses épaules, sans savoir si c'était pour la réconforter ou parce qu'il avait besoin d'une proximité physique en cet instant. Ensemble, ils retournèrent à la voiture.

— Vous venez chez moi ? demanda-t-elle tout de go. Je vous servirai du thé et quelque chose à manger. Rocky aussi a besoin de nourriture.

— Rocky ? dit-il en souriant.

— C'est le nom que je lui donne pour l'instant. Au moins jusqu'à ce que je retrouve son propriétaire. J'espère que quelqu'un va la réclamer.

— Un nom approprié, étant donné les circonstances. Et oui, j'accepte l'invitation.

Jessie sentait encore ses genoux trembler quand il gara la voiture devant chez elle. Le sauvetage dramatique dont elle venait d'être témoin l'avait ébranlée jusqu'au tréfonds d'elle-même. Cabe aussi bien que Gloria auraient pu dévisser et faire une chute mortelle, et cette pensée-là…

Elle soupira. Il avait l'air brisé de fatigue. Mais qui pouvait l'en blâmer ? Il avait réalisé un véritable exploit, et tout seul. S'il n'avait pas été là, Dieu sait au bout de combien de temps la malheureuse aurait été secourue. Quand Doug était arrivé, Cabe atteignait déjà presque le sommet.

Elle l'invita à entrer et, une fois dans le salon, elle le pria de s'asseoir.

— Merci, mais je vais bien, vous savez.

— Pas le seul ! Pas le seul !

Bien entendu, Dumble ne pouvait s'empêcher de mettre son grain de sel. Mais d'où tenait-il cette expression ? Cela faisait une semaine qu'il répétait ça sans arrêt. Quand il aperçut le petit chien qu'elle tenait toujours dans ses bras, il émit son sifflement vulgaire et cria :

— Joli toutou !

Jessie se tourna vers Cabe, au moment où il faisait une grimace en direction de l'oiseau.

— Désolée, dit-elle. Je sais qu'il est agaçant.

— Non, je le trouve drôle.

Elle sourit, réconfortée par cette remarque.

— Je reviens. Le temps de donner à manger et à boire à Rocky.

Elle posa les deux gamelles sur le carrelage de la cuisine, et la petite chienne se mit à boire avec avidité. C'était bon signe.

Jessie revint vers le salon avec l'intention de demander à Cabe ce qu'il désirait.

— Oh ! vos pansements se sont défaits, constata-t-elle.

Elle s'approcha de lui et examina sa joue barbouillée de sueur et de terre, puis palpa doucement l'endroit de la blessure. Elle fut surprise quand il n'essaya pas d'écarter sa main.

— C'est cicatrisé. Je pense que ça suffira…

En sentant les doigts tièdes de Cabe s'enrouler autour de sa nuque, elle ravala son souffle.

— Merci d'être restée sur place, dit-il d'une voix rauque.

— Qu'aurais-je fait d'autre ?

— Vous auriez pu partir.

— Vous aviez gardé les clés de la voiture, dit-elle en riant. Il aurait fallu que je la démarre en trafiquant les fils. Encore un domaine où je n'y connais rien !

Le pouce de Cabe suivait une trajectoire troublante, glissant de la zone sensible de son oreille jusqu'à son cou.

— Est-ce la seule raison pour laquelle vous êtes restée ?

— Non.

C'était la vérité. Rien n'aurait pu la faire partir tant qu'il luttait là-haut pour sauver la vie de quelqu'un. Son action héroïque l'avait émue à un degré qu'elle ne comprenait pas.

Avant qu'elle ait pu analyser cette réaction, les lèvres de Cabe se posèrent sur les siennes. Il captura sa bouche, pressant de minuscules baisers le long de sa lèvre inférieure, avant de l'aspirer. Elle suffoqua, tandis que des signaux ardents fusaient dans tout son être.

Cependant, les images effrayantes du sauvetage et la peur qu'elle avait eue restaient présentes dans les zones brumeuses de son esprit. Elle avait été tétanisée au pied du Dôme, et cet état de transe la terrassait encore en cet instant, tandis que les baisers brûlants de Cabe réveillaient son corps tout entier.

Elle qui pensait avoir réussi à dompter ses désirs ! Et si le seul moyen d'apaiser cet affolant vertige des sens était une satisfaction sexuelle ? Si c'était vrai, elle était entièrement pour.

On était dimanche, et le fait d'être disponible lui apparut tout à coup comme un luxe absolu. Et quand ce luxe était à partager avec cet homme…

Jessie prit place sur le canapé sur lequel Cabe avait finalement consenti à s'asseoir. S'enhardissant, elle se rapprocha et, avec une audace dont elle ne se serait pas crue capable, elle se lova contre lui et glissa une jambe en travers de ses genoux de manière à le chevaucher. N'était-ce pas le meilleur moyen de lui signifier qu'elle voulait un contact total et ne se satisferait de rien d'autre ?

Elle mourait d'envie de plaquer ses paumes sur les fesses fermes qu'elle avait aperçues lors de leur première rencontre à la clinique. Un souvenir qui ne cessait de la titiller. Finalement, chaque minute qu'elle avait passée avec Cabe devait mener à cet instant, se dit-elle. Et sans doute était-il nécessaire pour se désensibiliser de Cabe McBride.

Elle eut vaguement conscience de bruits étranges qui venaient de derrière elle, mais comme Cabe écartait le col de son T-shirt pour y poser ses lèvres, elle cessa de réfléchir.

La bouche virile glissait sur sa peau de façon séduisante. Jessie se sentait grisée. Puis brusquement, les caresses cessèrent.

Mon Dieu ! Il n'allait pas partir, n'est-ce pas ? Pas maintenant !

Elle se renversa en arrière pour le dévisager.

— Qu'y a-t-il ?

— C'est lui, dit-il en hochant la tête.

Jessie tourna la tête et réalisa que Dumble les regardait en faisant d'horribles bruits de succion pour imiter des baisers.

Elle reporta son attention sur Cabe, les joues empourprées. Jason avait détesté le cacatoès quand il se lançait dans ce genre de railleries, et il se mettait vraiment en colère contre lui parfois.

Mais Cabe n'était pas furieux. Il souriait.

— Je ne suis vraiment pas prêt pour un plan à trois aujourd'hui. Encore moins un plan à quatre, dit-il en voyant Rocky s'approcher du canapé. Jessie, il y a une chambre à coucher chez vous, n'est-ce pas ?

— Oui, juste au fond du couloir. Avec une porte, précisa-t-elle. Je vais tâcher d'enfermer Rocky dans la cuisine.

Se redressant, elle ramassa la chienne. Un sentiment d'euphorie la submergea, tandis qu'elle l'emportait vers la kitchenette. Cabe la suivit et, s'emparant de la petite table, il l'inclina de manière à barricader l'issue.

Puis se tournant vers elle, il la souleva si brusquement qu'elle poussa un cri. Enroulant ses jambes autour de sa taille, elle s'agrippa à lui en riant. Eh bien, elle n'avait plus besoin de lui demander s'il avait changé d'avis. Il était évident que non. De son côté, elle n'avait certainement pas envie de se rétracter.

— Première porte à droite, dit-elle dans un souffle.

Chaque pas qu'il faisait était une délicieuse torture. Cette pression cadencée sur la partie sensible de sa féminité semblait destinée à la rendre folle.

Cabe se glissa dans la chambre et s'appuya contre la porte. Puis il captura ses lèvres, ne semblant pas pressé de gagner le lit. Sans cesser de l'embrasser, elle prit à deux mains le T-shirt qu'il portait et le tira vers le haut. Mais ses cuisses qui enserraient la taille de Cabe l'empêchaient de le dévêtir. Elle se tortilla pour essayer d'arriver à ses fins.

— Besoin d'aide ? murmura-t-il contre ses lèvres.

— Hum… Oui.

Il marcha vers le lit, puis se penchant, il s'appuya des bras sur le matelas. Faute de soutien, Jessie tomba à la renverse, suffoquée.

Cabe se mit à rire et, s'abaissant sur les coudes, il appliqua sa bouche à l'endroit d'un mamelon à travers son haut et son soutien-gorge. Jessie s'arqua contre lui en laissant échapper un gémissement, puis elle ferma les yeux pour mieux savourer sa caresse.

Brusquement, Cabe s'écarta.

Rouvrant immédiatement les paupières, elle vit qu'il passait son T-shirt par-dessus sa tête. Le vêtement atterrit sur le parquet.

Jessie admira son torse magnifiquement sculpté. Sur une impulsion, elle se redressa et commença à ôter son haut. Mais Cabe l'arrêta.

— Ça, c'est mon travail, dit-il d'une voix sensuelle.

Ses mains chaudes soulevèrent son vêtement, s'attardant sur

la courbe de ses seins avant de l'ôter tout à fait. Le T-shirt rejoignit le sien sur le parquet. Cette juxtaposition la troubla, et elle détourna les yeux avant qu'elle ne puisse y lire trop de choses.

Les hanches minces de Cabe s'offraient à sa vue, et elle ne put s'empêcher de les agripper et de les contourner pour sentir sous ses mains son postérieur couvert du jean.

— Tu aurais dû mettre l'autre, dit-elle avec un petit soupir.

— L'autre ?

— Mmh… Ça aurait été plus facile pour moi.

Comprenant enfin à quoi elle faisait allusion, il se mit à rire.

— Ce jean-là n'a pas survécu à l'épreuve.

— Tant pis. Je pense que nous trouverons une solution.

Sur ce, elle enroula ses jambes autour de lui et effleura du bout des doigts sa taille nue, se délectant du relief de ses muscles. Cet homme avait le corps ferme. Puis elle concentra son regard à l'endroit de son entrejambe. Oui, très ferme, se dit-elle, émoustillée.

Elle défit le bouton et abaissa lentement la fermeture Éclair, en exerçant délibérément de petites pressions sur le renflement de sa virilité. Elle sourit en l'entendant ravaler son souffle.

Résolument, elle fit glisser jean et caleçon sur ses cuisses et s'empressa d'appliquer ses paumes sur ses fesses nues. Alors, elle ferma les yeux, consciente que son fantasme devenait réalité. Et elle n'était pas déçue. Non, loin de là… La peau était douce, et les muscles incroyablement durs roulaient sous sa caresse.

Oui, durs et chauds, comme ce sexe d'homme qui s'offrait à sa vue et dont la proximité l'affolait. Attirant Cabe au plus près d'elle, elle prit sa virilité entre ses lèvres.

Un gémissement au-dessus d'elle lui apprit que c'était exactement ce qu'il voulait. Cabe frémissait d'un désir au moins égal au sien. À la légère traction sur son cuir chevelu, elle devina qu'il avait empoigné sa queue-de-cheval. L'image mentale était si érotique que Jessie sentit son désir monter en flèche. Jamais elle n'avait imaginé atteindre un tel degré d'excitation. Cependant, comme elle enroulait sa langue autour de son sexe, la main sur ses cheveux la tira en arrière.

Surprise, elle releva la tête. Cabe avait les yeux fermés, un muscle tressaillait au coin de sa bouche. Puis il rouvrit les paupières et la contempla d'un regard incandescent.

D'une poussée, il la renversa sur le lit, avant de se baisser pour prendre quelque chose dans la poche de son jean. Enfin, il s'étendit sur elle, plaçant ses coudes de chaque côté de sa tête.

— Ce n'est pas juste, murmura-t-il contre sa bouche.

Oh si, ça l'était. Ces préliminaires étaient amusants et follement excitants... Si Cabe n'était pas du genre à communiquer, il savait combler le manque de discours par des attentions délicieuses. Jessie se rendit compte qu'elle aimait ça et que les réactions physiques de Cabe lui suffisaient.

Il passa une main sous elle pour dégrafer son soutien-gorge. Il l'en débarrassa et le jeta au loin. Les seins nus, offerte, Jessie attendit. Mais Cabe s'écarta.

— Non ! s'écria-t-elle, horriblement frustrée.

— Chut... Je ne pars pas. Aucune chance.

Ses paumes couvrirent le galbe de ses seins, les inondant de caresses incroyablement érotiques, avant de glisser vers ses hanches, puis plus bas.

Électrisée, Jessie se cambra, en exhalant une plainte sourde. Du pouce, il effleurait sa féminité de petits mouvements concentriques, au rythme de ses déhanchements. C'était exquis, mais bientôt, elle voulut davantage...

— Cabe... S'il te plaît !

Comme s'il n'attendait que cette supplique, il lui agrippa les hanches et, les muscles saillants, l'emplit d'un seul élan.

Jessie ravala son souffle, en proie à une enivrante plénitude qu'elle n'avait connue avec personne d'autre. Avec Jason, il y avait eu trop de paroles, trop de questions sur ce qu'elle aimait ou pas. S'abandonner aux sensations affolantes qui l'assaillaient, voilà ce qu'elle aimait. Et c'était justement ce que Cabe lui offrait. C'était si exaltant de le sentir bouger en elle ! Elle ne voulait qu'une chose : qu'il l'emporte de plus en plus haut à chacun de ses assauts. Rien de tel pour neutraliser la tension qui la tenaillait depuis qu'elle l'avait rencontré.

Elle noua ses jambes autour de lui et le serra étroitement contre elle. Cabe caressait son corps, la poussant à s'arc-bouter davantage. Un tourbillon vertigineux l'entraîna soudain, la propulsant vers un horizon si proche, si inéluctable, si…

Elle chavira, avec la sensation d'être projetée dans le vide, le corps foudroyé. Elle eut vaguement conscience d'un cri au-dessus d'elle et des mouvements frénétiques qui agitaient Cabe tandis qu'il accédait à son tour au plaisir.

Puis le calme revint. Le corps alangui, Jessie ferma les yeux, essayant de se raccrocher à ces dernières secondes de rêve avant qu'elles ne s'évanouissent.

Un bras autour de la tête, elle respira profondément, tâchant de recouvrer ses sens. Alors, elle sentit Cabe se détacher d'elle.

Elle fronça les sourcils, incapable de penser.

— Désolé, dit-il. Mon téléphone sonne.

À travers le brouillard qui embrumait son esprit, elle perçut effectivement une sonnerie. Quelque part, près du lit… Au moins n'avait-il pas eu recours au mensonge pour la quitter.

Elle se redressa en hâte. Comment expliquer ce qui venait de se passer ? La veille, elle avait pensé à toutes les raisons qu'elle avait de ne pas s'impliquer envers un homme. Elle s'était répété qu'elle connaissait si peu Cabe que ce serait difficile pour elle de lui faire confiance.

Bien sûr, on n'avait pas besoin d'avoir confiance en l'autre pour s'offrir une aventure sexuelle, n'est-ce pas ? Elle était peut-être d'accord avec cet argument quelques minutes plus tôt, mais à présent, elle en était moins sûre. Parce que le sexe pouvait mener à l'attachement. Et elle refusait de s'attacher. Pas maintenant. Peut-être même jamais.

Mon Dieu… Elle avait les idées si confuses tout à coup. L'impression d'être sur la falaise du Dôme, le corps suspendu au-dessus du vide, essayant de rassembler ses forces pour rester saine et sauve. Or, elle n'y parviendrait pas si elle s'impliquait émotionnellement encore une fois.

Pendant que Cabe se rhabillait, elle s'enveloppa du couvre-lit afin de se sentir un peu moins vulnérable. Puis elle se força à le regarder, alors qu'il enfilait ses chaussures.

— Ça ne changera rien entre nous, d'accord ? C'était une passade amusante et saine…

Se rappelant les mots qu'il avait employés le jour où elle avait failli l'embrasser, elle ajouta :

— Juste une broutille, en somme.

— Oui, bien sûr.

Sa réponse brève trahissait son soulagement, c'était indéniable. Elle aurait dû se sentir soulagée, elle aussi. Au lieu de quoi, elle n'éprouvait qu'un vague sentiment de malaise, comme si les paroles courageuses qu'elle avait prononcées n'étaient au fond que des mots vides de sens.

Car elle avait beau se dire que ce qu'ils avaient fait ne changeait rien, elle avait le sentiment que c'était un mensonge. L'épisode torride qu'ils venaient de partager changeait forcément quelque chose, même si elle ne le comprenait pas encore. Elle s'en rendrait compte avec le temps. Serait-il alors trop tard pour revenir en arrière ? Elle espérait que non.

En attendant, elle ne coucherait plus avec Cabe McBride. Elle n'allait pas lui annoncer ça maintenant, au moment où il quittait la chambre après l'avoir saluée brièvement, ni quand il passait devant cet effronté de Dumble. Mais elle lui ferait comprendre par son attitude qu'elle n'attendait plus rien de lui.

Sa résolution prise, Jessie se renversa sur le lit en tâchant de croire que c'était pour le mieux.

7.

Il n'avait eu aucune nouvelle de Jessie depuis presque une semaine. Alors qu'il déjeunait avec ses collègues au poste de secours, Cabe se demanda pourquoi il en était surpris. Il ne devrait pas se poser la question, mais sa participation à l'atelier aurait lieu dans deux jours. Avait-elle décidé de le rayer du planning ? Si oui, il ne pouvait la blâmer.

Il ne s'était certainement pas attendu à ressentir le genre d'émotion qui l'avait envahi quand, après être descendu de cette fichue montagne, il s'était appuyé sur Jessie au moment de regagner la voiture. Une sorte de complicité doublée d'un sentiment d'appartenance qui lui était étranger.

C'était à cause du charisme de Jessie, se dit-il. Elle avait une personnalité chaleureuse et accueillante, et ceux qui la côtoyaient se sentaient choyés.

Oui, il était tombé sous son charme. Jusqu'à ce qu'ils couchent ensemble. Ce jour-là, c'est elle qui avait prononcé les mots qu'il aurait dû dire. Pourquoi ne l'avait-il pas fait ? S'autoriser à rêver et à croire aux contes de fées serait une grossière erreur. Jessie avait dit elle-même que le sexe qu'ils avaient partagé était sans importance. Seulement, voilà, il n'était pas sûr d'être de son avis, et ce constat l'ébranlait jusque dans ses certitudes. Il n'avait jamais eu de mal à séparer sa vie privée de sa vie professionnelle, mais il sentait que ses pensées envers Jessie empiétaient de plus en plus sur des domaines qu'il tenait pour sacrés.

La voix de Doug lui parvint depuis l'extrémité de la table.

— Tu es sûr que ça va ? Tu as l'air d'être sur les nerfs depuis ton intervention de dimanche.

Cabe ne put s'empêcher de penser aux bruits de baisers de

Dumble. S'il n'y prenait pas garde, ses collègues allaient en faire autant pour se moquer de lui.

— Je vais très bien.

— C'est toi qui le dis, mon vieux.

Le sourire que Doug lui adressa indiquait clairement qu'il n'était pas dupe.

— Tiens, à propos, reprit celui-ci. Ce serait bien qu'on s'entraîne pour la démonstration. Il faudrait réduire le temps de l'opération.

Comme il ne savait pas s'ils étaient toujours au programme des ateliers proposés par la clinique, Cabe se contenta d'une réponse vague.

— Bien sûr. Quand vous serez prêts, les gars.

Car il était convenu que Doug et Brad participeraient à l'exercice. Ils voulaient être en mesure d'effectuer cette simulation en une demi-heure pour que les spectateurs ne restent pas trop longtemps debout à s'ennuyer. Pour cela, il était impératif qu'ils coordonnent leurs actions presque à la minute près.

Brad prit la parole.

— Ça vous dit de faire cette répétition demain ?

Parfait, pensa Cabe. À lui maintenant d'appeler Jessie pour s'assurer qu'elle n'avait pas changé d'avis. Mais il pouvait aussi laisser les choses en l'état et espérer que tout se passerait comme prévu. Il se présenterait samedi pour la première séance, comme si de rien n'était. N'avait-elle pas dit que le fait qu'ils aient couché ensemble ne changeait rien ? Alors, le mieux était peut-être de la prendre au mot. Ils étaient suffisamment adultes pour rester professionnels. Ils pourraient certainement animer ces ateliers ensemble.

Sa décision était prise. Il retournerait à la clinique pour mettre à jour les vaccins de Soldier, ainsi qu'elle le lui avait demandé lors de cette consultation en urgence.

Inconsciemment, Cabe toucha sa joue qu'elle avait soignée ce jour-là. La plaie ne s'était pas rouverte. Eh bien, c'était à son tour de recoller les morceaux après leur dernière entrevue.

— Oui, faisons cette répétition demain.

Bon sang ! Il répétait les paroles de ses collègues comme un perroquet. Comme Dumble ! Il devait sortir de cette léthargie, avant que quelqu'un ne s'aperçoive de quelque chose et se mette à le questionner.

Franchement, ça lui était égal si on devinait qu'il avait couché avec quelqu'un. Mais ce ne serait peut-être pas le cas de Jessie. Et il lui importait de la préserver. Beaucoup trop même. Il ferait donc de son mieux pour garder le secret sur l'intimité récente. En espérant que les « pansements » qu'il avait appliqués sur ses émotions tiendraient eux aussi.

Le veau ne bougeait pas.

Quand on était vétérinaire dans une communauté rurale, il fallait s'attendre à être sollicité pour des cas très variés, pensa Jessie. Son travail ici était très différent de ce qu'elle faisait à San Francisco. Heureusement, pendant ses études, elle avait choisi de préparer le diplôme de pratique mixte – qui lui permettait de traiter aussi bien les animaux de compagnie que les animaux de ferme – en espérant qu'un jour cette double compétence lui serait utile. Aussi, en répondant à l'offre d'emploi du Dr Humphrey, elle avait été fière de déclarer en toute honnêteté qu'elle était qualifiée pour exercer dans les deux domaines.

Voilà pourquoi elle se trouvait là, à demi arc-boutée sous une vache qui s'apprêtait à vêler. Si seulement elle pouvait atteindre une des pattes avant du veau…

Jonas, le fermier, l'avait appelée, lui expliquant qu'il avait trouvé sa vache en sueur, le ventre traversé de spasmes. Aucun doute, celle-ci était en travail.

Jessie ne voulait pas avoir recours au tire-veau à moins qu'elle n'eût d'autre choix. Voilà pourquoi elle était dans cette position inconfortable, cherchant de la main les pattes insaisissables. Si celles-ci n'étaient pas bien engagées, la tête ne pourrait pas sortir.

Ça y est… Elle en tenait une.

Mais la patte glissa de sa main, et elle dut recommencer toute la manœuvre.

Toucher la tête et prolonger le geste vers le bas jusqu'à sentir... Une patte enfin !

De toutes ses forces, elle amena le membre près de la tête, puis attrapa la seconde. Sous l'effort, les muscles de son bras étaient traversés de crampes. Maintenant, elle comprenait pourquoi Cabe avait eu l'air si épuisé après avoir sauvé cette femme sur le Dôme.

Cabe... Non, elle ne devait pas penser à lui. Elle se répétait ça chaque fois que son image s'immisçait dans son esprit. Parfois, elle obéissait à cette injonction et, à d'autres moments, elle ne pouvait résister. Dans son sommeil, par exemple. Le film de leurs ébats torrides infiltrait ses rêves, avec une clarté si stupéfiante qu'elle se réveillait, le corps moite.

Exactement comme Jasmine, la vache sur laquelle tu dois te concentrer...

Bannissant ses pensées envers Cabe, elle parvint à relever la deuxième patte. Il ne restait plus qu'à espérer que la vache avait encore suffisamment d'énergie pour pousser et expulser son petit.

La vache laitière n'était pas seulement une tête de bétail de la ferme familiale, elle en était aussi la mascotte. Les enfants du fermier avaient obtenu l'autorisation de lui trouver un nom, et ce veau serait son dernier. Une fois son petit sevré, Jasmine coulerait une retraite heureuse dans un vert pâturage.

Si seulement Jessie parvenait à la faire pousser une dernière fois...

Elle retira son bras.

— Allez, Jasmine, tu peux le faire !

Elle regarda le fermier qui tenait la bête par la longe.

— Maintenez-la pendant que je lui donne une dose d'ocytocine pour stimuler les contractions.

D'un geste rapide, elle sortit la seringue qu'elle avait préparée et l'administra à l'animal. Jasmine n'eut pas la moindre réaction. Ce n'était pas bon signe.

— Allez, ma fille ! Montre-nous que tu en veux.

Une minute s'écoula, puis deux. Jessie regarda sa montre.

Il y avait une heure qu'elle était là. Pourvu qu'elle ne soit pas arrivée trop tard.

Brusquement, la vache tressaillit. La tête et les pattes du veau apparurent.

— Il est presque là !

Les épaules du petit émergèrent. Jessie concentra son attention sur l'œil ouvert du nouveau-né qu'elle distinguait à travers la membrane. Oui, le petit veau clignait des yeux !

L'émotion l'étreignit. Elle avait espéré sauver au moins la vache, mais son petit était viable.

Dans un dernier effort, Jasmine expulsa son petit. Puis, comme revigorée par la naissance, elle se pencha pour le lécher.

— Vous avez une nouvelle génisse. En pleine forme, annonça Jessie.

— Formidable ! s'exclama le fermier. Maintenant, il faut que j'empêche mes gosses de baptiser celle-là aussi. Parce que « Jasmine », franchement…

Il retira la longe, pendant que Jessie nettoyait et rangeait son matériel. Elle devait encore récupérer le placenta et attendre que le veau se dresse sur ses pattes. Mais la partie était gagnée, semblait-il. La mère et son petit avaient eu de la chance.

— Je pense que c'est le moment de faire venir vos enfants.

— Merci, docteur ! Si l'un ou l'autre était mort, voire les deux, je ne sais pas comment je m'y serais pris pour leur annoncer ça.

Il sortit son téléphone pour appeler sa famille restée dans la maison. Au bout de quelques secondes, trois bambins se ruèrent dans l'étable en poussant des cris de joie.

— Jasmine va bien ? crièrent-ils en chœur en se pressant contre la barrière.

— Oui, très bien, répondit Jessie. Il faut juste lui laisser un peu de temps avec son bébé avant de l'approcher, d'accord ?

Les petits collaient leurs visages entre les lattes, le plus jeune serrant une couverture autour de lui.

Elle sentit sa gorge se nouer en regardant le trio. Elle avait rêvé de fonder une famille le plus tôt possible. Mais ses études avaient été longues et épuisantes, et Jason n'avait pas été pressé de devenir père. Elle avait fini par renoncer à son désir de maternité. Mais maintenant…

Voir des enfants heureux et avoir pour seul souci la crainte qu'ils donnent un nom ridicule à une génisse…

Elle émergea de sa rêverie et termina son travail. La petite créature dressée sur ses pattes frêles tétait bruyamment sa mère. Elle était vigoureuse et semblait ne garder aucune séquelle de sa naissance éprouvante.

— Je ne sais pas comment vous remercier, répéta Jonas. Je vous suis vraiment reconnaissant d'être venue si vite.

— Pas de problème, répondit-elle en souriant.

Elle avait reporté trois rendez-vous pour venir à la ferme, mais les clients avaient bien compris. Doc avait dû faire ça plus d'une fois, pensa-t-elle.

Elle pouvait enfin respirer profondément et évacuer le stress de l'intervention. Elle sourit aux enfants qui continuaient de s'émerveiller devant le nouveau-né. C'était un moment unique et si beau pour eux…

Elle aussi avait eu le sien avec Cabe. Était-ce pour cette raison qu'elle avait tenu à mettre les choses au clair juste après lui avoir fait l'amour ? Parce que ce moment avait été trop précieux ?

Peut-être. En tout cas, cela expliquait qu'elle ne l'eût pas appelé pour savoir s'il venait toujours animer l'atelier de samedi. Il l'aurait sûrement prévenue s'il avait décidé de se désister, non ?

Pour autant, elle n'avait pas agi en bonne professionnelle, se dit-elle. Elle avait beaucoup mieux préparé l'intervention de Lilian. Alors, pourquoi ? Parce qu'elle avait un faible pour Cabe McBride ?

Oh ! mon Dieu, non ! Elle ne pouvait pas avoir ce genre de sentiment pour lui. Elle n'avait certainement pas besoin de ça en ce moment.

La démarche serait embarrassante, mais elle allait l'appeler dès qu'elle serait de retour au cabinet. Par correction, pour qu'il lui confirme sa venue. Et peut-être atténuer la dureté des paroles qui avaient mis fin à leur rencontre de dimanche. Il avait accompli un sauvetage en urgence, et tout ce qu'elle avait trouvé à dire, c'était que rien ne changerait entre eux, et blablabla… Qu'aurait-elle ressenti si les rôles avaient été inversés ? Si elle avait réalisé un vêlage difficile et que Cabe lui avait jeté ces mots-là à la tête ensuite ? Elle n'aurait pas apprécié, évidemment.

Elle allait donc lui présenter des excuses, en espérant qu'il les accepterait.

Margo lui avait dit que Jessie avait été appelée pour une urgence et qu'elle en aurait sans doute pour un certain temps. Elle avait ajouté qu'il pouvait très bien l'attendre, s'il le désirait. Comme la salle d'attente était vide, Cabe avait décidé de rester. Parce que l'idée de débarquer samedi comme une fleur, en espérant que tout se passerait bien, ne lui plaisait pas du tout. Bien sûr, ce serait une solution de facilité, mais la voie la plus facile n'était pas nécessairement la meilleure.

Rocky se dirigea vers lui et se mit à japper. Il la souleva dans ses bras et sourit quand elle lui donna un coup de langue sur le menton.

— Alors, tu es toujours là, toi ?

Puis s'adressant à Margo :

— Vous n'avez pas retrouvé son propriétaire ?

— Pas encore. Je ne suis pas loin de croire que Jessie espère que personne ne viendra la récupérer.

À cet instant, la porte de la clinique s'ouvrit, faisant tintinnabuler le vieux carillon à vent de Doc, et Jessie parut.

Cabe nota avec surprise que sa queue-de-cheval était à moitié affaissée et que son jean noir était couvert de traces grisâtres. Quant à son chemisier bleu clair… Hum, il ne voulait même pas savoir ce qu'était cette grande tache brune sur son sein gauche.

Elle se dirigea vers Margo qui leva une main pour l'arrêter.

— Qu'y a-t-il ? Une autre urgence ?

— Aucune idée. Regarde derrière toi.

Jessie tourna la tête et écarquilla les yeux en le voyant.

— Cabe ?

Il posa la chienne à terre et se leva. Puis il jeta un bref regard à Margo dont les traits affichaient une curiosité non dissimulée.

— Jessie, puis-je te voir une minute ? Dehors ?

— Oh… Bien sûr.

Elle baissa les yeux vers ses vêtements et ramena en arrière ses mèches en désordre.

— Tu peux me donner dix minutes ?

— Bien sûr.

Comme elle passait devant la réception, Margo lui dit :

— Ton prochain rendez-vous n'est que dans deux heures. Je ne savais pas combien de temps tu allais rester chez Jonas Tate. Donc, j'ai décalé les clients suivants.

— Bonne initiative, Margo. Merci.

Sur ce, Jessie s'éclipsa vers le bout du couloir, le laissant seul avec l'assistante.

N'ayant pas l'intention de discuter avec elle de ce qui l'amenait, Cabe s'empara du premier magazine sur la table basse et le feuilleta d'un air absent. Cela l'empêcha aussi de penser à tout ce que Jessie pourrait lui dire.

Tout en tournant les pages, il jetait des coups d'œil furtifs à sa montre. Au bout de sept minutes, la porte du bureau s'ouvrit. Jessie reparut, les cheveux bien en place, mouillés comme si elle venait de prendre une douche. Elle avait mis des vêtements propres, et un parfum frais de chèvrefeuille flottait dans l'air autour d'elle.

— Tu veux un café ? On peut aller au Café Parisienne, à l'entrée de Santa Medina ?

Elle avait prononcé cette dernière question un peu plus fort, probablement à l'intention de son assistante, même si, à aucun moment, elle ne regarda en direction de Margo.

— D'accord, dit-il en se levant.

Il lui ouvrit galamment la porte. Comme il se dirigeait vers sa voiture, Jessie secoua la tête, un demi-sourire aux lèvres.

— Ça te dérange si je conduis cette fois ? Comme ça, je ne resterai pas en rade si tu es appelé pour une urgence.

Bien sûr, elle faisait allusion au sauvetage de Gloria, quand elle l'avait attendu au pied de la falaise. Mais elle avait déclaré qu'elle n'aurait pas quitté les lieux même si elle avait eu sa propre voiture. Donc, ce rappel accompagné de ce joli sourire était une boutade.

C'était difficile de faire la part des choses. Voilà qu'il n'arrivait même plus à savoir quand elle plaisantait ou non.

Il attendit qu'elle déverrouille les portières et s'installa sur le siège passager. Il constata que le parfum de chèvrefeuille avait disparu, remplacé par une odeur de…

— Oh ! mon Dieu !… Désolée. Nous ferions mieux de prendre ta voiture finalement, pour laisser la mienne s'aérer.

Cabe se mit à rire.

— Ton urgence, c'était dans une usine d'engrais ?

— C'était un vêlage. La vache et moi, nous sommes restées collées l'une à l'autre pendant un bon moment.

Ils descendirent, et Jessie laissa toutes les vitres ouvertes. Cabe déverrouilla les portières de son véhicule. À l'intérieur, il ne régnait aucune odeur désagréable, heureusement. Ce n'était pas toujours le cas, quand il rentrait d'un sauvetage.

Le trajet jusqu'au Café Parisienne ne durait que quelques minutes. Cabe s'était toujours demandé d'où venait ce nom. Rien ne ressemblait moins à l'image mentale qu'il avait de Paris que ce bar-sandwicherie très ordinaire.

Il se gara devant l'établissement.

— Ont-ils des cafés à emporter ? demanda tout à coup Jessie.

— Oui. Je vais aller chercher ça. Que veux-tu ?

— Un cappuccino, avec un supplément de crème fouettée.

Il ne put s'empêcher de sourire. Odeur de fumier et crème fouettée ! Cette femme était décidément pleine de contrastes. Capable de se salir les mains et d'apprécier les choses les plus subtiles. Il songea qu'il aimait ça. Son ex avait toujours critiqué l'esprit provincial de Santa Medina. Après leur divorce, elle était partie vivre loin d'ici. Pourtant, si elle l'avait pressé de fonder une famille, Jackie ne l'avait jamais poussé à quitter leur ville natale. Franchement, à tout prendre, il aurait été plus susceptible d'accéder à sa seconde demande qu'à la première.

On lui remit les commandes, et il retourna vers la voiture.

— Voilà, dit-il en lui tendant son café.

Il reprit sa place et posa le sien sur le porte-gobelet. Puis il regarda Jessie qui soufflait sur son cappuccino.

— On peut aller dans les prairies ? demanda-t-elle.

— À Tuolumne Meadows ?

— Oui, si tu es d'accord.

— Pas de problème.

Au bout de quinze minutes, ils arrivèrent à destination. Après avoir montré son laissez-passer, Cabe gagna l'un des parkings d'où on pouvait admirer le lac.

— Bon. Je sais que tu voulais me parler, commença Jessie. Mais il se trouve que j'avais prévu de t'appeler à mon retour de la clinique aujourd'hui. Je voulais m'excuser de ne pas t'avoir contacté au sujet de l'atelier de samedi et te dire que j'espérais que tu étais toujours partant pour faire cette présentation.

Elle marqua une courte pause et reprit :

— Je suis désolée aussi pour… la façon dont j'ai réagi dimanche. Tu as reçu un appel, peut-être une urgence, et j'ai commencé à parler de choses qui n'avaient aucune importance.

— Mais si, elles en avaient.

— Pardon ?

Cabe soupira.

— Il fallait en parler, et tu n'as pas à t'excuser, dit-il gravement. En fait, je suis venu à la clinique pour te présenter à peu près les mêmes excuses. Ce qui est arrivé dimanche était… inattendu, et je dois mettre ça sur le compte de l'adrénaline générée par le sauvetage et de la fatigue émotionnelle. Après ça, c'était bon de faire quelque chose de… normal.

Il grimaça. Ce dernier mot était terriblement mal choisi, car ce dimanche avait été tout sauf « normal ». Mais c'était le seul qu'il eût trouvé pour décrire leur moment de passion sans rendre la situation entre eux plus embarrassante qu'elle ne l'était déjà.

— Normal ! répéta-t-elle en riant. Ça l'était peut-être pour toi. Pour ma part, c'était plutôt extraordinaire.

Sa gaieté était si contagieuse que Cabe dut se retenir de rire à son tour.

— Je parlais d'un point de vue général. Mais concrètement oui… c'était assez extraordinaire.

— Sauf que ça ne doit pas se reproduire, dit-elle en reprenant son sérieux. Juste avant que je vienne m'installer à Santa Medina, j'ai rompu avec mon compagnon. Disons que la fin n'a pas été belle. Alors…

— Alors, tu n'es pas sur le marché, conclut-il en notant son hésitation.

— Exactement.

Une vague de soulagement le traversa, mêlé de quelque chose d'autre qu'il ne put analyser.

— Je comprends parfaitement. J'ai vécu un divorce difficile, il y a quelques années. Tu peux t'estimer heureuse que ta relation n'en soit pas arrivée à ce stade.

— Crois-moi, je m'en réjouis tous les jours. D'autant plus qu'il me volait des médicaments.

Cabe se tourna vers elle, interloqué.

— Sérieusement ?

— Hélas, oui. Mais le pire, c'est qu'il prenait les narcotiques destinés à ma chienne qui avait un cancer. Elle avait un traitement chimiothérapeutique pour prolonger sa durée de vie, mais…

Elle exhala un soupir et poursuivit :

— Il a proposé de lui donner ses médicaments pendant que j'étais au travail. Maintenant, je comprends pourquoi.

Cabe se sentit horrifié.

— Comment l'as-tu appris ? demanda-t-il doucement.

— Les médicaments de ma chienne s'épuisaient trop vite, et cela a commencé au moment où il n'avait plus d'antidouleurs après sa blessure à l'épaule. Mon ex était joueur de base-ball. Bref, à cause ça, je ne supporte plus les secrets. Alors, comme tu dis, je ne suis plus sur le marché.

— Jessie, je comprends. Sincèrement. Je suis bien placé pour savoir ce qu'on endure à vivre avec quelqu'un qui souffre d'addiction.

Il faillit se confier davantage, mais quelque chose le retint.

— Margo m'a dit que tu étais divorcé, reprit-elle. Ton ex-femme et toi, vous sortiez déjà ensemble au lycée, c'est ça ?

Ainsi, elle en avait conclu que ce quelqu'un souffrant d'addiction était Jackie ? Même s'il n'avait pas envie de parler de son père, Cabe ne pouvait lui laisser croire ça.

— Oui, nous étions déjà ensemble à l'époque. Mais ce n'est pas Jackie qui avait un problème. C'est mon père. Il était alcoolique.

Elle resta immobile pendant une bonne minute.

— Je... Je ne savais pas, murmura-t-elle enfin.

Il était surpris que Margo ne lui ait rien dit là-dessus. Ils avaient tous fréquenté le même lycée. Jackie et Margo avaient été très amies. Après le divorce, Margo avait coupé les ponts avec lui. Le temps guérissait toutes les blessures, semblait-il, puisqu'elle lui parlait de nouveau.

Non, pas toutes, rectifia-t-il, tandis que le souvenir de son père s'infiltrait dans son esprit. Il avait trop souffert de sa mauvaise relation avec son père pour, plus tard, offrir à Jackie ce qu'elle attendait. S'il y avait une chose qu'il regrettait à propos de son mariage, c'était bien celle-là.

— Jackie et moi, nous nous connaissions depuis longtemps, déclara-t-il. Mais après le mariage, elle a réalisé qu'elle ne me connaissait pas aussi bien qu'elle le croyait. Alors, elle est partie.

— Oh ! ça a dû être difficile pour toi. Moi aussi, je pensais connaître Jason, mais une fois que nous avons emménagé ensemble...

Elle ébaucha une grimace, puis esquissa un sourire inattendu.

— Pour couronner le tout, il ne supportait pas Dumble.

Comme par enchantement, la mélancolie qui pesait sur la conversation se dissipa.

— Dumble ? Non, comment est-ce possible ? dit-il en souriant.

Un accès d'hilarité la secoua de nouveau. Comme il aimait entendre son rire, se dit Cabe. Il s'élevait en notes mélodieuses et rythmées qui semblaient se fondre en lui. Il s'intimait chaque fois de rester sur ses gardes, se répétant que rien ne devait pénétrer ses défenses derrière lesquelles il se protégeait. Car il risquait trop de lui imposer ce qu'il ne souhaiterait pas à son pire ennemi : le fardeau de souffrances qu'il traînait après lui. Jackie l'avait aimé et n'avait pas été capable de gérer ça. Pourquoi quelqu'un d'autre y arriverait-il ?

Jessie but une gorgée de café et regarda fixement à travers le pare-brise.

— Qui penserait que de tels endroits existent ? C'est si paisible ici, si serein.

— C'est vrai en ce moment. Mais dès la fin de l'automne, la route est fermée. Il neige en abondance, et les visiteurs viennent faire du ski de fond.

— Ce doit être magique en hiver, dit Jessie rêveusement. Mais je m'aperçois que je vais devoir suivre beaucoup de leçons. D'escalade, de ski…

— Tu n'as jamais skié ?

— Seulement du ski nautique, avoua-t-elle en plissant le nez. Mais aucun sport de neige.

Cabe faillit se proposer pour lui apprendre le b.a.-ba dans cette discipline aussi. Mais il doutait que son offre fût bien accueillie. Surtout au moment où ils essayaient de trouver un terrain d'entente après ce qui s'était passé entre eux.

— Si jamais tu en as l'occasion, fais-le, dit-il finalement. Je t'assure qu'il n'y a rien de tel.

Elle sourit et termina son café.

— D'accord, je le ferai. Donc, ça tient toujours pour samedi ? Tu viendras ?

— Oui. Au fait, tu ne voulais pas voir la répétition de notre démonstration en plein air ?

— J'ai assisté à un sauvetage bien réel, donc une autre préparation n'est pas nécessaire. Je fais confiance à l'équipe du SAS pour faire ce qu'elle sait faire de mieux. Je vais juste imprimer des flyers pour annoncer que l'événement se déroulera au Stately Pleasure Dome.

Voilà, ils avaient fait le tour de la question. Il ne voyait aucun autre point qui eût besoin d'être peaufiné et, si elle était d'accord avec ce programme, il l'était aussi.

Sauf qu'une petite partie de lui-même, en proie à la frustration, semblait vouloir se faire entendre. Non ! Hors de question.

Prenant une profonde inspiration, il offrit à Jessie un sourire qu'il espérait détaché.

— Dans ce cas… Je pense qu'il est temps de rentrer à Santa Medina.

8.

La seconde présentation de Cabe se déroula aussi bien que la première. Comme il répondait aux questions des personnes qui se pressaient autour de lui et de Soldier, Jessie ne put s'empêcher de l'admirer. Y avait-il une chose dans laquelle cet homme n'excellait pas ?

Soldier et lui avaient animé la séance de façon magistrale, comme le samedi précédent, et elle avait appris beaucoup de choses sur Cabe. Oh ! elle savait déjà qu'il avait été militaire. Mais pas qu'un de ses amis de l'époque s'était perdu dans une zone boisée et périlleuse et qu'on l'avait retrouvé trop tard malheureusement. Cet épisode tragique avait poussé Cabe à rejoindre une équipe de sauveteurs.

Bien sûr, il avait parlé des qualités innées de Soldier et de la facilité avec laquelle le chien avait suivi l'entraînement au SAS. Jessie nota qu'il avait mentionné sa mère, mais que pas une seule fois il n'avait cité son père. Ce qui était compréhensible après ce que Cabe lui avait confié.

Elle attendit que le petit groupe autour de lui se disperse pour s'avancer à son tour. Soldier l'accueillit joyeusement. Jessie sourit et se pencha pour le caresser.

— Bon travail, mon beau.

Un homme âgé s'était approché de Cabe.

— Votre père aurait été fier. Quel dommage que cela se soit terminé de cette façon.

Jessie vit l'attitude de Cabe changer en une seconde. Oh ! son sourire aimable était toujours en place, mais son regard s'était assombri pour devenir dur comme du silex.

Elle réprima un mouvement de recul. Elle l'avait vu rire, se montrer passionné ou conciliant, mais jamais encore il n'avait été d'une telle froideur. Son enfance avait été malheureuse. Mais jusqu'à quel point ?

— Oui, vous avez raison, ce n'est vraiment pas de chance, répondit-il.

Cette phrase qui sonnait faux mit fin à la conversation, et son interlocuteur se détourna pour partir. Il ne restait qu'une dernière personne. Celle-ci lui adressa ses félicitations en souriant, avant de s'éloigner à son tour.

Jessie attendit que la porte se fût refermée pour regarder Cabe.

— Est-ce que ça va ?

— Oui… Non ! En fait, cela faisait très longtemps qu'on ne m'avait pas parlé de mon père en face.

— Je sais qu'il buvait. Mais tu crois qu'il n'aurait pas été fier de toi ?

— Oh ! je ne le crois pas, j'en suis sûr, répondit-il, cynique. Il n'était fier de personne, même pas de lui-même. Il buvait à en tomber, jusqu'à ce que quelqu'un le relève et le mette au lit. Un buveur qui avait décidé de se suicider à petits feux.

Jessie eut l'impression que son cœur s'arrêtait de battre.

— Je suis sincèrement désolée, Cabe. Je ne peux même pas imaginer ce que cela a dû être pour toi.

Elle l'entraîna vers la rangée de chaises et s'assit près de lui. La clinique était fermée puisqu'on était samedi, et il n'y avait plus personne, pas même Margo, partie pour un autre week-end de pêche. Jessie pensa que c'était le moment ou jamais d'avoir une conversation avec lui.

— Et ta mère ? demanda-t-elle doucement.

— Elle a fini par divorcer quand j'avais quatorze ans, après des années à supplier son mari d'arrêter de boire, et pas mal de bleus au visage qu'elle faisait passer pour des accidents. Il est mort d'une cirrhose, à l'âge de quarante-deux ans.

— Mon Dieu ! Est-ce qu'il te frappait aussi ?

— Non. Il ne battait qu'elle.

Jessie déglutit péniblement. À côtoyer Cabe, on n'aurait jamais dit qu'il avait grandi dans une famille où la violence régnait. Mais combien de gens gardaient au fond d'eux des secrets terribles qu'ils dissimulaient sous un sourire éclatant ? Jason avait été de ceux-là, même si le contexte était différent. Elle comprenait mieux à présent pourquoi Cabe avait ce caractère sombre. Cela avait-il joué dans l'échec de son mariage ?

— Est-ce que je peux faire quelque chose pour t'aider ? demanda-t-elle avec sincérité.

Il la dévisagea un long moment avant de répondre :

— Je ne pense pas. La relation entre mon père et moi, si tant est que nous en avions une, rien ni personne ne la changera jamais. Il est trop tard.

— Trop tard pour lui, mais pas pour toi. Tu as réussi ta vie. Ton père n'était peut-être pas fier de toi, mais tu peux être fier de ce que tu as accompli.

Elle vit ses traits se contracter.

— Facile à dire. Comment ne pas reproduire le type de comportement qu'on a eu pour modèle ?

Jessie sentit un frisson la parcourir. Cabe buvait-il lui aussi ?

— Tu as peur de perpétuer son addiction ? Est-ce que tu tombes ivre mort au point qu'on doive te coucher ?

Tandis qu'elle attendait sa réponse, elle sentit l'anxiété la gagner. Une vague de soulagement l'envahit quand enfin il secoua la tête.

— D'après ce que je vois, tu es un homme raisonnable et généreux qui se consacre à sauver des gens, dit-elle doucement.

Quelque chose la frappa brusquement.

— Cabe, la mort de ton ami… Est-ce la seule raison pour laquelle tu as rejoint le SAS ?

Il esquissa un sourire désabusé.

— Jessie Swinton, je pense que vous vous êtes trompée de métier.

Il la remettait gentiment à sa place, et elle ne pouvait le blâmer. De quoi se mêlait-elle ? Cela ne la regardait pas. Pourtant, en dépit des faux pas qu'elle pouvait commettre, elle se souciait de lui. Et beaucoup plus qu'elle ne devrait, probablement.

— Non, j'exerce la bonne profession, répondit-elle gravement.

Travailler avec des animaux m'évite sans doute beaucoup de chagrins.

— Oui, sûrement. Parce que travailler avec des humains est difficile, crois-moi.

Il sourit et se leva.

— Et maintenant que tu connais la triste vérité sur mon passé, veux-tu me promettre de ne plus en parler ?

— Oui, je te le promets.

Elle se promit aussi de ne pas chercher à analyser ses émotions du moment. Celles-ci étaient si contradictoires et si tumultueuses qu'elle ne savait comment les démêler, ni même si elle devait essayer. C'était peut-être lié à l'attachement de Cabe pour Soldier. Est-ce que les femmes n'avaient pas toutes un faible pour les hommes qui avaient un chien ?

Elle commençait à considérer Cabe comme un ami et elle ne voulait rien faire qui pût gâcher ça. Donc, elle ne chercherait plus à le questionner. Elle en savait déjà suffisamment sur lui.

— Merci, dit-il. J'apprécie, tu sais. Sinon, Doug, Brad et moi avons répété notre simulation de sauvetage pour la semaine prochaine, et tout s'est déroulé comme prévu. La démonstration durera trente minutes maximum. Peut-être moins, tout dépendra de ma forme physique ce jour-là.

Le souvenir de son intense fatigue lorsqu'il avait secouru Gloria lui revint à l'esprit. Avait-elle le droit de lui demander de faire une autre performance de ce genre juste pour un public ?

— Cabe, si c'est au-dessus de tes forces, ne te sens pas obligé de…

— Non, j'y tiens. Il ne s'agit pas seulement d'informer les gens sur la mission du SAS. C'est important aussi qu'ils sachent à quel point l'escalade peut être dangereuse. Ils prendront peut-être plus de précautions, du moins je l'espère. On mettra l'accent sur les consignes de sécurité dont nous avons parlé.

— Oui, tu disais que c'était bon de les revoir. Je m'en souviens bien.

Il sourit et, cette fois, ses traits se détendirent.

— Je sais. Tant que tu appliques ces consignes, tu ne dois pas rencontrer de problèmes.

Comme celles qu'elle essayait de mettre en place pour ne pas se noyer dans un flot d'émotions ? Car comme il l'avait dit, il était dangereux de s'éprendre de quelqu'un sans bien le connaître. De ce point de vue, son histoire avec Jason était édifiante.

En cet instant, elle ne désirait qu'une chose : fuir le tourbillon qui menaçait d'aspirer son cœur, en espérant envers et contre tout qu'elle atteindrait la rive, saine et sauve.

Le jour J arriva enfin. Cabe se sentait plus nerveux qu'il ne l'était d'habitude. Non pas parce que Doug, Brad et lui auraient un public, mais parce que cet exercice d'entraînement pouvait déraper. Comme Soldier avait été blessé un mois plus tôt, il se demandait s'il devait l'exposer au danger. Mais son chien était formé pour ce genre de mission, et s'il ne l'entraînait pas régulièrement, le risque qu'il se blesse serait plus important.

Tous deux se tenaient au pied du Dôme avec Doug, et une vingtaine de personnes étaient rassemblées, attendant le début de la prestation. Il était presque 13 h 30, et Jessie n'était toujours pas arrivée.

Il était surpris. Il lui avait parlé au téléphone le matin même, et tout semblait arrangé.

Puis il la vit qui accourait vers eux.

— Désolée, dit-elle, essoufflée. Il y a eu un problème avec le veau de Jasmine. Je devais y aller.

— Jasmine ? répéta-t-il, perplexe.

— Aucune importance. Je t'en parlerai plus tard.

Elle salua Doug, ainsi que Terry venu en spectateur.

— Merci d'être là. Brad est déjà en place là-haut ?

— Oui. Nous sommes prêts, répondit Doug.

— Parfait. Laissez-moi juste rassembler les spectateurs.

Cabe l'observa, tandis qu'elle incitait les gens à se rapprocher.

— Bonjour à tous. Vous connaissez déjà Cabe et Soldier depuis deux semaines. Voici Doug Trapper, l'un des membres du SAS de Santa Medina. Bradley Sentenna est notre victime fictive. Je vous présente aussi Terry Jordan qui dirige l'équipe. Terry, voulez-vous lever la main ? Le voilà. Vous allez voir cette équipe fantastique en action. Si vous avez des questions ensuite sur leur activité, je suis sûre qu'ils vous renseigneront au mieux. Alors, Cabe, c'est à vous, termina-t-elle en souriant.

Il hocha la tête et interrogea Doug du regard.

— Prêt, répondit celui-ci.

Sortant un morceau de chemise, Cabe appela Soldier et lui fit renifler le tissu. Le chien dut reconnaître l'odeur, car il releva la tête et partit comme une flèche. Il escalada le massif, aboyant chaque fois qu'il trouvait où Brad avait posé les pieds. Pour ne pas rendre les choses trop faciles, celui-ci avait sauté d'un rocher à l'autre dans l'espoir de brouiller sa piste. Mais le chien furetait et repartait de plus belle. Dix minutes plus tard, Soldier s'immobilisa et se mit à aboyer avec frénésie. Puis Brad émergea de sa cachette en agitant un bout de tissu.

— Au secours ! J'ai besoin d'aide.

Sa voix porta jusqu'au pied du Dôme, et avec tant de réalisme qu'il y eut des murmures inquiets dans le public.

Cabe et Doug se mirent immédiatement au travail et enfilèrent leur harnais. Même si Soldier avait grimpé la pente facilement, ils avaient choisi d'emprunter une voie qui les obligeait à s'équiper.

Chacun vérifia minutieusement la tenue de l'autre, un processus qu'ils répétaient invariablement, même si chacun avait des centaines de courses à son actif. Il suffisait d'une négligence pour que l'escalade tourne au drame.

— Assurage ? lança Cabe.

— Quand tu veux.

Cabe entama la montée jusqu'à ce qu'il eut atteint le premier point d'ancrage. Une fois qu'il y eut accroché son mousqueton, il attendit Doug. Ils répétèrent cette technique et arrivèrent bientôt à l'endroit où Brad se trouvait. Ils le firent sortir de l'ombre des arbres pour que le public les voie pratiquer sur lui les prétendus premiers soins. Ceci fait, ils aidèrent le « blessé » à descendre la paroi du Dôme, appliquant avec méthode les gestes éprouvés.

Arrivé en bas, Cabe consulta sa montre. Vingt-huit minutes.

Pas mal.

Brad récompensa Soldier d'une friandise, puis il nettoya le faux sang qui le barbouillait. Le public conquis applaudit avec ferveur.

Terry distribua des brochures, puis tous les quatre répondirent aux questions. Il y avait beaucoup d'engouement autour de la formation de sauveteur. Des gens désiraient aussi aider le SAS en apportant un soutien financier.

Cabe chercha Jessie du regard, avant de réaliser ce qu'il faisait. Vivement, il tourna son attention vers la personne suivante. Il n'avait pas vu Jessie, mais elle ne serait pas partie avant la fin de la démonstration, il en était sûr.

Il dut pourtant se rendre à l'évidence. Après tout, elle n'avait aucune raison de rester. Avait-elle dû retourner auprès de ce veau malade ? Elle avait aussi parlé d'organiser quelque chose pour ceux qui s'étaient investis dans ce « sauvetage », mais sans dire de quoi il s'agissait, juste que cela durerait environ une heure. Une réception à la clinique, peut-être ?

Comme les gens s'en allaient, Jessie reparut, un sourire radieux aux lèvres. Quand elle le regarda, il y avait une lueur dans ses yeux qui…

Mais non, aucune lueur particulière. C'était juste son imagination, pensa-t-il.

— Les gars, vous voulez bien me suivre ? lança-t-elle joyeusement. Nous allons marcher un peu.

Bizarre… Où les emmenait-elle ? Il n'y avait pas de restaurant par ici, à part un magasin qui proposait du ravitaillement pour les randonneurs et les campeurs.

Il regarda ses collègues. Aussi intrigués que lui, ils haussèrent les épaules. Mais tous emboîtèrent le pas à Jessie qui s'éloignait déjà sur la route.

Un premier virage, puis un deuxième… Alors, Cabe les vit.

Une foule était là. Il y avait au moins une centaine de personnes, sans compter la fanfare de Santa Medina. Tandis que leur petit groupe approchait, les musiciens se mirent à jouer. Comme ils s'écartaient dans un mouvement parfaitement synchronisé, une banderole apparut sur laquelle on pouvait lire, en lettres énormes sur fond bleu :

NOUS SOMMES SI FIERS DE VOUS !

Cabe stoppa net. Quand son regard rencontra celui de Jessie, il comprit que ce message était pour lui.

Elle s'avança et serra la main de chacun. Cabe la fixa longuement.

— Jessie, comment as-tu… ?

— En fait, c'est Margo. Je lui ai demandé d'annoncer partout que nous voulions rendre hommage à l'équipe du SAS. On peut dire qu'elle a réussi. Tous ceux qui étaient libres aujourd'hui se sont déplacés.

La femme de Doug s'approcha, puis ce fut au tour des enfants de Terry, suivis des parents et de la sœur de Brad. Cabe repéra aussi Doc Humphrey qui lui adressa un signe amical. Et soudain, il vit s'avancer…

Sa mère ? Elle le prit dans ses bras, et il dut contenir ses larmes, tandis qu'il la serrait contre lui. Puis il s'écarta légèrement avant de prononcer les mots qu'il aurait dû lui dire des années plus tôt. Des mots que, par colère, par amertume, il avait été incapable de formuler.

— Merci, maman. Pour tout.

Molly McBride porta une main à sa bouche, et ses yeux se remplirent de larmes. Elle cacha son visage contre son torse, les épaules tremblantes.

Cabe jeta un coup d'œil vers ses collègues et vit d'autres scènes d'embrassades, des larmes d'émotion, des sourires de gratitude. Pour Terry qui avait perdu sa femme six mois plus tôt, cette petite fête devait être douce-amère, mais ses enfants l'étreignaient et il semblait le plus heureux des hommes.

Oui, les habitants de Santa Medina pouvaient se réjouir d'avoir une vétérinaire telle que Jessie. Tout le monde avait regretté le départ de Doc, jurant qu'il n'y en aurait jamais d'autre comme lui. Mais Cabe savait que si.

Même si Margo avait joué un rôle majeur, il avait conscience que Jessie était à l'origine de ce rassemblement. Jessie qui avait un cœur d'or et qui était si dévouée aux autres, qui adoptait d'emblée une chienne perdue… Jessie dont les mains douces avaient soigné les blessures de Soldier et avaient pansé les siennes…

Il capta son regard au milieu de la foule et mima des lèvres le mot « Merci ». En retour, elle esquissa un timide hochement de tête. Il n'était pas difficile d'interpréter ce signe. Elle était heureuse d'avoir fait ça.

Tandis qu'il se penchait vers sa mère qui lui disait quelque chose, un de ses voisins s'approcha et lui tendit un sac.

— C'est pour Soldier. Des friandises pour chien. Tout est naturel. Ils viennent d'une boutique de Mariposa. J'espère qu'il les appréciera.

— Merci, Tom.

Cabe sortit du sac un gâteau en forme d'entrecôte et le montra à Soldier. Celui-ci n'en fit qu'une bouchée.

— Il apprécie effectivement, dit-il en riant.

La petite fête se prolongeait dans une atmosphère bon enfant. Cabe accompagna sa mère jusqu'à la buvette où Margo officiait.

— Espèce de sournoise, Margo, dit-il d'un ton espiègle.

— Que puis-je dire ? répondit la jeune femme. Vous méritez bien ça, vous autres. Mais c'était l'idée de Jessie.

— Eh bien, merci.

Un mot qu'il répétait sans cesse depuis quelques heures, mais tant de gentillesse le stupéfiait. C'était le plus bel hommage qu'on ait jamais fait à l'équipe du SAS, et à lui personnellement.

— À propos de Jessie…, dit-il en jetant des regards autour de lui. Elle est encore là ?

— Non, elle est partie, il y a environ une demi-heure. Je ne sais pas pourquoi. Peut-être un patient à voir.

— Oui, sûrement.

Bizarrement, il n'en croyait rien. Il resta encore un moment à bavarder avec quelques personnes, puis comme les gens commençaient à rentrer, il raccompagna sa mère jusque chez elle, en lui promettant de venir déjeuner avec elle. Il y avait trop longtemps qu'il n'était pas allé la voir. Grâce à la réception que Jessie avait organisée, il en prenait conscience maintenant. Elle l'avait aidé de plein de manières, sans qu'il s'en rende compte.

Elle devait être épuisée, songea-t-il. Donc, à la première heure le lendemain matin, il irait à la clinique et la remercierait chaleureusement pour tout ce qu'elle avait fait pour la communauté… et pour lui. Si quelqu'un avait mérité cette fête, c'était bien elle. Avec ses idées, son enthousiasme, elle insufflait un peu de vie dans leur petite ville qui était ancrée depuis trop longtemps dans la tradition.

Son influence s'était même étendue au centre de secours, car Terry avait accepté d'accueillir Rocky, la chienne du refuge. Leur nouvelle mascotte avait maintenant droit à son coussin en imprimé léopard où elle trônait comme une reine.

Oui, Jessie avait su apporter un souffle neuf à Santa Medina. Il se rendait compte aussi qu'elle lui était de plus en plus indispensable.

9.

Elle n'avait pas pu rester, se dit Jessie au lendemain de la réception. La scène entre Cabe et sa mère avait été si touchante qu'elle en avait été bouleversée, surtout après ce qu'elle avait appris sur son père. Le poids de ce passé douloureux avait été gravé sur les traits de Cabe, et elle se demandait encore si elle n'avait pas commis une terrible erreur en ouvrant cette petite cérémonie d'hommage au public. En demandant à Margo d'inviter la population de Santa Medina, elle n'avait pas spécialement pensé à la mère de Cabe. Elle n'avait même pas réalisé que celle-ci vivait encore en ville. En même temps, elle était heureuse que tant de personnes soient venues pour manifester leur soutien.

Puis elle avait vu Cabe murmurer quelque chose à sa mère, et celle-ci sangloter dans les bras de son fils. Il avait alors relevé la tête et l'avait regardée, elle, pour lui dire silencieusement : « Merci ».

Jessie n'avait pu en supporter davantage. Elle s'était éloignée, les larmes aux yeux.

Non, la réception n'avait pas été une mauvaise idée. Si elle se sentait si mal, c'était pour une tout autre raison. Ce qu'elle pensait être une crise passagère due à un trop-plein d'émotions était en passe de devenir un état permanent qu'elle ne pouvait plus ni bannir ni cacher. Et tandis qu'elle restait là, accablée, elle fut soudain effrayée à l'idée que Cabe lirait tôt ou tard la vérité sur son visage. Mais elle n'y pouvait rien, et ça ne servait à rien de le nier. Elle aimait cet homme.

En dépit de la trahison terrible qu'elle avait connue dans sa dernière relation, en dépit de ce qu'elle savait du passé douloureux de Cabe, ce qu'elle avait tant redouté s'était produit. Elle était tombée follement amoureuse de Cabe McBride.

Elle en était horrifiée et ne savait pas ce qu'elle devait faire à présent, à part enfouir ses sentiments au fond d'elle-même et surtout ne rien montrer. Ni à lui, ni à Margo… ni au reste du monde !

Voilà pourquoi en ce dimanche matin, dans le silence de la clinique déserte, elle essayait désespérément de trouver une solution.

Cabe ressentait-il la même chose pour elle ? Elle ne le pensait pas, et ce n'était pas comme si elle pouvait lui poser la question. Parce que s'il s'avérait que non, elle serait dévastée au point de fuir. Entre le combat et la fuite, son instinct l'avait toujours guidée vers la seconde option. N'était-ce pas ce qu'elle avait fait après avoir découvert les addictions de Jason ? Bien que cela ait été la meilleure chose à faire, elle avait quand même choisi la solution de facilité en quittant San Francisco, non ?

C'était ainsi qu'elle s'était retrouvée à Santa Medina. Un endroit auquel elle commençait sérieusement à s'attacher, où il y avait Cabe qu'elle aimait… Voulait-elle vraiment abandonner la vie qu'elle se construisait ici, sa carrière, son cabinet, ses nouveaux amis, s'il s'avérait que Cabe ne partageait pas ses sentiments ? Il était peut-être temps pour elle d'apprendre une autre manière de gérer les conflits. La question était de savoir si elle en était capable.

Elle avait mis des heures à trouver le sommeil, la nuit dernière. Tôt ce matin, elle avait envoyé un texto à Margo pour la remercier de s'être donné tant de mal pour la fête et d'avoir rangé et nettoyé ensuite.

À cet instant, son portable émit un signal annonçant un message entrant. Il venait de Margo.

De rien, Jess. Et au fait, Cabe te cherchait après ton départ. Je lui ai dit que tu avais probablement un patient à voir.

C'était la vérité, à ceci près que c'était elle la patiente. Elle avait eu besoin d'être seule pour réfléchir, maintenant qu'elle se trouvait dans une situation qui pouvait devenir gênante pour tout le monde.

Elle répondit à Margo :

Merci de m'avoir couverte.

La réponse ne se fit pas attendre.

Pas de problème.

Comme Jessie rangeait son téléphone et quittait la place que son assistante occupait normalement derrière le bureau de la réception, le carillon de la porte d'entrée retentit.

Elle leva la tête et n'en crut pas ses yeux.

Cabe !

Elle fut soudain horrifiée, et pas seulement à cause des pensées qui tournaient dans son esprit. Elle était en tenue de jardinage. Ses mains étaient souillées, et ses cheveux en désordre. Mais elle ne s'attendait vraiment pas à ce que quelqu'un passe au cabinet à cette heure-ci, et surtout pas lui.

Mon Dieu ! Que voulait-il ?

— Je pensais bien te trouver ici. Il faut dire que Dumble m'a mis sur la voie. Quand j'ai sonné à ta porte, je l'ai entendu crier : « Reviens ici ! Reviens ici ! »

— Oh ! je vois.

Elle ne put s'empêcher de sourire des facéties de son cacatoès.

— Il déteste me voir partir, expliqua-t-elle. Mais si jamais un rôdeur cherchait à s'introduire chez moi, je suppose qu'il serait utile.

— Peut-être bien, dit-il en s'avançant. En fait, je suis venu te remercier pour hier, Jessie.

— Ce n'est pas que moi. Tous ceux qui étaient là sont reconnaissants du travail que vous accomplissez au SAS.

— Et moi, je te suis reconnaissant de ce que tu as fait. Cette ville a énormément de chance de t'avoir.

— La ville…, répéta-t-elle, sentant son cœur sombrer.

— Oui, plusieurs personnes me l'ont dit, même Doc Humphrey. Tu savais qu'il viendrait ?

Jessie acquiesça.

— J'ai tenu à l'inviter. Il veut me voir demain après-midi pour voir comment ça se passe. J'avoue que Santa Medina est un endroit où l'on se sent bien. Être ici, c'est… En fait, c'est moi qui ai de la chance.

Cabe s'approcha davantage.

— C'est vrai ?

Elle fixa son regard, tâchant d'y lire quelque chose qui lui donnerait de l'espoir.

— Oui, c'est la vérité.

Les doigts de Cabe frôlèrent les siens, et une sensation fulgurante la traversa comme un courant électrique. Elle ne savait que penser. Sa place était à Santa Medina ? Mais avait-elle sa place dans la vie de Cabe ?

Il y avait pourtant une chose dont elle était sûre. Si tout cela devait mal finir, elle ferait en sorte que cela se fasse à ses conditions. Elle veillerait à ce qu'il sache exactement ce qu'elle ressentait pour lui. Ensuite, ce serait à lui de décider. Mais il existait un autre moyen de montrer à quelqu'un ce qu'il représentait pour vous.

Jessie enroula ses doigts autour des siens.

— Comme je l'ai dit… je me sens très, très chanceuse.

Elle avait parlé lentement, en insufflant dans ses mots toute la séduction dont elle était capable.

Cabe parut aussi dérouté qu'elle. Mais cela ne dura qu'un instant. Profitant de ce qu'elle retenait ses doigts, il l'attira vers lui, si vite qu'elle en eut le souffle coupé.

— Jessie, as-tu la moindre idée de ce que tu… ?

Le reste de ses paroles se perdit, tandis qu'il capturait sa bouche. Mon Dieu ! Ce baiser… Était-ce un aveu ? Une prière ? Une promesse ?

En cet instant, elle s'en moquait. Un espoir fou jaillissait du fond d'elle-même, fusant dans ses veines comme une lave. Elle eut bientôt conscience que rien n'arrêterait l'ardeur qui la possédait. Quand bien même elle l'aurait voulu, elle ne le pouvait pas.

Elle embrassa Cabe avec une passion folle, comme si sa vie en dépendait.

— Chez toi ? murmura Cabe d'une voix urgente.

Il avait relevé la tête et la contemplait intensément.

— Non ! Ici.

— Tu es sûre ? Et si quelqu'un franchit cette porte ?

— Non. Personne ne viendra.

Il ébaucha un sourire dévastateur.

— Dans ce cas…

L'entraînant avec lui vers la porte d'entrée, il enclencha le verrou et baissa le store de la devanture. Puis lui agrippant les hanches, il l'attira contre lui. Au contact de ses cuisses énergiques, Jessie sentit son pouls s'affoler. Le désir de Cabe était si évident. Tant mieux, parce que c'était exactement ce qu'elle voulait.

Bientôt, ils se retrouvèrent dans la salle d'examen et se dévêtirent en hâte. Puis il se pencha et lui mordilla la lèvre.

— Tu te souviens ?

Le désir la rendant muette, Jessie répondit par un hochement de tête. Oui, elle se souvenait de leur conversation ce jour-là.

D'un mouvement rapide, il la hissa sur la table d'examen. Plaquant ses paumes de chaque côté de ses cuisses, il captura sa bouche.

— Quelle manœuvre pour l'abaisser ? dit-il dans un souffle.

— Pédale gauche.

La table s'abaissa lentement, puis le mouvement s'arrêta.

— Ça me semble être la bonne hauteur, déclara Cabe.

— La bonne hauteur pour… ? Oh !

Il l'attira jusqu'au bord de la table de soins. Elle écarta les jambes pour accommoder ses hanches minces. Nichée contre ses cuisses, elle sentit la preuve tendue de sa virilité.

Cabe l'embrassa avec fougue. Elle s'ouvrit à lui, acceptant tout ce qu'il lui donnait, en espérant lui offrir davantage. Elle mettait sur cette table ses espoirs et ses rêves. Cela serait-il suffisant pour le convaincre de construire un avenir ensemble ?

— Où est-il ?

— Je te demande pardon ? dit-il, stupéfait.

— Non, pas ça. Je le trouverais même en ayant les mains liées dans le dos, dit-elle d'une voix enjôleuse.

Il pressa son front contre le sien.

— Tu sais que tu me rends fou ?

Oui, et cela lui plaisait. Mais elle voulait surtout l'amener à croire que leur histoire pouvait fonctionner et devenir quelque chose de réel qu'ils chériraient.

Elle lui décocha un sourire espiègle.

— Dans ce cas précis, ce que je cherche commence par un P et se termine par un F.

— Oh ! ça…

Et ouvrant sa paume, il fit apparaître comme par magie un carré d'aluminium déjà ouvert.

— Comment as-tu… ? Aucune importance.

Elle prit le préservatif et le plaça elle-même sur son sexe érigé, prolongeant l'action aussi longtemps qu'elle put, en laissant ses doigts s'attarder sur sa chair bouillante. Cabe vibrait violemment contre sa paume.

— Assez, Jess… Je t'en prie ! dit-il en lui emprisonnant le poignet. Je veux aussi m'occuper de toi…

— Inutile. Je suis prête depuis le moment où tu es entré ici.

Sur ce, elle se renversa en arrière, en se soutenant des coudes sur la table étroite.

— Viens vérifier.

Cabe ne se fit pas prier pour relever ce défi. Il s'enfouit en elle avec un gémissement guttural.

Jessie frissonna de tout son être et ferma les yeux. Telle une nuée de papillons multicolores, la volupté l'emporta, la faisant tournoyer. Cabe s'enfonçait en elle de plus en plus sauvagement.

Bientôt, la ronde folle s'intensifia pour exploser en un feu d'artifice éblouissant. Des vagues de plaisir inouï déferlèrent en elle comme une lave.

Dans un cri, Cabe succomba à son tour, mêlant sa jouissance à la sienne.

Ils restèrent immobiles plusieurs minutes, le bruit de leurs respirations emplissant la pièce. Puis Jessie entrouvrit les paupières. Cabe la contemplait avec une expression étrange. Il finit par briser le silence.

— Bon sang ! C'était… c'était…

— Je… Je crois que je t'aime.

Les mots franchirent ses lèvres avant qu'elle ait pu les retenir. Ils vibrèrent au-dessus d'eux, comme un écho égaré dans le néant.

Oh ! mon Dieu ! Ça ne devait pas se passer comme ça. Elle avait voulu amener ce moment en douceur, sonder Cabe un peu plus avant de se jeter à l'eau. Un froid terrible l'envahit, sa peau était glacée et ses muscles paralysés par la peur.

— Quoi ?

Ce mot bref la frappa avec une telle force qu'elle en fut anéantie. Pas lui de toute évidence, car il se retira d'elle d'un mouvement fluide qui lui donna envie de fondre en larmes. Le fol espoir qu'elle avait nourri était mort. Cabe la fixait avec cette expression insondable qui lui était si familière.

Elle se redressa en hâte. Au moins, elle lui avait dit ce qu'elle ressentait. Un rire nerveux la secoua. Oui, elle était allée jusqu'au bout comme elle s'était juré de le faire. Sans ambiguïté, ni hésitation.

— Je pense que tu devrais partir maintenant, dit-elle.

Il se passa une main dans les cheveux.

— Je ne peux pas… Bon sang ! Jess, je ne peux pas te donner ce que tu attends, ce que tu mérites. Laisse-moi t'expliquer pourquoi…

— Non, c'est inutile. Tu as été très clair, et ça m'a facilité les choses.

Elle prit une profonde inspiration. Il avait employé son diminutif comme un mot affectueux, tout en laissant tomber le couperet. Ce qui venait de se passer n'en était que plus terrible.

— Je t'en prie. Pars.

Voilà… Elle aussi pouvait lancer des mots brefs, acérés.

Cabe ne répondit pas. Il rassembla ses vêtements, mais au lieu de s'habiller devant elle, il se détourna et quitta la pièce. La dernière vision qu'elle eut de lui avant qu'il ne ferme la porte, ce fut son postérieur fascinant.

Elle prit alors conscience qu'elle ne reverrait plus Cabe McBride.

— Doc Humphrey est de retour.

— Elle n'a été ici que deux mois…

— Vous pensez qu'il y aurait un homme derrière tout ça ?

— Elle a sauvé notre vache.

Quatre jours après avoir quitté le cabinet de Jessie, Cabe entra dans le petit restaurant pour prendre un café en vitesse. Le brouhaha des conversations l'enveloppait. Il n'écoutait qu'à moitié, mais la dernière phrase l'interpella. Une vache sauvée ? Quelqu'un parlait donc de Jessie.

Il se mit à rassembler les bribes qu'il avait entendues et en arriva à la conclusion que…

Jessie quittait la ville !

Mais pourquoi ?

Imbécile, as-tu besoin de te poser la question ?

C'était assez évident, non ? La manière dont ils avaient mis fin à… Non, c'était *lui* qui avait coupé court, rectifia-t-il. Parce qu'il n'avait pas trouvé les mots qu'il fallait quand elle lui avait fait cette déclaration fracassante, il l'avait laissée tomber. Plus facile comme ça.

Parce que ce qu'il ressentait n'avait pas d'importance finalement. L'expérience lui avait appris qu'il n'avait pas ce qu'il fallait pour être un bon mari et un bon père. Les sentiments n'entraient même pas en ligne de compte.

Quand Jess lui avait dit qu'elle l'aimait, il avait eu le choix entre la blesser tout de suite ou le faire plus tard. Parce que c'était inéluctable, il la blesserait de toute façon. En retenant ses émotions par peur d'être rejeté, en ne montrant aucune réaction aux moments les plus importants. C'était toujours ainsi qu'il fonctionnait.

Son père n'avait su faire que ça : étaler ses fichues émotions. Et la plupart avaient été mauvaises, lamentables, blessantes. Alors, chaque fois que Cabe avait manifesté une réaction négative, une petite voix intérieure lui avait soufflé : « Exactement comme ton père ! »

Les raisons pour lesquelles il se méfiait de l'attachement

étaient si nombreuses qu'il avait fini par se convaincre qu'il n'avait besoin dans sa vie que de Soldier et de son travail.

Puis une jolie vétérinaire était arrivée et l'avait fait douter de lui-même. Elle lui avait aussi donné l'envie de se battre. Mais que pourrait-il lui apporter ? Est-ce qu'il lui gâcherait la vie ?

Voilà pourquoi il n'avait rien trouvé à répondre. Qu'aurait-il pu dire de sensé juste après le sexe torride qu'ils avaient partagé ? Le sexe fantastique avait oblitéré tout le reste. Quant à la petite voix tremblante qui avait surgi dans sa tête, était-ce une réaction purement sexuelle ou venait-elle de ce tourbillon d'émotions insaisissables que Jessie avait créé en lui depuis le premier jour ?

Mais si elle part…

Il sentit son cœur se serrer douloureusement à cette perspective.

Le mieux qu'il puisse faire, pour lui-même et pour eux deux, était de rentrer chez lui, de s'asseoir dans le noir et de réfléchir. Peut-être découvrirait-il enfin où se cachaient ses sentiments ?

Il espérait que ceux-ci l'aideraient enfin à résoudre son dilemme : devait-il retenir Jessie ou la laisser partir ?

10.

Doc Humphrey la fixa d'un regard furieux.

— Où sont passés tous mes dossiers ? Que diable en avez-vous fait ?

— Je les ai numérisés. C'est plus facile.

L'humeur du vieux vétérinaire se radoucit quelque peu.

— Je suppose que je devrais vous en remercier au lieu de rouspéter.

— Je suis contente que vous soyez du retour, Doc. Même si c'est seulement pour un jour ou deux par semaine. Vous êtes sûr que vous ne voulez pas faire plus d'heures ?

— Écoutez, la retraite, ce n'est pas pour moi. Du moins, pas encore. Mais je ne peux pas non plus reprendre la clinique. Grâce à un nouveau traitement, mes tremblements ont diminué, certes, mais ce n'est qu'une question de temps. Et j'aimerais aussi m'occuper de ce jardin que vous avez aménagé.

Elle secoua la tête en souriant.

— Pas question. Nous étions d'accord là-dessus. La maison est à vous, mais le jardin est mon domaine.

Jessie faisait de son mieux pour maintenir le cap qu'elle s'était fixé. Elle avait déjà installé Dumble, Rocky et ses quelques affaires dans le petit appartement au-dessus du garage. Doc retrouvait la maison où il avait vécu une grande partie de sa vie.

Jusque-là, cela fonctionnait. En ce qui concernait son nouveau domicile, du moins. Elle avait été incapable de réfléchir dans la grande maison, sans parler de dormir chaque nuit dans le lit où Cabe et elle avaient fait l'amour. C'était déjà assez difficile d'affronter le souvenir de la passion qui les avait consumés dans la clinique. Et comment supporterait-elle de le croiser maintenant et de voir son beau regard bleu se détourner ?

Peut-être se résoudrait-elle à retourner à San Francisco. Mais pour l'heure, ses blessures étaient à vif, son cœur douloureux, et elle n'osait pas entreprendre un changement de vie aussi radical.

Le vieil homme la dévisagea avec attention, avant de prendre place sur la chaise auprès d'elle.

— Comment ça va ? Je veux dire, vraiment ? Je suis là depuis très longtemps, comme vous le savez. J'ai vu les regards que vous échangiez avec Cabe, à cette fête en l'honneur du SAS.

Que pouvait-elle répondre ? Mentir ne lui semblait pas correct, et Doc allait vite s'apercevoir qu'elle évitait Cabe. Elle avait déjà décidé de demander au vieux vétérinaire de se charger des soins et des examens de Soldier. Même s'il avait déclaré qu'il préférait ne pas avoir à faire d'opération.

— Les choses ont changé depuis, n'est-ce pas ? reprit-il en posant sa paume large sur sa main. J'espère qu'il n'a pas été dur avec vous, mon petit.

— Non, pas du tout, répondit-elle avec sincérité. Tout le monde ici a été merveilleux.

Tant de conversations, de sourires bienveillants lui revenaient en mémoire. Jonas, le fermier, qui lui était reconnaissant d'avoir sauvé Jasmine et son veau, tous ces gens qui s'étaient rassemblés spontanément à son appel pour célébrer leurs secouristes… Elle ne put s'empêcher aussi d'évoquer sa première rencontre avec Cabe, quand elle avait pansé Soldier, et sa confession déchirante au sujet de son père. L'impossibilité de leur relation ne venait-elle pas en partie de là ?

Mais peu importait l'origine du problème. Si Cabe était incapable de l'aimer, elle ne pourrait aller plus loin. Et tant pis si elle adorait sa compagnie, et si sa façon de lui faire l'amour était sublime. Certaines personnes pouvaient se passer de mots d'amour, mais pas elle. Toute sa vie, elle avait reçu des marques de tendresse de la part de sa famille. Elle ne se contenterait pas de moins. Parce qu'elle estimait les mériter, autant que Cabe méritait d'entendre ces mots-là de quelqu'un qui l'aimait.

— J'aime cette ville, Doc. C'est juste que…

— À part cette ville, il y a quelqu'un que vous portez dans votre cœur, c'est ça ? dit-il en lui tapotant la main. Vous ne trouverez pas de meilleur homme que Cabe.

Jessie soupira.

— Je sais. Mais il… il me dit qu'il ne peut pas me donner ce dont j'ai besoin.

— Et de quoi avez-vous besoin, Jessica Ann Swinton ?

Elle le regarda avec surprise.

— Jessie n'est pas le diminutif de Jessica, et Ann n'est pas mon…

— Je le sais bien. Mais c'est le prénom que je vous aurais donné, si vous étiez ma fille.

Elle se mit à rire pour dissimuler à quel point ces paroles la touchaient. Oh ! Doc Humphrey était impossible, pensa-t-elle, émue. S'en rendait-il compte ? Oui c'était là, dans son regard rusé, que se lisait aussi une lueur de dérision. Pourquoi ne prenait-elle pas davantage exemple sur lui ? « Vivre et laisser vivre, mais à ma façon ! », telle semblait être la devise de Doc.

Elle comprenait pourquoi les gens aimaient cet homme. Il s'immisçait dans votre vie sans que vous en ayez conscience, et voilà, on ne pouvait faire autrement que de l'aimer.

N'est-ce pas exactement ce qui s'était passé avec Cabe ? Il avait fait irruption dans sa vie sans qu'elle y prît garde… et elle était tombée amoureuse de lui.

— Vous n'avez pas répondu à ma question, dit Doc à cet instant. Que désirez-vous exactement ?

— Je veux Cabe. Mais je veux tout de lui, et pas seulement ce qu'il veut bien m'accorder.

Alors, qu'allait-elle faire maintenant ? L'ancienne Jessie aurait pris la fuite sans un regard en arrière, mais la femme qu'elle voulait être lui soufflait de rester. Et s'il s'avérait que Cabe était vraiment réfractaire à l'amour, eh bien… elle serait fixée.

Le mieux était de lui laisser un peu d'espace, sans lui imposer la pression de sa présence constante.

Elle pressa les doigts de Doc

— Ça vous ennuierait si je prenais quelques jours de congés ? Si une urgence se présente, je serai là-haut, à l'appartement. J'ai juste besoin de prendre le temps de réfléchir.

— Allez-y et réfléchissez bien, mon petit. Mais donnez-vous aussi le droit de suivre vos désirs. Même s'il s'avère que ça ne vous convient pas vraiment à long terme. Comme ma période d'essai pour la retraite.

— Merci, Doc.

Ils se levèrent, et Jessie fut très étonnée quand il la serra contre lui, dans une étreinte bourrue qui faillit l'étouffer. Puis il la relâcha pour se diriger vers ses vieux casiers métalliques à présent vides.

— Alors, où diable avez-vous mis mes fichus dossiers ?

Cabe évita le restaurant pendant les deux jours suivants. La dernière chose dont il avait besoin en ce moment était d'entendre d'autres ragots sur Jessie. Il avait déjà appris l'essentiel, à savoir qu'elle envisageait de partir à cause d'un homme.

Il était facile de deviner l'identité de ce dernier. Alors, qu'allait-il faire maintenant ? Trouver Jessie et lui dire de ne pas être stupide, que cette ville avait besoin d'elle et qu'elle ne devait pas partir à cause d'un sombre idiot qui n'avait pas pu s'empêcher de coucher avec elle ?

Il grimaça. Cela semblait trivial… En fait, qu'il le dise ou non, l'intimité qu'ils avaient partagée avait compté pour lui, et bien plus qu'il ne l'aurait voulu. Contrairement à son habitude, il avait baissé la garde, et Jessie s'était infiltrée sous ses défenses. Même Soldier avait dû remarquer son changement d'humeur depuis que Jessie lui avait fait cet aveu.

Il soupira. Que dire pour l'empêcher de quitter la ville ? Peut-être quelque chose du genre : « Si je pouvais avoir des sentiments pour quelqu'un, ce serait pour toi ».

Bon sang ! Ça ressemblait à un horrible message de carte de vœux. Mieux valait aller la voir sans avoir préparé de discours et lui expliquer simplement pourquoi il avait agi comme il l'avait fait. Oh ! il avait bien essayé de lui parler sur le moment, mais elle avait été trop blessée pour l'écouter. Quelques jours s'étaient écoulés. Peut-être serait-elle plus réceptive. Et surtout, il tâcherait de trouver les mots justes, cette fois.

Fort de ce raisonnement, il décida de lui rendre visite sur-le-champ, avant qu'il ne soit trop tard. Comme on était dimanche après-midi, il avait de grandes chances de la trouver chez elle.

Il effectua le court trajet jusqu'à la maison qui jouxtait la clinique. En arrivant, il fut surpris de ne pas voir sa petite voiture bleue garée sur la place de stationnement réservée. À la place, il y avait une berline grise, toute neuve. S'était-elle acheté un nouveau véhicule ?

Les clients du restaurant n'avaient pas dit précisément quand elle partirait, mais Cabe avait supposé que ce ne serait pas avant d'avoir trouvé un autre vétérinaire pour la remplacer. Avait-il eu tort ?

Arrivé devant la porte, il hésita. Et si c'était un inconnu qui lui ouvrait ? Devait-il s'attendre à ne plus jamais revoir le sourire de Jessie ?

L'angoisse l'étreignit au point qu'il en oublia de respirer. Il avala quelques bouffées d'air avec l'impression de se noyer. Brusquement, il eut peur de voir la porte s'ouvrir et de découvrir qui se tenait là.

Résolument, il frappa, attendit et frappa de nouveau, plus fort cette fois. Au bout de quelques minutes, il crut entendre des bruits légers.

— Jessie ? appela-t-il.

Le battant s'ouvrit.

— Nom d'un chien, Cabe. J'étais au milieu du plus beau rêve que j'aie jamais fait. J'étais… sur une île, quelque part. Un endroit où je pouvais enfin dormir tranquille !

— Doc ? Que faites-vous ici ?

— Bonjour à toi aussi, Cabe. Et merci de cet accueil chaleureux pour mon retour.

Cabe était si interloqué qu'il en oubliait la politesse.

— Votre retour ? Ça veut dire q…

— Que je vais travailler de nouveau à la clinique, oui.

Désarçonné par cette nouvelle, Cabe recula. Il pensait avoir plus de temps. Après tout, Doc avait mis des semaines avant de trouver celle qui le remplacerait.

— Vous revenez à plein temps ?

— Serait-ce si incroyable ? dit le vieil homme en s'effaçant. Entre donc, avant que je ne décide de retourner sur l'île de mes rêves au lieu de rester là à bavarder avec toi.

Cabe obéit. L'intérieur était le même que lorsque Jessie y avait habité. Mais c'était parce qu'elle n'avait pas eu le temps de changer quoi que ce soit à la décoration, se rappela-t-il.

— Assieds-toi, je vais te chercher du café. La cafetière est encore chaude.

— Non, merci. Ne vous dérangez pas, répondit-il aimablement.

Le café de Doc, épais et corsé, était le breuvage le plus infâme qu'il eût jamais bu.

— Si tu ne veux ni café ni causette, pourquoi es-tu ici ? demanda Doc d'une voix bourrue.

Cabe était si décontenancé qu'il ne savait même pas par où commencer. Doc l'observa avec attention, et un sourire ouvertement narquois incurva ses lèvres.

— Tu t'attendais à trouver Jessica plutôt que moi ici, n'est-ce pas ?

— Jessica ? répéta Cabe en se demandant si les défaillances du vieil homme s'étaient aggravées. Vous voulez dire Jessie ?

— Évidemment que c'est d'elle dont je parle. De qui d'autre ?

— A-t-elle déménagé ?

— Oui. Elle n'en a donc parlé à personne d'autre qu'à moi ?

Cabe s'éclaircit la voix.

— J'ai été… occupé ces derniers jours. Peut-être qu'elle l'a dit, mais je… je n'étais pas au courant.

Le regard de Doc se plissa.

— Oh ! je pense que tu savais que ça allait mal tourner, mon garçon, pas vrai ?

Une chose était sûre : Doc n'avait pas perdu la mémoire

dans l'intervalle où il avait été absent. Il avait l'esprit plus vif que jamais.

Cabe observa ses mains.

— Elles sont plus stables que tu ne le pensais, hein ? dit Doc. Le spécialiste de Sacramento m'a prescrit une potion qui a réduit mes tremblements. Du moins, pour l'instant.

Ce qui expliquait le retour de Doc à la clinique, pensa Cabe. Mais ça ne lui disait pas où était Jessie.

— Je suis vraiment heureux pour vous, Doc. C'était votre idée de revenir travailler ici ?

— Disons qu'il s'agit d'une décision mutuelle.

— Si vous arrêtiez de tourner autour du pot ? Jessie est-elle partie pour de bon, oui ou non ?

— Il me semble que tu devrais lui poser la question toi-même.

Oui, évidemment. Mais si elle avait déjà quitté Santa Medina ? Il soupira. Qu'avait-il espéré ? Que cette femme qui l'attirait follement resterait là juste pour qu'il ait le plaisir de la voir, alors qu'il refusait de lier sa vie à la sienne ? Et qu'il continuerait de fantasmer sur elle en se demandant ce qu'il ressentirait si elle lui appartenait pour de bon ?

Oui, quelque chose dans ce genre-là, reconnut-il. Mais c'était fini. Parce que le risque de ne jamais la revoir se profilait comme une menace. Et que « jamais » était un mot insupportable qui lui vrillait le cœur et l'inondait de chagrin. S'il avait si mal à l'idée de perdre Jessie, c'était…

Parce qu'il l'aimait !

Mais si l'amour ne suffisait pas ? Sa mère avait tout donné, encore et encore, à l'homme qu'elle avait aimé, mais qui en retour n'avait su que la rendre malheureuse. Voulait-il vraiment en arriver là ? Laisser Jessie gâcher sa vie à cause de lui ? Ou était-il prêt à se lever et à se battre pour lui offrir ce qu'elle désirait, même si c'était difficile et qu'il n'y connaissait rien ? Pourtant, ça ne semblait pas si compliqué pour Soldier…

Il prit une profonde inspiration et regarda Doc droit dans les yeux.

— Je suppose qu'elle est retournée à San Francisco ?

— Pas exactement.

Ces tergiversations commençaient à l'agacer.

— Allez, Doc. Si vous me donnez une adresse, je vous laisserai retourner à votre sieste si douillette.

— Franchement, je suis très bien là où je suis.

Après un silence étudié, le vieil homme ajouta :

— Je te donnerais bien l'adresse, mais je n'arrive pas à m'en souvenir. On s'est débarrassé de mes dossiers et Margo est…

— Partie à la pêche.

— Oui. Certaines choses dans cette ville ne changent pas.

Possible, pensa Cabe. Mais il voulait voir si d'autres étaient susceptibles d'évoluer vers le meilleur. À commencer par lui-même.

— Je vais donc devoir la trouver moi-même, dit-il, résigné.

Doc se mit à rire, comme s'il venait de faire une bonne farce.

— Je n'ai pas dit que je ne savais pas où elle était, seulement que je ne me souvenais pas de l'adresse. Elle est juste là-haut, dans l'appartement au-dessus de mon garage.

11.

Assise dans son minuscule logement, Jessie tâchait de réfléchir, ainsi qu'elle l'avait promis à Doc. Mais c'était plus difficile qu'elle ne le pensait. Elle se sentait si seule, si perdue. Pour la millième fois au moins, elle se demanda si elle ne ferait pas mieux de rentrer chez ses parents à San Francisco. *On ne peut jamais retourner chez soi*, disait le proverbe. Elle avait l'impression que ce vieux dicton contenait une part de vérité.

Cela faisait presque une semaine que Cabe et elle avaient passé ce moment magique dans la clinique, et elle n'avait pas eu de nouvelles de lui. Elle ne s'attendait pas à en recevoir non plus. Le temps passait, et elle n'était guère plus avancée.

Ce n'était pas le cas de Dumble, apparemment. « Pas le seul ! Pas le seul ! » récitait-il inlassablement. Elle était presque sûre que cette litanie avait un rapport avec Cabe. Il avait dû faire ce commentaire. Trouvant une intonation particulière à ces mots, Dumble les avait mémorisés.

La veille, elle avait parlé avec sa mère par vidéo. D'une voix mal assurée et ponctuée de sanglots, elle avait réussi à se confier. Oh ! elle n'avait pas mentionné leur intimité torride, naturellement, mais elle avait raconté tout le reste. Comment elle était tombée amoureuse de Cabe, l'homme le plus merveilleux qu'elle eût jamais rencontré, mais que son père alcoolique avait privé de la capacité d'être heureux.

— Te rends-tu compte qu'il n'a jamais dit à son fils qu'il était fier de lui ?

À la fin, sa mère avait pleuré avec elle.

— Je l'aime, maman. Mais je ne sais pas quoi faire.

Encore une fois, Dumble avait cru bon de mettre son grain de sel.

— Pas le seul !

— Jessie, qu'est-ce que ton cœur te dit ? avait demandé sa mère.

— De ne pas abandonner, même si ça vaudrait peut-être mieux.

Car elle avait quand même pris du recul par rapport à ces dernières semaines. Cabe lui manquait terriblement, au point qu'elle pouvait à peine respirer. Mais était-elle capable de lui faire face après ce qui s'était passé ? Elle n'en savait rien.

— Ma chérie, ce n'est pas le moment de baisser les bras, il faut tenir encore un peu.

— Tu as toujours vu le bon côté des choses.

— Sûrement parce que j'ai fait un bon mariage et que ton père est un homme bien. On dirait que Cabe aussi. Réfléchis bien avant de prendre une décision définitive. Nous aimerions t'avoir de nouveau chez nous, bien sûr, donc ne prends pas mal ce que je vais dire, mais je sens que ta place est à Santa Medina, quoi que Cabe décide.

Oui, sa place était ici. C'était sûrement la raison pour laquelle elle se sentait si déchirée à l'idée de rentrer à San Francisco.

— Je pense que tu as raison, maman. Et tu sais quoi ? Je me sens capable d'affronter la situation maintenant.

Sa mère s'était penchée vers l'écran.

— J'en suis convaincue, Jessie.

— Je t'aime tellement. Je suis si heureuse d'avoir des parents comme vous.

Sa mère lui avait envoyé un baiser que Jessie avait fait mine de recueillir dans sa main.

— Je te rappelle s'il y a du nouveau.

— Je serai toujours là pour t'écouter. Bonne chance, quel que soit ton choix, ma chérie.

Elles avaient mis fin à la conversation. Son père était déjà parti travailler, mais Jessie savait qu'il soutiendrait sa décision.

Avec un soupir, elle sortit et alla s'asseoir sur le banc du jardin. Doc avait travaillé toute la journée à la clinique et lui avait fait un compte rendu. Il semblait heureux d'être de retour, en dépit de son humeur bourrue. Mais il serait content d'apprendre qu'elle allait rester à Santa Medina. Quoi que Cabe décide de faire, ça ne changerait rien à sa décision. Elle l'aimait, elle l'aimerait pour très longtemps, mais elle ferait sa vie dans cette ville qu'elle aimait aussi.

Doucement, elle glissa du banc et, à genoux, se mit à arracher les mauvaises herbes. Elle était si absorbée dans sa tâche, qu'elle ne remarqua même pas l'ombre qui venait au-dessus d'elle.

Jusqu'à ce qu'elle entende son nom.

— Jess ?

Le souffle coupé, elle se redressa vivement, une main en visière pour se protéger du soleil.

— *Cabe !* Que fais-tu ici ?

— Je pourrais répondre que je suis le nouveau garçon de courses de Doc, dit-il en souriant, mais le croirais-tu ? Et si je te disais que toute la ville m'en veut et qu'on raconte partout que tu quittes Santa Medina à cause de moi ?

— Je te répondrais qu'ils ont tort au sujet de mon départ, mais qu'ils ont raison pour le reste. Si je partais, ce serait en effet à cause de toi.

Pour atténuer l'accusation contenue dans ses paroles, elle laissa un faible sourire flotter sur ses lèvres.

— Jess, ça te gênerait de te lever ? Je me sens mal à l'aise d'être debout quand tu restes accroupie.

— Il y a assez de mauvaises herbes pour nous deux, dit-elle en désignant la bordure à ses pieds. Juste là.

— Très bien. Voyons ça, dit-il en s'agenouillant.

Aussitôt, Jessie eut l'impression de revenir au début de leur rencontre quand elle se délectait de son contact, de l'odeur de sa peau. Elle ferma les yeux contre le flot de souvenirs vivaces qui menaçait de la submerger.

Cabe restait silencieux et arrachait l'herbe.

— Hé ! Non, pas ça… C'est une fleur, dit Jessie en lui touchant la main pour l'arrêter.

— Comment fais-tu la différence ? s'enquit-il, perplexe.

Les tiges sortaient à peine de terre, et elle comprit sa confusion.

— On finit par savoir celles qui doivent rester et celles qui sont à enlever. Mais il faut du temps et de l'expérience.

Il leva une main et lui prit le menton, de sorte qu'elle fut forcée de le regarder en face.

— Comme pour les émotions ?

Ainsi, il avait saisi le double sens de sa réponse.

— Oui, c'est exactement ça, dit-elle d'une voix mal assurée.

Il soupira.

— Jessie… Quand tu m'as avoué que tu m'aimais, j'ai eu un choc. Le fait que tu puisses le savoir avec une telle certitude… J'étais à la fois abasourdi et effrayé. Tu ne peux pas imaginer à quel point.

Elle se dégagea et arracha un brin d'herbe pour éviter son regard intense.

— Je pense que je le sais. Parce que j'étais aussi terrifiée, au moins autant que toi. Mais je ne pouvais pas…

Elle soupira, cherchant les mots justes.

— Je ne pouvais pas supporter l'idée de passer ma vie à ne pas savoir, à regretter de n'avoir rien dit. Et maintenant que je sais…

Elle esquissa un léger haussement d'épaules.

— Sauf que ce n'est pas le cas.

Elle releva la tête et vit ses traits crispés. Un muscle tressaillit convulsivement sur sa joue, comme s'il luttait contre quelque force intérieure qui lui intimait de se taire.

— Jessie, je ressens la même chose…

Les mots restèrent suspendus dans l'air entre eux. L'espoir jaillit, mais ce n'était pas suffisant pour Jessie. Pas à ce stade de sa vie, ni après les blessures et le chagrin qu'un autre lui avait infligés.

— Tu ressens… quoi ? demanda-t-elle, le cœur battant.

Elle avait tellement besoin d'entendre ces mots-là. S'il ne pouvait franchir ce pas…

S'il te plaît, Cabe. Dis-le.

— Je t'aime.

Il ferma brièvement les yeux. Ses iris bleus brillaient d'une lumière qu'elle n'avait jamais vue.

— Je t'aime, répéta-t-il. Depuis le début. Je pensais que... les mots ne suffisaient pas, qu'ils ne voulaient rien dire si j'étais incapable de t'offrir ce que tu attends.

— Cabe... Tu viens de le faire. Tu viens de me donner exactement ce que j'espérais.

Les larmes aux yeux, Jessie se jeta dans ses bras. Il la serra contre lui.

— Mais si je ne peux pas te le dire aussi souvent que tu le souhaites ? Je ne sais pas exprimer les choses, tu sais.

Elle lui prit le menton et le secoua doucement par taquinerie.

— Cabe, je ne suis plus une midinette. Et tu ne crois pas que je parle pour deux ?

— Eh bien...

— Fais gaffe à ce que tu vas dire, dit-elle d'un ton faussement sévère.

Il se mit à rire et parut se détendre d'un seul coup.

— Contrairement à ce que tu penses, je n'attends pas tant de choses de toi, reprit-elle. De la complicité, peux-tu me donner ça ?

Il acquiesça.

— Je veux des enfants. Peux-tu me les donner ?

— J'en veux aussi, mais...

Il y eut un long silence, et Jessie retint son souffle. Puis quelque chose changea sur les traits de Cabe. Son regard s'abaissa vers son ventre. Il y avait une telle tendresse dans son expression qu'elle sentit l'émotion lui nouer la gorge. À coup sûr, Cabe venait de faire tomber une barrière mentale.

— Mais rien, dit-elle d'un ton léger. À moins d'un problème de spermatozoïdes ?

Il eut l'air si choqué qu'elle ne put s'empêcher de rire.

— D'accord. Je suppose qu'ils sont tous très vigoureux.

— Pour autant que je sache. Tu vas pouvoir t'en rendre compte tout à l'heure.

Il attendit comme si elle allait lui énumérer d'autres exigences.

— C'est tout, dit-elle en souriant. Maintenant, je suis prête à entendre tes attentes.

— Les miennes ? dit-il, surpris. Très bien. Je te demanderai d'être indulgente le temps que j'apprenne à différencier les fleurs des mauvaises herbes. Plus sérieusement, je tiens à la franchise.

Jessie comprit que cet argument-là venait du plus profond de lui-même, là où ses blessures et sa tristesse étaient enfouies.

— Je te donnerai ça, promit-elle avec émotion.

— Et je veux que tu sois fière de moi.

C'en fut trop, cette fois. Elle ne put retenir ses larmes.

— Oh ! Cabe. Je le suis depuis que je t'ai vu sauver Gloria sur cette montagne. Tu es l'homme que j'aime et je suis très, très fière de toi. Plus que tu ne le croiras jamais.

Il l'enlaça avec fougue.

— On dirait que nous venons de conclure un accord, docteur.

— Je pense que oui, M. McBride.

Un baiser vint sceller cette promesse. Puis Cabe la contempla d'un air légèrement interrogateur.

— Pourquoi ne m'as-tu pas dit que ton vrai nom était Jessica ?

— Mais ce n'est pas le cas ! s'exclama-t-elle en riant. Cette fantaisie ne peut venir que de Doc.

— Oui, je crois qu'il t'aime beaucoup.

Il se redressa et lui tendit la main pour l'aider à se relever.

— Oh ! attends ! dit-elle brusquement. J'ai encore une condition...

Elle sourit en voyant son expression déconfite.

— Rien de terrible, rassure-toi. Je devrais dire qu'il s'agit d'une faveur.

— Qu'est-ce que c'est ?

Jessie sentit ses joues s'empourprer.

— Voilà... accepterais-tu de... déchirer un de tes jeans juste là ? dit-elle en effleurant des doigts son postérieur. Et de te promener ainsi de temps en temps dans la maison ?

Au long rire saccadé qui le secoua, Jessie sut qu'elle avait touché juste. À plus d'un titre.

— Je pense que c'est faisable, répondit-il enfin.

Puis, levant les yeux vers le garage :

— C'est donc ici que tu habites maintenant ?

Elle acquiesça et vit un sourire suggestif jouer sur ses lèvres sensuelles.

— Y a-t-il quelqu'un d'autre chez toi en ce moment ?

— Seulement Dumble et Rocky, mais ils ne comptent pas, je suppose.

— Dumble, peut-être. Il a tendance à être bavard.

— Oui, il a la manie de répéter certains sons un peu embarrassants.

— Ça pourrait poser un problème. Tout dépend si tu as l'intention d'être très bruyante.

Le cœur de Jessie se gonfla de joie.

— Tu es capable de me faire crier comme une folle, dit-elle, rougissante. Je préférerais quand même qu'on ne nous entende pas de la clinique.

Sur quoi, elle l'entraîna par le petit escalier jusqu'à l'appartement. Rocky accourut vers eux et se mit à danser sur ses pattes arrière.

Cabe la souleva dans ses bras.

— Salut, toi. Toujours pas de propriétaire ?

— Je pense que je vais être sa nouvelle maîtresse.

Comme il reposait la petite chienne, Dumble se mit à hocher la tête, la crête hérissée.

— Pas le seul ! Pas le seul ! hurla-t-il.

— C'est bizarre, dit Jessie. Il n'arrête pas de répéter ça. Tu sais d'où il tient ces mots-là ?

— Oui, mais c'est une longue histoire. Et je pense que ça peut attendre.

Il la prit dans ses bras et l'embrassa passionnément, tandis que le cacatoès émettait des bruits de baisers et que Rocky gémissait à leurs pieds.

— Hum… Ça peut attendre très longtemps si je veux parvenir à mes fins.

12.

Finalement, le souhait de Jessie de voir les Tuolumne Meadows enneigées se réalisa. C'était le jour de leur premier anniversaire de mariage, ce qui ne gâchait rien. La neige couvrait les prairies et saupoudrait « leur » Dôme, ainsi qu'elle l'appelait. Un décor magique qui lui procurait beaucoup de joie, à bien des égards.

Elle s'arrêta de skier pour mieux le contempler. Ses joues étaient en feu, son bonnet de travers, mais elle s'en moquait complètement.

Les bras de Cabe l'enlacèrent par-derrière, et il posa les mains sur son ventre en un geste protecteur.

— Tu es sûre que le médecin t'a autorisée à faire du ski ?

— Hé ! J'ai fait un vêlage hier. Je pense qu'un peu d'exercice ne nous fera aucun mal.

Ce « nous » englobait Cabe et elle, ainsi que l'enfant qu'elle portait. Il était trop minuscule encore pour qu'on s'aperçoive de son état, et elle tenait à garder ce secret encore un peu. Le partager seulement avec Cabe, qui à chaque seconde lui prouvait qu'il était l'homme de sa vie, celui dont elle avait besoin et qui apprenait à se faire confiance petit à petit.

— Est-ce que je t'ai dit que mes parents envisagent de venir vivre à Santa Medina ?

Il enfouit son visage contre son cou.

— En quoi est-ce surprenant ? Nous avons ici la meilleure vétérinaire de tout le pays.

— Ne serais-tu pas un peu partial ? dit-elle en souriant.

— En parlant de parti pris, t'ai-je dit que j'ai croisé Jonas, le fermier, hier en ville ?

— Non. Comment va-t-il ?

Cabe lâcha un petit rire.

— Il m'a chargé de te dire ceci. Je cite : « Ils ont aussi baptisé la nouvelle génisse ! » Il ne semblait pas très heureux, mais il a dit que tu comprendrais.

Jessie pivota dans le cercle de ses bras pour lui faire face.

— Tu vois ? Nous sommes des magiciens. Quand nous sommes ensemble, il se produit de bonnes choses.

— Donc, « nommer cette nouvelle génisse » en est une ?

— Oui, c'est une excellente nouvelle même. Car elle vieillira dans un bon pâturage avec sa mère et aura une vie longue et heureuse.

— Ah, je vois.

Il captura ses lèvres et approfondit leur baiser jusqu'à ce que Jessie se sente haletante de désir.

— C'est toi qui es une magicienne, Jess, murmura-t-il. Quand je prendrai ma retraite, me laisseras-tu partager ton pâturage ?

— J'ai l'impression que nous serons très vieux avec des cheveux gris avant que cela n'arrive.

— Cela me fait penser que nous ferions mieux de rentrer avant que quelqu'un n'appelle le SAS et qu'on se lance à notre recherche, dit-il en lui rajustant son bonnet.

— Ils auront vite fait de nous trouver, surtout s'ils font appel à Soldier.

Cabe et Soldier avaient fait la paix avec Dumble. Souvent, Cabe se promenait dans la cuisine avant le dîner, l'oiseau perché sur son épaule. Il trouvait hilarant aussi de lui apprendre des mots d'argot, au grand dam de Jessie. Quant à la petite Rocky, personne ne l'ayant réclamée, elle formait un fameux duo avec Soldier.

Comme ils s'apprêtaient à rebrousser chemin, Jesse jeta un dernier regard au paysage grandiose.

— Je suis la fille la plus heureuse des Tuolumne Meadows.

— Chérie, tu es probablement la seule fille assez stupide pour venir ici par des températures pareilles.

— Ça ne me rend pas moins heureuse pour ça, dit-elle en souriant.

— Dois-je comprendre que je suis l'homme le plus heureux ici ?

Elle lui appliqua un baiser bref sur les lèvres.

— Oui. Et je vais te montrer à quel point, dès que nous serons à la maison.

Comme s'il n'attendait que ce signal, Cabe s'élança sur la piste. Jessie observa, fascinée, son postérieur musclé, tandis qu'il filait devant elle. À son tour, elle prit son élan.

Oui, décidément, elle était la femme la plus heureuse des Tuolumne Meadows.

ANNIE CLAYDON

Dans le château d'un médecin

Traduction française de
SOPHIE BRUN

BLANCHE

HARLEQUIN

Titre original :
CINDERELLA IN THE SURGEON'S CASTLE

1.

S'il y avait bien un conseil à retenir quand vous tentiez de vous frayer un passage à travers l'une des principales gares londoniennes, surtout un vendredi soir, c'était : *attention à vos chevilles !*

Grace Chapman était arrivée à temps à Paddington Station pour s'acheter un café avant d'embarquer à bord de son train. La première vague d'affluence de cette fin d'après-midi avait commencé, et les gens ayant quitté leur travail plus tôt afin d'éviter l'heure de pointe se pressaient avec une seule idée en tête : rallier leurs destinations du week-end.

Grace avait eu le tort de s'arrêter devant le tableau d'affichage des départs, et quelqu'un lui avait heurté la cheville gauche avec une valise cabine. La femme avait à peine daigné marmonner une excuse avant de poursuivre son chemin au pas de course, traînant son bagage à roulettes derrière elle. De toute évidence, elle se moquait éperdument de savoir si elle l'avait blessée ou non.

Tout en massant la zone douloureuse, Grace songea qu'elle devenait invisible, comme la plupart des aidants familiaux qui, trop accaparés pour avoir une vie sociale, finissaient par ne plus être consultés lorsque leurs amis organisaient une sortie. Mais à quoi bon s'apitoyer sur son sort ? Après tout, c'était elle qui en avait décidé ainsi.

L'incident l'ayant retardée, elle n'avait maintenant plus le temps de faire la queue à l'un des distributeurs de boissons. Tant pis, elle s'offrirait un café au wagon-bar. Luttant contre la marée humaine qui déferlait à contresens, elle rejoignit le quai tant bien que mal. Elle le remonta jusqu'à la voiture où elle avait réservé sa place.

Il n'y avait pas un monde fou à l'intérieur. Un seul passager occupait l'un des quatre sièges du carré, près de la fenêtre, en face de celui correspondant à sa réservation. Elle plaça son sac de voyage sur le porte-bagages situé en hauteur, puis s'assit en adressant un sourire de politesse à son voisin. Elle croisa un regard d'un bleu lumineux, et s'empressa de détourner le sien.

Au bout de quelques minutes, elle fut tentée de jeter un deuxième coup d'œil pour vérifier qu'elle ne s'était pas trompée. Pas question ! Les cinq heures de trajet jusqu'en Cornouailles n'appartenaient qu'à elle. C'était l'unique moment de la semaine où elle avait le loisir de se perdre dans ses pensées sans que personne ne la sollicite. Elle sortit de la poche extérieure de son sac à main le magazine qu'elle avait emporté et l'ouvrit. Un signe ostensible qui, dans le langage universel des usagers des transports publics, signifiait qu'elle souhaitait ne pas être dérangée. Le train s'ébranla, puis prit de la vitesse à mesure qu'il s'éloignait de Londres.

— Page vingt-sept.

La voix était grave et chaleureuse, avec une pointe d'amusement.

Grace se força à lever les yeux.

— Pardon ?

Elle constata alors que l'inconnu lisait la même revue médicale qu'elle.

— Page vingt-sept, répéta-t-il en lui souriant. Vous y trouverez un article intéressant.

Elle se sentit rougir et s'en voulut aussitôt de cette réaction complètement ridicule.

— Merci pour le conseil.

Il se contenta d'un bref hochement de tête avant de se replonger dans sa lecture. Visiblement, il n'avait pas plus envie qu'elle d'engager la conversation, et c'était très bien ainsi. Sauf que…

Il émanait de cet homme une sorte d'aura. Elle le dévisagea discrètement. Un regard magnifique, brillant d'intelligence, des traits harmonieux, une mâchoire volontaire, le tout couronné par une chevelure d'une blondeur digne de celle d'un surfeur : il ne devait pas être à court de conquêtes féminines. Pourtant,

Grace percevait en lui quelque chose qui allait au-delà de la beauté physique.

Il la surprit en train de l'examiner, et un sourire étira les commissures de ses lèvres. Sourire auquel elle répondit.

— Je me disais… Vous ne seriez pas orthopédiste ?

— Exact ! Comment l'avez-vous deviné ?

— *Primo*, à l'étiquette avec le code-barres figurant sur votre exemplaire, laquelle indique que vous êtes abonné à cette revue spécialisée en orthopédie. *Secundo*, au fait que vous portez un costume un vendredi.

Et pas n'importe quel costume. Celui-ci était taillé sur mesure, à en juger par la façon dont il épousait sa carrure à la perfection.

Son raisonnement sembla le divertir au plus haut point.

— Je pourrais aussi me rendre à une réunion où une tenue formelle serait exigée.

Elle posa son magazine sur la tablette les séparant.

— Par le train, avec une arrivée prévue pas avant 21 heures ? Permettez-moi d'en douter. Vous seriez en retard. Par ailleurs, votre chemise est un peu froissée, ajouta Grace, se prenant au jeu.

Il éclata de rire.

— Bien vu ! En fait, je suis chirurgien orthopédiste, et j'ai opéré toute la journée. Mais cela, vous l'ignoriez.

C'était à son tour, maintenant, de la fixer. Grace résista à l'envie de récupérer son magazine et de se cacher derrière.

— A priori, vous travaillez aussi dans ce domaine médical. Je pencherais pour la rééducation, car vos chaussures donnent à penser que vous restez debout toute la journée. Je me trompe ?

Comment avait-il remarqué qu'elle portait des baskets ? Ses pieds étaient dissimulés sous la table. Il avait dû l'observer pendant qu'elle se dirigeait vers son siège. Cette idée acheva de la troubler.

— Je dirais kinésithérapeute, ajouta-t-il sans se laisser décourager par son absence de réponse.

— Exact.

— Et vous rentrez chez vous. Ou peut-être rendez-vous visite à quelqu'un ?

Elle haussa les sourcils, et il esquissa une moue d'excuse, comme s'il avait conscience de s'être aventuré un peu trop loin.

— Je note une pointe d'accent typique de la Cornouailles, ajouta-t-il, sans doute pour se dédouaner.

C'était elle qui avait lancé ce petit jeu de devinettes. Elle ne pouvait donc pas lui en vouloir. Par ailleurs, il n'avait pas tort. Dix ans de vie à Londres n'avaient pas réussi à effacer totalement cet accent qui trahissait ses racines. Il fallait néanmoins une oreille exercée pour le détecter. Elle avait certainement affaire à une personne originaire de la même région.

— Je vais voir ma grand-mère. Avec l'âge, elle est devenue plus fragile et a besoin de quelqu'un pour veiller sur elle. Ma sœur et mes cousines s'en occupent durant la semaine, et moi pendant le week-end.

Ainsi présentée, cette version aurait presque laissé supposer qu'elle partait en villégiature alors que, en réalité, cette responsabilité lui pesait parfois. Pourvoir aux besoins d'une octogénaire, essayer d'anticiper le moindre problème, afin de lui permettre de continuer à vivre chez elle, tenait par moments du casse-tête et restait un sujet de préoccupation constant. Manifestement, elle n'avait pas convaincu son interlocuteur, car il lui adressa un regard compatissant.

— Vous aussi, vous êtes cornique, n'est-ce pas ?

Avec un peu de chance, il va sortir son téléphone portable et me montrer des photos de l'épouse et des marmots qui attendent son retour avec impatience, se dit Grace.

Cela couperait court à toute arrière-pensée et elle se sentirait plus détendue.

Il s'esclaffa.

— Et moi qui m'imaginais que mon bon vieil accent ne resurgissait qu'au-delà d'Exeter !

Il prit son portable qui se trouvait sur la tablette, caché sous sa revue médicale. Au mouvement de son index, elle comprit qu'il passait en revue plusieurs photos. Elle avait donc vu juste…

— Voici la raison de ma présence dans ce train.

Il lui tendit son téléphone, et Grace fronça les sourcils. Le cliché ne représentait pas une jolie petite famille, ainsi qu'elle s'y attendait, mais un bâtiment en pierres ressemblant à une ancienne grange, et entouré d'arbres. Il n'y avait aucun véhicule garé devant, et l'endroit avait des allures d'atelier artisanal.

— De quoi s'agit-il ? s'enquit-elle, s'efforçant vainement de déchiffrer l'enseigne dominant un grand panneau vitré sur le pignon.

— Jetez un coup d'œil à la photo suivante, et vous comprendrez.

Elle suivit son conseil.

— Oh ! c'est magnifique !

Elle avait sous les yeux une véritable œuvre d'art : un vase en verre d'une extrême délicatesse et dont les volutes bleues de différentes nuances donnaient l'impression que cet objet sortait tout droit de la mer qui l'aurait façonné à son image. Elle revint au cliché précédent et l'agrandit pour lire l'enseigne.

— Si je comprends bien, vous êtes non seulement chirurgien, mais aussi verrier à vos heures perdues ?

— Pas tout à fait, mais presque. Cette verrerie d'art appartenait à mon père. Il me l'a léguée à sa mort, l'année dernière. Depuis, je m'efforce de pérenniser son activité.

— Oh ! désolée pour votre père.

— Merci.

La tristesse assombrit son regard, mais il se ressaisit très vite. Apparemment, il n'était pas du genre à se lamenter sur son sort… tout comme elle. Un bon point pour lui.

— Si cela vous intéresse, vous pouvez regarder les autres photos de nos créations.

Grace les fit défiler, l'une après l'autre, prenant le temps d'admirer chaque pièce. Quel talent ! Chacune semblait animée d'un mouvement qui la rendait unique, la lumière mettant en valeur la subtilité des formes et des couleurs.

— Magnifique, se contenta-t-elle de déclarer, les mots lui manquant pour exprimer plus précisément son ressenti. Est-ce votre père qui en est l'auteur ?

— Il a imaginé le style, puis a recruté des artisans pour donner vie à ses dessins. Aujourd'hui, nous perpétuons la tradition. Toutes ces pièces ont été produites l'an passé.

— Elles sont superbes. Pas étonnant que vous ayez à cœur de poursuivre l'œuvre paternelle.

— Certains artistes font partie de l'équipe depuis une vingtaine d'années. Au décès prématuré de mon père, ils espéraient que je trouverais un repreneur pour l'atelier afin qu'au moins quelques-uns d'entre eux conservent leur emploi. Pour ma part, j'avais une vision plus ambitieuse, pour eux et pour le fondateur de cette modeste entreprise artisanale.

— Et donc, vous avez décidé de reprendre les rênes ?

Finalement, comparé au défi que relevait son compagnon de voyage, s'occuper de sa grand-mère deux jours par semaine paraissait bien banal.

— Oui, du moins au début. Le projet à terme, c'est que le personnel de la verrerie gère lui-même l'ensemble des opérations. Cela ne se fera pas du jour au lendemain, j'en ai conscience. Nous avons mis en place un programme de formation destiné à développer les compétences individuelles en matière de management et de prise de décisions, afin que tout continue de fonctionner de façon fluide après mon départ.

— Cela n'a pas l'air simple.

Il haussa les épaules.

— C'est vrai, mais le jeu en vaut la chandelle. Je vais au wagon-bar. Voulez-vous que je vous rapporte une boisson ?

— Volontiers. Un café, s'il vous plaît.

Grace plongea la main dans son sac à main à la recherche de son porte-monnaie, mais il hocha la tête et se leva.

— J'insiste pour vous l'offrir. En échange, si vous pouvez garder un œil sur mes affaires…

Avant qu'elle ait eu le temps de protester, il s'était déjà éloigné.

Penn McIntyre n'avait pas dépassé le premier paragraphe de l'article qu'il avait l'intention de lire, la fatigue faisant danser les lettres devant ses yeux. Deux patients avaient annulé leurs rendez-vous cet après-midi, de sorte qu'il avait pu prendre un train plus tôt que d'habitude. Il serait en Cornouailles avant minuit, ce qui lui permettrait de dormir une nuit complète avant de se rendre à la verrerie, le lendemain matin. Or, il en avait le plus grand besoin.

Il s'efforçait de se concentrer quand, soudain, un ange s'était matérialisé et avait pris place en face de lui. Une apparition aux boucles blondes et aux yeux verts, d'après ce qu'il avait pu apercevoir avant que les bonnes manières ne le contraignent à détourner le regard. Un miracle n'arrivant jamais seul, il avait aussi noté que, par une coïncidence extraordinaire, elle s'apprêtait à lire la même revue spécialisée en orthopédie que la sienne. Comme le dernier numéro n'était paru que ce matin, il en avait conclu qu'elle aussi y était abonnée et, lorsqu'il l'avait surprise en train de l'observer discrètement, il n'avait pas résisté à l'envie d'engager la conversation.

La jeune femme semblait très lasse. Normal pour un vendredi soir, après une semaine de travail bien remplie. Pour autant, Penn avait le sentiment qu'il s'agissait plutôt d'une fatigue accumulée depuis des mois. Il soupçonnait que les visites hebdomadaires chez sa grand-mère y fussent probablement pour quelque chose. Il n'avait jamais eu à s'occuper personnellement d'un parent âgé, mais il se doutait de la charge de travail et des soucis que ce genre de situation impliquait.

Penn n'avait ni le loisir, ni le désir de lier trop ample connaissance avec cette ravissante inconnue, au risque d'ajouter une déconvenue sentimentale supplémentaire à celles que lui avait values son titre. En revanche, l'idée d'une rencontre éphémère, le temps d'un voyage en train, le séduisait. Un peu comme une parenthèse agréable qui n'aurait aucune incidence sur son existence actuelle et ne remettrait pas en cause son organisation.

Tandis qu'il attendait son tour pour passer commande au bar, il songea qu'ils n'avaient pas échangé leurs noms. À quoi bon de toute façon, sachant qu'au bout du trajet, leurs chemins se sépareraient ? En plus des deux cafés, il acheta deux sandwichs, puis regagna son siège.

La jeune femme l'accueillit avec un sourire éblouissant. Elle ôta le couvercle en plastique de son gobelet et laissa échapper un soupir de contentement.

— Il est saupoudré de chocolat ! Merci. C'est comme ça que je le préfère.

— Un sandwich ?

Elle hésita, visiblement tentée.

— Je n'ai pas eu le temps de déjeuner, avoua-t-elle.

— Je vous en prie, prenez celui que vous voulez.

Elle choisit celui au jambon et au fromage. Avant d'ouvrir l'emballage, elle sortit son porte-monnaie. Ignorant délibérément ses protestations, elle consulta l'étiquette du prix et lui tendit un billet de dix livres.

— Comment vous appelez-vous ? demanda-t-elle, posant l'inévitable question qu'il redoutait tant.

— Penn, répondit-il, espérant qu'elle se contenterait de son prénom.

— C'est original comme prénom.

— À qui le dites-vous ! Il m'a valu pas mal de moqueries durant ma jeunesse.

— Les enfants peuvent se montrer cruels parfois. Il me plaît votre prénom, et je trouve qu'il vous va bien, déclara-t-elle avec une spontanéité et une gentillesse désarmantes. Bonjour, Penn. Moi, c'est Grace.

Grace avait l'impression que le train roulait à une allure bien plus rapide que d'habitude. Les gares s'enchaînaient à une vitesse hallucinante et Londres était déjà loin derrière eux. Elle ne voyait pas le temps passer. Sans doute était-ce dû au charme de son compagnon de voyage…

Penn était un être à part. Il savait écouter avec attention et exprimer le fond de sa pensée sans fausse pudeur. Ils avaient parlé de leur enfance respective en Cornouailles. Elle avait ainsi découvert que Penn était l'enfant unique d'un couple divorcé, mais demeuré en bons termes. Il avait grandi entre un père plutôt bohème qui l'encourageait à suivre son instinct, à courir pieds nus sur la plage et qui l'initiait aux merveilles de la nature, et une mère plus à cheval sur les convenances, qui lui enseignait les bonnes manières. Une dualité qui, semble-t-il, lui avait forgé une personnalité parfaitement équilibrée.

— Ma mère est passionnée d'art et mène une vie sociale bien remplie. Elle a de l'énergie à revendre.

Il esquissa un sourire attendri, à l'évocation de cette femme qui avait dû le traîner de musée en galerie et dont il paraissait très proche.

— À l'inverse, la mienne souffre du syndrome de fatigue chronique. Certains matins, elle est si épuisée que même se lever est au-dessus de ses forces. En tant qu'aînée, j'ai dû très tôt apprendre à préparer le repas, faire les courses et m'occuper de ma sœur.

— Vous aviez le rôle de la petite fée du logis, en quelque sorte.

Grace n'y avait encore jamais réfléchi sous cet angle, mais Penn avait raison. À l'époque, elle se sentait fière d'aider et s'employait à mériter la confiance maternelle. Le bonheur de sa famille passait avant le sien, et peu lui importaient les contraintes.

— Ma grand-mère participait aussi activement, et mon père prenait le relais quand il rentrait, souvent tard, du travail. Les gens du village gardaient un œil sur nous. Tout le monde savait que, par moments, ma mère était incapable de produire le moindre effort.

— J'imagine que vous avez effectué vos études supérieures à Londres ?

— Oui.

— Cela n'a pas dû être facile pour vous de prendre une telle décision.

— Non, en effet. Toutefois, mes parents m'ont poussée à déployer mes ailes et à quitter le nid. J'étais acceptée dans l'une des meilleures facultés de la capitale dans le domaine de l'orthopédie. Une opportunité de ce genre ne se refuse pas. Par ailleurs, mon frère et ma sœur étaient alors assez matures pour se débrouiller sans moi. Mais celle qui a eu l'argument décisif, c'est ma grand-mère.

— Elle semble occuper une place majeure dans votre vie.

— Oui. J'ai toujours pu compter sur elle. Elle était celle qui trouvait toujours du temps à me consacrer. Quand j'étais petite, elle venait me chercher tous les samedis après-midi. Nous avons vécu des aventures extraordinaires, ensemble.

— Et elle était de bon conseil ?

— D'excellent conseil ! Les gens qui ne la connaissent pas la voient aujourd'hui comme une vieille dame dépendante. Ils ignorent qu'elle avait un esprit clairvoyant et des avis éclairés. Pour me convaincre de partir, elle m'a expliqué qu'avec la capitale, il n'y avait pas de demi-mesure – soit j'en tomberais amoureuse, soit je la détesterais –, mais que, dans un cas comme dans l'autre, cela n'avait aucune importance en soi. Ce qui importait réellement, c'était d'avoir tenté l'expérience. Et si je pouvais d'ores et déjà affirmer en toute honnêteté que je n'aurais jamais le moindre regret d'avoir renoncé sans essayer, alors cela ne valait pas la peine de payer un billet de train.

— Le bon sens même ! s'exclama Penn en riant. Alors, bien sûr, vous avez relevé le défi.

— Avais-je le choix ? Il m'a fallu un an pour m'habituer à mon studio exigu, au niveau sonore de cette grande métropole et au fait de ne croiser aucun visage familier dans la rue quand je sors faire mes courses. La deuxième année, j'ai commencé à m'y sentir plus à l'aise et à apprécier ce mode de vie, si différent de celui que j'avais connu depuis ma naissance.

— L'anonymat a du bon, n'est-ce pas ?

— Vous trouvez ?

Pourquoi éprouvait-il le besoin d'être invisible ?

Il haussa les épaules, mais elle eut l'impression que sa question l'embarrassait, comme s'il regrettait d'en avoir trop dit. Elle jugea préférable de ne pas insister. Après tout, ils n'étaient que deux étrangers que le hasard du placement dans le train avait mis en relation, le temps d'un trajet.

D'ailleurs, il orienta aussitôt la conversation vers le domaine professionnel. À sa demande, Grace lui décrivit la clinique à Camden Town où elle soignait des patients souffrant de blessures et de douleurs consécutives à des accidents de la route, des chocs ou des pathologies. Il l'écouta avec intérêt et posa des questions pertinentes.

À son tour, il lui raconta qu'il partageait son temps entre un hôpital privé du centre de Londres et l'établissement hospitalier public dans lequel il avait effectué sa formation de chirurgien.

— Cela me permet de traiter des cas différents et d'élargir le champ de mes compétences, conclut-il.

Il semblait avoir une soif inextinguible d'apprendre et de comprendre, ce qui aiguisa encore davantage la curiosité de Grace au sujet de cet homme qui, décidément, avait tout pour plaire : un physique d'apollon, une intelligence largement au-dessus de la moyenne, de l'empathie et un sens de l'humour qui ne gâchait rien.

Il lui confia également, non sans une certaine réticence, qu'il résidait à Holland Park, un quartier très huppé de la capitale londonienne où ne vivaient que des gens fortunés ou célèbres, ce qui en disait long sur son patrimoine familial. Puis, avec une certaine habileté, sans en avoir l'air, il l'interrogea sur l'endroit où elle habitait.

— Avant, je partageais un appartement avec mon petit ami, mais nous avons rompu, il y a un an. Mon compagnon, bien qu'il prétende le contraire, n'a pas supporté que je m'occupe de ma grand-mère le week-end.

C'était la version édulcorée de l'histoire. En réalité, Jeremy avait très vite exercé sur elle un chantage affectif éhonté, se plaignant d'être abandonné. Pas une seule fois, pourtant, il n'avait proposé de l'accompagner. Au contraire, il avait tenté à plusieurs reprises de la retenir le vendredi soir, au dernier moment, inventant toutes sortes de prétextes. Un jour, il lui avait même déclaré avec une ironie cinglante que, gagnant beaucoup mieux sa vie qu'elle et participant, de ce fait, pour nettement plus de la moitié aux dépenses du couple, il avait droit à ce qu'elle lui accorde davantage de son temps libre et de ses attentions.

— Une situation délicate à gérer.

— Oui. Je me sentais écartelée, comme s'il me fallait choisir entre mon aïeule et lui. Je ne cessais de faire des compromis, quitte à m'oublier moi-même. Maintenant, je m'efforce d'écouter un peu plus mes besoins et mes envies. À ce propos, que diriez-vous d'un autre café ? Nous l'aurons bu bien avant d'arriver à Newquay.

— Volontiers, répondit-il en riant.

Lorsque la rame ralentit avant d'arriver à Newquay, Grace éprouva un pincement au cœur. *Ridicule !* Les meilleures choses avaient une fin, et maintenant leurs chemins allaient se séparer. Se croiseraient-ils de nouveau, un jour ? Rien n'était moins sûr…

Penn rassembla ses affaires, puis il prit l'étiquette apposée à l'arrière du dossier de son siège et sur laquelle figuraient les détails de sa réservation, y jeta un coup d'œil et la glissa dans sa poche.

— Vous prenez le même train tous les vendredis soir ?

Son pouls s'accélérant, Grace se contenta de hocher la tête.

— Moi aussi, dorénavant. Je réserverai cette place la semaine prochaine. À bientôt, j'espère.

Et avant qu'elle ait pu dire quoi que ce soit, il s'éloigna en direction de la plate-forme où les passagers convergeaient déjà. Désarçonnée par ces adieux qui n'en étaient pas, elle le vit descendre sur le quai et se diriger à grandes enjambées vers la sortie. Pas une fois il ne se retourna.

Déçue malgré elle, elle récupéra elle aussi l'étiquette de sa réservation et la rangea soigneusement dans son sac à main.

2.

Peut-être ne s'était-il pas montré assez clair lorsqu'il avait formulé sa proposition ? Ou peut-être, au contraire, avait-il trop insisté alors qu'il aurait dû s'en remettre au destin ?

D'habitude, Penn prenait un train plus tard le vendredi soir, mais il avait demandé à son assistante d'organiser son planning afin qu'il puisse partir à temps pour attraper celui dans lequel Grace était censée se trouver. Il ne lui restait plus qu'à espérer que la jeune femme eût envie de le revoir et eût réservé le siège en face du sien, comme la semaine dernière.

Il avait longuement pesé le pour et le contre, s'interrogeant sur la sagesse de cette initiative qui ressemblait à s'y méprendre à un rendez-vous. Car aucune personne sensée n'aurait eu l'idée saugrenue d'en inviter une autre à passer cinq heures avec elle dans un train, sachant qu'ensuite, chacune partirait de son côté. Et moins encore Penn McIntyre, alias Lord Trejowan, vingt-deuxième du nom. Un titre bien lourd à porter…

Cette rencontre avait été pour lui comme une bouffée d'oxygène. Pour une fois, il s'était senti libéré des vingt et une générations qui l'avaient précédé et faisaient peser sur les épaules de leur héritier le poids des obligations inhérentes au statut d'aristocrate. Penn n'avait pas évoqué avec Grace cet aspect particulier de sa vie. Bien sûr, il avait aussi « omis » de mentionner l'existence du château…

Il avait appris à ses dépens qu'appartenir à une famille, propriétaire de ce type de domaine depuis plusieurs siècles constituait un handicap. Cela lui avait valu des railleries durant son enfance et de la suspicion pendant son adolescence. Il avait beau travailler dur, ses succès avaient souvent été attribués aux privilèges liés à son rang. Son statut social avait même impacté ses relations amoureuses. La seule femme qu'il avait aimée suffisamment pour envisager de l'épouser lui avait fait comprendre que Penn McIntyre, chirurgien de son état, l'intéressait bien moins que Lord Trejowan, le châtelain.

Aussi avait-il jugé plus prudent de ne pas aborder ce chapitre avec la ravissante passagère qu'un heureux hasard avait mis sur sa route. Cela aurait sans doute faussé leurs rapports dès le départ. D'ailleurs, Grace avait paru apprécier, elle aussi, cet anonymat. Ils n'avaient échangé que leurs prénoms, et encore pas tout de suite. Ni l'un, ni l'autre n'avaient estimé utile de s'enquérir du nom de famille de son voisin. Quelle serait la réaction de la jeune femme en apprenant qu'elle avait affaire au descendant d'une grande lignée ? Il préférait ne pas y penser. Pour le moment, ce qui lui importait, c'était de la retrouver.

Brûlant d'impatience, il traversa la gare de Paddington au pas de charge, se demandant si Grace l'avait devancé. Lorsqu'il monta à bord du train et qu'il aperçut ses boucles blondes au fond du wagon, il eut l'impression que son rythme cardiaque s'emballait.

Du calme !

Pour la énième fois, il tâta la poche de sa veste afin de vérifier que le paquet qu'elle contenait était intact puis, rassuré sur ce point, il abandonna derrière lui ses doutes et ses craintes pour pénétrer dans la sphère lumineuse et chaleureuse qui semblait se concentrer autour de la jeune femme.

Elle l'accueillit avec son sourire séduisant.

— Bonjour. Vous avez réussi à vous libérer plus tôt, à ce que je vois.

— Oui, je me suis arrangé.

Elle plaça devant lui un gobelet en carton.

— Si ma mémoire est bonne, il me semble que vous êtes aussi accro au café que moi.

— Merci.

Il but une gorgée tout en la dévisageant sans en avoir l'air.

Ses yeux lui semblèrent plus verts que dans son souvenir, plus beaux aussi.

— Moi aussi, j'ai quelque chose pour vous.

Il sortit le petit paquet qu'il avait apporté et le posa devant elle. À la façon dont elle recula au fond de son siège, comme si elle n'était pas prête à accepter un présent de sa part, il se félicita de ne pas avoir emballé l'objet dans du papier cadeau. Il avait hésité mais, se remémorant son insistance pour payer le sandwich qu'il comptait lui offrir, il avait préféré se contenter de papier bulle afin de mettre moins d'emphase à son geste.

— Qu'est-ce que c'est ?

— Ouvrez-le. C'est une bricole, mais j'ai pensé que vous aimeriez.

Son haussement d'épaules rassura visiblement Grace sur ses intentions et ce cadeau qui s'efforçait de ne pas en paraître un. Elle défit l'emballage avec précaution.

— Oh ! c'est magnifique ! s'exclama-t-elle en découvrant le petit dauphin en verre bleu. La posture est d'un réalisme frappant. Elle reproduit exactement le mouvement de leur corps quand ils nagent.

Bonne analyse ! D'un seul coup d'œil, Grace avait saisi le but recherché par l'artiste.

— Phil, le verrier qui a réalisé cette pièce, nourrit une réelle passion pour les dauphins. Il ne rate jamais une occasion d'aller les observer. Il serait ravi d'entendre votre commentaire.

Tenant délicatement la sculpture entre ses doigts, elle la leva vers la lumière pour mieux l'examiner. Des reflets bleus illuminèrent son visage, et l'image d'une fée s'imposa à l'esprit de Penn. Il avait une chance inouïe de la connaître : cette jeune femme était une véritable pépite.

— Est-ce ainsi que vous concevez le travail à la verrerie ? Les gens créent ce qui les inspire ?

— Pas exactement. Nous avons un style qui est notre marque de fabrique et certains objets se vendent mieux que d'autres. Deux considérations que l'équipe ne perd pas de vue. Pour autant, cela n'empêche pas les artistes de donner libre cours à leur imagination. Phil adore les dauphins ; Phoebe, les orchidées.

— Cela fonctionnait déjà ainsi à l'époque de votre père ?

— Non. Mon père étant lui-même verrier, il créait l'ensemble des modèles et imposait la technique de façonnage. Les autres se contentaient de reproduire ses œuvres. Nous avons décidé de changer de méthode. Désormais, chaque verrier est incité à développer son propre talent.

— Quand vous dites « nous »…

— Légalement, je devrais dire « je », du moins pour le moment. En revanche, nous nous réunissons chaque mois pour parler des idées de chacun. Nous discutons ensemble de la marche de l'entreprise, et les décisions sont prises de façon collégiale.

Penn appliquait à la verrerie la même approche que celle ayant fait ses preuves au sein de son équipe médicale. Chaque personne avait voix au chapitre.

— Cet objet atteste du succès d'une telle démarche. Il est magnifique.

— Merci. Je transmettrai votre compliment à Phil.

Le plaisir manifeste et sincère de la jeune femme lui faisait chaud au cœur. Il avait eu raison de se fier à son instinct. Et juste au moment où il commençait à se détendre, elle lui posa le type de question, pourtant innocente, qu'il redoutait tant.

— Cela a dû être merveilleux de grandir au milieu de toutes ces merveilles. Votre famille vivait à la verrerie lorsque vous étiez enfant ?

— Non. Quand mes parents se sont séparés, mon père est parti s'installer dans le cottage derrière l'atelier.

— Et votre mère résidait à proximité ?

— Un peu plus loin sur la côte, dans un endroit assez isolé. C'est l'une des raisons pour lesquelles elle a choisi d'emménager à Londres.

Ses réponses eurent l'effet escompté. Elles ne contenaient aucune contrevérité, tout en excluant les termes de « lord » ou de « château ». Comme il l'espérait, Grace s'intéressa à la dernière partie de l'histoire, disant que ce n'était pas donné à tout le monde de pouvoir habiter dans la même ville que ses parents.

— En effet, répondit Penn, soulagé de cette diversion. Et maintenant, racontez-moi comment s'est déroulée votre semaine.

Grace avait attendu toute la semaine avec une impatience grandissante de retrouver Penn dans le train, et elle avait bien l'intention de profiter au maximum des heures trop brèves à son goût passées en sa compagnie. Dommage cependant qu'elle n'ait rien à lui offrir d'autre qu'un gobelet de café pour le remercier de son présent.

Elle avait néanmoins conscience de jouer avec le feu. Elle se rassurait en songeant que, pour le peu qu'elle connaissait de Penn, il n'avait pas grand-chose de commun avec Jeremy, à qui elle avait fini par consacrer tout son temps libre, mais qui n'avait pas su s'en contenter. Penn, lui, semblait être un homme généreux et doué d'empathie, pas un financier comptable du moindre de ses actes et envisageant la relation de couple comme un bilan avec, d'un côté, l'actif, et de l'autre, le passif.

Elle l'écoutait, tout sourire, lui relater sur le ton de l'humour une anecdote qui s'était produite à la verrerie le week-end dernier, lorsqu'elle vit un contrôleur remonter le couloir. À chaque rangée de sièges, il s'arrêtait pour parler à voix basse aux passagers. Grace perçut néanmoins le mot « médecin ». Elle posa instinctivement la main sur celle de Penn afin d'attirer son attention, avant de la retirer tout aussi vite, embarrassée par son geste trop spontané. Leurs genoux s'étaient certes déjà effleurés accidentellement sous la table, mais ils ne s'étaient encore jamais touchés volontairement.

Cette fois, elle entendit distinctement : « Y aurait-il un médecin parmi vous ? ». Penn aussi, car il leva aussitôt le bras pour appeler le contrôleur.

— Je suis chirurgien orthopédiste et mon amie est kinésithérapeute. En quoi pouvons-nous vous aider ?

Mon amie… Grace savoura ce mot, sans pour autant s'attarder sur son sens exact. Elle aurait le loisir d'y repenser plus tard. Pour l'instant, il y avait a priori plus urgent à traiter.

— Oh ! merci, répondit l'homme, visiblement soulagé. Un passager s'est blessé en tombant. Si vous pouviez venir l'examiner, ce serait vraiment très gentil de votre part.

Penn se leva d'un bond, et Grace l'imita.

— L'accident a eu lieu dans la voiture n° 6. Je rassemble vos effets personnels et je vous y rejoins.

Grace lui indiqua quels étaient leurs sacs de voyage.

— S'il vous plaît, faites particulièrement attention à cet objet, crut-elle bon de préciser en lui montrant le petit dauphin en verre, resté sur la tablette du carré. J'y tiens beaucoup.

Les gens s'écartèrent sur leur passage. La rumeur s'était déjà certainement répandue dans toute la rame. Ou peut-être était-ce dû à l'expression de gravité et de détermination de Penn.

Quand ils arrivèrent sur place, ils virent quelqu'un étendu dans la travée. Un contrôleur était agenouillé à côté de lui, et un autre se chargeait de rassurer les voyageurs. Ceux qui occupaient les sièges proches avaient été évacués, et ceux assis plus loin se tordaient le cou pour ne rien rater de l'événement. Penn exhiba sa carte de médecin.

— Dr McIntyre, merci de vous être déplacé. En revenant du wagon-bar, ce monsieur a trébuché et s'est affalé de tout son long. Sa tête a cogné durement par terre, et il a perdu connaissance. Nous l'avons mis en position latérale de sécurité. La trousse des premiers secours se trouve juste là.

Du doigt, il désigna un sac médical posé sur un siège voisin.

Dans ce genre de situation, c'était une chance d'avoir affaire à une personne responsable, qui connaissait les gestes à pratiquer et savait communiquer les informations utiles de façon claire et concise, puis se mettre en retrait pour laisser les professionnels agir.

Penn s'accroupit tant bien que mal dans cet espace étroit tandis que le contrôleur s'écartait. Le blessé était un homme jeune. Il était étendu sur le côté, sa tête reposant sur un petit oreiller.

— Il est resté inconscient longtemps ? s'enquit Penn.

— Quelques minutes, mais combien exactement, je l'ignore, répondit le contrôleur.

— Cinq, déclara une femme, trois rangées plus loin. J'ai chronométré.

Excellente initiative ! Grace n'était pas sûre d'avoir la présence d'esprit de déclencher le chronomètre de son téléphone portable la prochaine fois qu'elle assisterait à une chute !

— Quelqu'un connaît-il son nom ?

Manifestement non, à en juger par le silence qui suivit la question de Penn. L'homme commençait à revenir à lui, mais n'était pas encore en état de décliner son identité. Alors, Grace fouilla délicatement dans la poche intérieure de son veston et y trouva ce qu'elle cherchait : le portefeuille.

— Thomas Stanford.

— Merci.

Penn lui adressa un sourire qui, en d'autres circonstances, l'aurait liquéfiée sur place.

— Thomas… Thomas…

Pas de réaction.

— Grace, vous pouvez essayer, s'il vous plaît ?

— Monsieur Stanford… Tom, ouvrez les yeux.

Thomas Stanford souleva péniblement les paupières, et Grace se pencha au-dessus de lui.

— Oui, c'est bien. Et maintenant, regardez-moi.

Il obtempéra.

— Parfait. On vous appelle Thomas ou Tom ?

— Tom…

— Bonjour, Tom. Je m'appelle Grace. Ne vous inquiétez pas, mon ami est médecin. Vous êtes entre de bonnes mains.

Encore ce mot qui scellait un peu plus leur relation. Un sourire discret, presque de connivence, étira les lèvres de Penn.

Tom avait maintenant repris totalement conscience. Penn contrôla son pouls et examina son cuir chevelu à la recherche d'une éventuelle blessure. Puis il demanda à un contrôleur de rapporter quelque chose qui pourrait faire office de poche de glace ainsi qu'une couverture. Enfin, il procéda aux vérifications d'usage en cas de suspicion de commotion cérébrale.

— Ma jambe, gémit Tom, j'ai mal !

— Grace ?

Elle comprit à demi-mot ce que Penn attendait d'elle. Elle palpa la jambe gauche sans déclencher de réaction chez le blessé, puis la droite. Quand elle arriva au niveau du genou, Tom poussa un cri de douleur.

— Je pense qu'il s'est déboîté le genou droit en tombant. L'articulation s'est remise en place naturellement, mais la rotule demeure légèrement déplacée.

— OK, je vois. Combien de temps avant le prochain arrêt ? demanda-t-il, s'adressant cette fois au contrôleur.

— Vingt minutes. Nous marquerons un arrêt non prévu à la prochaine gare. Nous avons prévenu, et une ambulance sera sur place à notre arrivée.

Grace et Penn échangèrent un regard entendu. Dc toute évidence, ils s'étaient tenu le même raisonnement et étaient parvenus à la même conclusion. Ils se trouvaient actuellement en rase campagne, et le véhicule de secours aurait eu toutes les peines du monde à accéder à la voie ferrée. Mieux valait donc patienter jusqu'à ce qu'ils atteignent une ville où Tom serait transféré aux urgences de l'hôpital le plus proche. Il ne restait plus qu'à espérer qu'il ne perdrait pas de nouveau connaissance, ce qui se produisait rarement mais n'était pas à exclure. D'autant que, compte tenu des circonstances, ils avaient dû se contenter d'un examen sommaire.

Si Penn partageait les craintes de Grace, il n'en laissait rien paraître. Il démontrait un sang-froid admirable, et son calme contribuait à rassurer tant la victime de l'accident, que les contrôleurs et les passagers.

— Pendant que je continue de surveiller Tom, pourriez-vous essayer de lui immobiliser la jambe afin qu'il souffre le moins possible durant le transfert ?

— D'accord.

Ils n'avaient jamais travaillé ensemble et ne se connaissaient, pour ainsi dire, pas. Pourtant, ils formaient un tandem efficace, comme si trois cafés, un sandwich et deux voyages en train avaient suffi à créer entre eux une certaine complicité. Grace avait confiance en lui et acceptait volontiers de lui laisser la direction des opérations.

Elle trouva parmi l'équipement médical fourni par la compagnie ferroviaire des bandages de plusieurs tailles. Parfait, avec un peu d'imagination, cela devrait faire l'affaire. Elle envoya un contrôleur lui chercher des journaux qui, une fois enroulés, permettraient de fabriquer une attelle de fortune.

Lorsque le train commença à ralentir avant son entrée en gare, elle avait fini de bander la jambe de la moitié du mollet à la moitié de la cuisse. Heureusement que Penn s'était efforcé de distraire l'attention de Tom pendant qu'elle officiait, car la manipulation s'était avérée délicate.

Une annonce informa les passagers qu'il s'agissait d'un arrêt non programmé et leur enjoignit de ne pas quitter leurs places afin de permettre à l'équipe médicale d'intervenir. Un analgésique fut administré au blessé, lequel fut ensuite installé sur une civière. Une manœuvre difficile dans un espace aussi restreint.

Grace ne s'autorisa à respirer normalement qu'une fois Tom évacué du wagon. Alors, elle se remémora une information à laquelle, dans l'urgence du moment, elle n'avait pas attaché d'importance.

McIntyre. Il s'appelait Penn McIntyre. C'était le nom qu'avait prononcé le contrôleur après avoir jeté un coup d'œil à sa carte professionnelle.

Elle prit leurs bagages posés sur un siège trois rangées plus loin et rejoignit Penn qui avait accompagné les ambulanciers sur le quai. À coup sûr, il souhaitait s'assurer que Tom serait convenablement installé dans le véhicule de secours.

Quand il se tourna vers elle, elle fut de nouveau frappée par l'éclat et l'expressivité de son regard.

— Personne ne vous attend à votre arrivée ? Vous devriez rester dans le train.

Il avait raison. Ici, elle ne serait plus d'aucune utilité, alors que sa grand-mère avait besoin d'elle. Toutefois, sa cousine était chez leur aïeule et y resterait jusqu'à ce que Grace assure la relève.

— Dois-je comprendre que vous m'excluez de l'équipe ? lança-t-elle sur le ton de la plaisanterie.

Il lui offrit un sourire ravageur.

— Moi ? Jamais de la vie !

3.

L'équipe des secours avait l'expérience de ce type d'intervention, mais de l'aide lui serait utile pour évacuer un blessé d'un espace aussi exigu. Aussi Penn avait-il participé au transfert du patient jusqu'à l'ambulance. En voyant Grace descendre du train, leurs bagages à la main, il avait éprouvé un élan de gratitude, sans doute un peu disproportionné.

Il fit un rapport complet de la situation aux ambulanciers, puis serra la main de Tom avant de sortir du véhicule. Grace était assise sur un banc du quai, son attention fixée sur le tableau d'affichage des départs.

— Combien de temps avant le prochain train ? s'enquit-il en prenant place à côté d'elle.

— Seulement une demi-heure. Toutefois, il affiche déjà un retard de dix minutes environ, en raison de l'incident, et il est quasiment omnibus. Nous atteindrons Newquay, une heure plus tard que l'horaire initialement prévu.

— Vous devez prévenir quelqu'un ?

Elle acquiesça et extrait son téléphone portable de son sac à main. Puis elle se leva et s'éloigna de quelques mètres pour passer son appel. Il eut l'impression qu'elle lui signifiait que chacun devait rester à sa place, et que la sienne n'était pas dans sa vie privée. Il en éprouva une frustration, qu'il se reprocha aussitôt. Lui-même n'agissait-il pas de même en filtrant les informations personnelles qu'il lui divulguait et en en taisant certaines qui n'étaient pourtant pas anodines, telles que son titre et son château ?

Sa conversation téléphonique terminée, Grace le rejoignit sur le banc. Il se fit la réflexion qu'elle portait bien son prénom.

Tout en elle exprimait la grâce : sa démarche, son port de tête, ses gestes et son sourire lumineux.

— Tout va bien. Ma cousine restera avec ma grand-mère jusqu'à mon arrivée. Apparemment, elles ont commencé à regarder un film à la télévision, et Mags se réjouit de pouvoir le voir jusqu'à la fin.

— N'y a-t-il que vous, votre sœur et vos cousines pour vous occuper de votre aïeule ?

— Oui. Ma mère tenait absolument à y contribuer, mais sa santé fragile ne lui permet pas de s'engager sur un planning hebdomadaire régulier. Quand elle se couche le soir, elle ne sait jamais dans quel état de fatigue elle se réveillera le lendemain matin. Mon père se charge d'entretenir le jardin et d'effectuer divers travaux de réparation dans le cottage. Maman l'accompagne aussi souvent que possible. Quant à mon frère, il vit aux États-Unis avec sa femme, mais il appelle toutes les semaines.

— Elle a de la chance d'être entourée d'une famille aux petits soins pour elle.

Grace haussa les épaules.

— Cela nous paraît normal. Granny a toujours été là pour nous. Elle nous a dorlotés, encouragés et consolés. C'est donc un juste retour des choses.

Malheureusement, cela ne se passait pas partout pareil. Penn se garda de partager cette remarque dictée par l'expérience. Dans son métier, il en avait trop vu des personnes âgées seules, sans un proche pour les soutenir.

— J'ai une question pour vous, reprit-elle. Pourquoi m'avez-vous demandé de parler à Tom ?

— Ça a marché, n'est-ce pas ? J'ai vu des patients inconscients réagir à une voix, et pas à une autre. Selon qu'elle appartient à un homme ou à une femme, et en fonction du timbre ou du ton employé, différentes parties du cerveau se trouvent stimulées.

Celle de Grace agissait sur toutes les régions de son propre cerveau…

— Oui, cela semble logique… M. Penn McIntyre.

Elle lui adressa un clin d'œil amusé.

— À présent, je me sens désavantagé. Moi, je ne connais que votre prénom.

Elle marqua une seconde d'hésitation, et il se demanda si elle allait se dérober.

— Grace Chapman.

Il ne put réprimer un sourire satisfait. Communiquer son nom de famille était un acte banal mais, en l'occurrence, il avait l'impression qu'ils venaient de franchir un grand pas. Distillée au compte-gouttes, chaque information n'en revêtait que davantage d'importance et attisait sa curiosité.

— Ravi d'apprendre à vous connaître, Grace Chapman.

— Moi de même, Penn McIntyre.

Il était plus de 22 heures quand ils atteignirent Newquay, et la pluie fouettait la vitre du wagon depuis une quinzaine de minutes. Lorsqu'ils débarquèrent du train, elle redoubla d'intensité et ils coururent se réfugier sous l'auvent du quai.

— Où allez-vous ? Ma voiture se trouve sur le parking de la gare. Je peux vous déposer quelque part ?

Il avait beau avoir conscience d'enfreindre la règle, pas question de la laisser seule en pleine nuit, et sous la pluie, si elle n'avait pas de moyen de locomotion.

L'expression de la jeune femme trahit une méfiance instinctive et quelque chose d'autre qui ressemblait à un parti pris d'indépendance. Une qualité, selon lui, mais pas dans n'importe quelle circonstance.

— Ce n'est pas la peine, merci. Le village de ma grand-mère se trouve à trois kilomètres seulement de Newquay, et je peux facilement prendre un taxi.

A priori, ils avaient beau avoir discuté durant plusieurs heures dans le train et échangé leurs noms de famille, elle ne se sentait pas prête à monter dans sa voiture. Cette attitude farouche l'intriguait chez une jeune femme qu'il considérait, par ailleurs, comme ouverte et spontanée. Il décida d'insister.

— En ce qui me concerne, j'ai un peu de route à faire, alors un léger détour ne me dérange absolument pas.

— C'est pourquoi vous devriez partir tout de suite. Je me débrouillerai. Ne vous inquiétez pas, j'ai l'habitude.

— Dans ce cas, je vous tiens compagnie jusqu'à l'arrivée du taxi.

Il détestait l'idée de la laisser seule à cette heure tardive.

— Non.

La réponse fusa, nette et sans appel.

Il ne pouvait s'en formaliser. Ils étaient convenus, l'un et l'autre, que ces parenthèses, aussi plaisantes soient-elles, n'empiéteraient pas sur leurs vies privées respectives. Il aurait volontiers dérogé à cette règle, mais Grace semblait déterminée à s'y tenir. Il capitula.

— On se revoit vendredi prochain ?

Le sourire radieux qu'il commençait à apprécier un peu trop réapparut sur le ravissant visage de sa compagne de voyage.

— Oui. Même heure, mêmes sièges.

— Parfait. J'y serai.

Il courut jusqu'à son véhicule et s'installa au volant. Grace n'avait pas pu repérer l'endroit où il se trouvait garé, car d'autres voitures étaient passées devant elle à ce moment-là, se dirigeant vers la sortie du parking. De là où il était, il apercevait sa silhouette élancée, éclairée par la lumière du réverbère. La jeune femme téléphonait.

Il resta ainsi, dans la pénombre de l'habitacle, à l'observer à son insu. Il voulait s'assurer qu'il ne lui arriverait rien. Au bout d'une dizaine de minutes, un taxi se présenta. Elle s'engouffra à l'intérieur. Le véhicule effectua un demi-tour, puis s'engagea sur le boulevard.

Penn résista à la tentation de le suivre. Il démarra le moteur, songeant qu'un long week-end laborieux l'attendait et qu'il avait intérêt à ne pas se disperser. Sept jours avant leur prochaine rencontre. Ce n'était pas la mer à boire ! Pourtant, cela lui paraissait une éternité, et Grace lui manquait déjà.

Il lui avait juste proposé de la déposer chez sa grand-mère parce qu'il faisait nuit et qu'il pleuvait à verse. Peut-être aurait-elle dû accepter. Après son refus, Penn était parti si vite qu'elle craignait de l'avoir vexé. Toutefois, Grace avait appris à ses dépens que tout service suppose potentiellement un renvoi d'ascenseur. Avec Jeremy, rien n'était jamais gratuit. Maintenant, elle se méfiait.

Elle avait réussi à ne pas trop y penser durant la semaine, mais là, assise à sa place habituelle dans le train, avec un départ prévu dans trois minutes, elle sentait l'inquiétude la gagner et se perdait en conjectures. Penn avait sans doute été retardé par un rendez-vous de dernière minute, ou un impératif l'avait contraint à modifier son planning. De toute façon, il n'avait aucun moyen de la contacter, puisqu'ils n'avaient pas échangé leurs numéros de téléphone.

Les minutes s'égrenaient à une vitesse insupportable. Bientôt, elle en serait réduite à compter les secondes… puis à renoncer à l'espoir de le revoir. Elle jeta un regard anxieux en direction du quai où les retardataires se précipitaient pour attraper leur train. Pas de Penn McIntyre en vue. La sonnerie annonçant la fermeture des portes retentit, et la rame commença à s'ébranler.

Grace s'apprêtait à céder à un accès de mélancolie quand les portes de communication avec la voiture précédente coulissèrent… et elle le vit apparaître au bout de la travée. Il avait dû courir, car il était essoufflé et avait les cheveux en bataille. Elle se leva d'un bond pour l'accueillir, incapable de dissimuler son soulagement.

— Vous l'avez eu de justesse, on dirait !

— Oui. J'ai cru que je n'y arriverais pas. Heureusement, j'ai pu me ruer *in extremis* dans la voiture de queue. Un imprévu à l'hôpital m'a retardé et le métro circulait mal en raison d'un incident technique. Désolé de vous avoir fait attendre.

Maintenant qu'il était là devant elle, cela n'avait plus la moindre importance. Une secousse la déséquilibra. Elle serait sans doute tombée si Penn ne l'avait pas retenue par la taille. Elle sentit la puissance de sa musculature et demeura contre lui quelques secondes de plus que nécessaire. Elle songea alors que tenir cet homme à distance s'avérerait beaucoup plus difficile qu'elle ne l'imaginait au début.

— Pardon…

Elle s'écarta aussitôt.

— Non, non, c'est moi qui m'excuse, marmonna-t-elle, s'efforçant de masquer son embarras.

— J'aimerais avoir votre avis sur une question professionnelle qui me tracasse, dit-il lorsque chacun eut repris sa place, de part et d'autre de la tablette.

— De quoi s'agit-il ?

— De kinésithérapie. La patiente que j'ai reçue cet après-midi m'a confronté à une situation un peu délicate, et j'aimerais connaître votre point de vue professionnel… confidentiellement.

— Bien sûr.

— J'ai opéré cette jeune femme d'une double fracture du radius et du cubitus qui s'est produite durant son enfance, mais ne s'est jamais complètement réparée. L'intervention s'est bien passée, et j'ai ensuite prescrit des séances de kinésithérapie pour que la patiente récupère la mobilité de son coude et de son poignet. Elle m'a expliqué qu'elle avait déjà son propre kiné, alors je lui ai téléphoné pour le mettre au courant et nous avons, par la suite, échangé un ou deux mails. Cet homme m'a paru sympathique et très compétent. Tout se présentait donc parfaitement.

— Et il y a eu des complications ?

Jusqu'à présent, Penn lui avait décrit le parcours de soins classique.

— Lundi, elle a contacté mon assistante. Elle souhaitait me voir le plus vite possible. Je l'ai donc rappelée pour en savoir plus. Elle a fait une mauvaise chute et a dû annuler sa séance de rééducation. Lorsqu'elle a ensuite voulu reprendre rendez-vous, elle a adressé plusieurs mails à son kiné sans obtenir de réponse.

— Je ne suis pas sûre de comprendre. Il l'a mise sur liste noire ? Même s'ils ont eu un quelconque désaccord, ce ne serait pas très professionnel de sa part.

— Pas du tout. J'ai appelé votre confrère pour connaître

le fin mot de l'histoire. En réalité, il a eu un accident et a été hospitalisé un certain temps. Il ne pourra pas retravailler avant plusieurs semaines, et n'a personne pour assurer son remplacement au cabinet. Il comptait en informer sa patientèle après avoir trouvé des solutions alternatives.

— Un plan B, en quelque sorte.

— Oui. Le problème, c'est que ma patiente refuse catégoriquement d'avoir affaire à quelqu'un d'autre. Elle est venue me consulter cet après-midi pour que je lui fournisse un programme de rééducation à faire chez elle.

— Mauvaise idée ! Vous savez aussi bien que moi que la kinésithérapie ne se résume pas à une série d'exercices physiques. Vous me dites qu'elle a fait une chute grave. Grave à quel point ?

— Elle est tombée de tout son long sur une surface en béton. Sur le côté droit, heureusement – je l'ai opérée de l'avant-bras gauche. En revanche, elle présente des hématomes sévères au niveau de l'épaule, des côtes et de la hanche.

— En termes cliniques, je n'ai rien à vous apprendre, Penn. En revanche, j'insiste sur l'absolue nécessité d'un suivi assuré par un professionnel. À votre place, je refuserais d'entrer dans son jeu.

— J'en ai bien conscience, mais je ne veux pas la braquer. S'il s'était agi uniquement de chirurgie orthopédique, je n'aurais eu aucun mal à fixer la ligne de conduite à adopter. La kinésithérapie n'étant pas ma spécialité, j'avoue avoir plus de difficultés à trouver le juste milieu dans l'intérêt de la jeune femme.

— Elle a dû vivre cette chute comme un véritable traumatisme. Elle se rétablissait et, tout à coup, sa chute a remis en cause ses progrès. Elle se sent très certainement fragilisée et a besoin d'encouragements pour regagner de l'assurance. Le succès des soins de kinésithérapie passe par la participation active du patient et la relation de confiance qui s'instaure avec le soignant. Qu'elle ne veuille pas tout reprendre à zéro avec un autre, je le comprends.

— Alors, quelle approche préconiseriez-vous ?

— Je commencerais par alléger temporairement le programme

des soins, en lui donnant quelques techniques pour entretenir sa forme, et je me concentrerais sur son ressenti. Incitez-la à parler de l'impact de son état de santé sur ses émotions. Peut-être la solution à long terme s'imposera-t-elle naturellement.

Tandis qu'elle dispensait ses conseils, Grace ne pouvait s'empêcher de se demander qui elle cherchait réellement à convaincre : Penn ou elle-même ? Serait-elle, un jour, capable d'accorder de nouveau sa confiance ?

— Merci infiniment. Vous m'avez donné un nouvel éclairage sur la situation.

— Si vous voulez… enfin, si cela peut s'avérer d'une quelconque utilité…

— Oui ?

Il plongea son regard dans le sien, comme s'il essayait de lire en elle.

— Je veux bien recevoir cette jeune femme pour une discussion informelle. Enfin, si vous n'y voyez pas d'inconvénient.

Elle s'attendait à ce qu'il décline sa proposition, tout comme elle avait refusé qu'il la conduise en voiture chez sa grand-mère le week-end précédent, lui signifiant ainsi que leurs rapports ne devaient pas dépasser le cadre de leurs rencontres hebdomadaires dans le train. Une attitude qu'avec le recul, elle regrettait.

Il parut hésiter.

— Je me doute que vous avez déjà beaucoup de choses à faire…

C'était une mauvaise idée. À peine l'avait-elle émise qu'elle l'avait su.

— … néanmoins, je vous en serais très reconnaissant. Je pourrais en toucher deux mots à ma patiente et aviser en fonction de sa réaction. À condition, bien entendu, que vous ayez du temps à lui consacrer.

En réalité, la gestion de son emploi du temps n'entrait pas en ligne de compte. Le véritable problème pour Grace était de savoir si elle pouvait se fier à elle-même ainsi qu'à Penn pour ne pas outrepasser les limites de leur relation. Elle décida de courir le risque.

— Je m'organiserai en conséquence, déclara-t-elle. À toutes fins utiles, je vais vous communiquer mon numéro de portable.

— J'avais l'intention de vous le demander de toute manière pour vous prévenir si jamais un empêchement de dernière minute me contraint à prendre le train d'après.

Ils échangèrent leurs coordonnées téléphoniques. Grace eut alors le sentiment qu'une étape supplémentaire venait d'être franchie.

Mais une étape vers quoi ?

Pour l'heure, elle n'avait aucune réponse à cette question.

4.

Quand il songeait à la lenteur à laquelle évoluaient ses rapports avec Grace, Penn bouillait d'impatience. Un pas de deux hésitant et prudent, où chacun se livrait avec parcimonie, protégeant son jardin secret. Il savait néanmoins qu'il valait mieux ne pas brûler les étapes, notamment en raison de ce boulet qu'il traînait depuis des années. Tôt ou tard, il en avait conscience, il faudrait bien qu'il lui révèle la vérité sur ses origines, son titre et son château, mais il redoutait sa réaction.

Peut-être devrait-il tout simplement lui faire confiance et lui en parler, avant qu'un aveu trop tardif ne compromette la qualité de leur relation.

Il appela sa patiente, April, pour lui soumettre la proposition de Grace à son sujet. Il y eut un bref silence à l'autre bout du fil.

— Discuter avec cette kiné revient à m'engager vis-à-vis d'elle, non ?

La perspective ne semblait pas ravir la jeune femme.

— Pas le moins du monde. En revanche, cela vous permettra de poser toutes les questions qui vous tracassent, afin de reprendre en main le contrôle de votre corps.

Penn avait pour principe de toujours laisser le maximum de choix à ses patients. Toutefois, *in fine*, c'était lui qui était responsable du succès ou non d'une opération chirurgicale, lui qui tenait le scalpel. Or April, qu'il sentait un peu à la dérive, avait besoin d'encadrement pour progresser dans sa rééducation.

— D'accord à une condition : que vous m'accompagniez à ce rendez-vous. Dites-moi où et quand. Je n'ai aucune contrainte d'emploi du temps.

Le brusque revirement de la jeune femme lui confirma qu'il avait vu juste.

— Entendu, nous irons ensemble.

Il n'hésita pas une seconde, trop heureux de l'occasion qu'elle lui offrait sur un plateau de voir Grace avant le vendredi suivant.

— Je prends contact avec ma consœur afin de déterminer une date et une heure, et je reviens vers vous.

Il ne résista pas longtemps à la tentation de téléphoner à Grace. Il y eut plusieurs sonneries avant que la jeune femme ne décroche. Elle paraissait un peu essoufflée.

— Je vous dérange ?

— Absolument pas. Je viens de terminer avec un patient et j'ai une dizaine de minutes devant moi avant le prochain.

— Je vous appelle au sujet d'April. Elle accepte de vous rencontrer.

— April ? S'agit-il de la patiente dont vous m'avez parlé dans le train ?

— Oui, pardon, j'aurais dû vous le préciser.

Il l'entendit pianoter sur son clavier.

— Voilà, j'ai mon planning sous les yeux. Est-ce que mercredi, 17 heures, lui conviendrait ? Cela nous laissera une heure avant mon rendez-vous suivant.

Ce qui signifiait qu'il ne pourrait pas lui proposer d'aller ensuite boire un verre quelque part. Dommage, il se faisait une joie à cette idée ! Il en serait quitte pour travailler ce soir-là. Il avait pas mal de travail administratif en retard pour la verrerie.

— C'est parfait, merci. En revanche, elle insiste pour que j'assiste à la réunion. Cela pose-t-il un problème ?

Il perçut une certaine réticence.

— Y a-t-il quelque chose que vous ayez omis de me dire, Penn ? Cette jeune femme est-elle… une amie ?

— Non, une patiente, rien de plus. Néanmoins, je la sens tellement perdue que j'ai envie de l'aider. Et puis, j'avoue que votre approche révolutionnaire m'intrigue. C'est sans doute moi qui poserai le plus de questions, pertinentes je l'espère.

Il l'entendit rire.

— J'y compte bien. Désolée, Penn, il faut que je vous laisse. Mon rendez-vous vient d'arriver.

Elle lui communiqua l'adresse de la clinique où elle exerçait, puis raccrocha.

Il l'imaginait accueillant son patient avec ce sourire éblouissant dont elle avait le secret. Deux jours, quarante-huit heures, à attendre avant de pouvoir à son tour en bénéficier. Soudain, cela lui parut terriblement long…

Mia avait beaucoup de goût, mais quand elle complimenta sa consœur sur son chemisier, disant qu'il était d'une élégance rare et que le coloris mettait en valeur le vert de ses iris, Grace éprouva surtout une pointe d'inquiétude. Pourvu que Penn ne remarque pas qu'elle avait fait un effort vestimentaire particulier en son honneur ! Ce matin, elle avait passé en revue la quasi-totalité de sa garde-robe avant de se décider sur le choix de sa tenue. Heureusement que le jean et les baskets atténuaient le côté sans doute un peu trop habillé du haut. Elle avait même emporté un rouge à lèvres – au cas où ! –, qu'elle avait jeté dans son sac à main juste avant de partir de chez elle.

À 16 h 50, son téléphone bipa. Elle avait reçu un SMS plutôt laconique :

Café ?

Elle répondit à Penn en suggérant de se retrouver au café situé juste à l'angle de la rue.

Puis elle inspecta du regard sa salle de consultation, fourra les documents qui encombraient son bureau dans un tiroir. Elle en était à se demander si les plantes vertes ne mériteraient pas un léger arrosage lorsque Penn apparut sur le seuil. Il avait donc décidé de la retrouver directement à la clinique. Il portait un costume bleu nuit, parfaitement coupé comme d'habitude, et affichait cette décontraction qui laissait à penser que, malgré son look citadin et classique, cet homme était certainement plus dans son élément en pleine nature.

— Bonjour. Vous avez de la chance de travailler dans un cadre aussi spacieux et agréable.

— Oui. Le service de kinésithérapie occupe la moitié du dernier étage de la clinique, de sorte que nous pouvons prendre nos aises. La direction nous permet également de personnaliser nos salles de consultation respectives.

— Très réussie, votre décoration, déclara-t-il en examinant les affiches et lithographies accrochées aux murs.

Le commentaire la toucha plus qu'il ne l'aurait dû.

Puis Penn s'effaça, et Grace aperçut derrière lui une brune qui, manifestement, s'efforçait de passer inaperçue.

— Grace, voici April Graham. April, je vous présente Grace Chapman.

— Bonjour. Nous avons apporté le café, dit la jeune femme en tendant un gobelet à Grace avant de reculer aussitôt, au point qu'elle faillit heurter Penn.

Elle mesurait une bonne tête de moins que Grace, et était vêtue de noir de la tête aux pieds, ce qui accentuait l'impression de fragilité que dégageait sa silhouette frêle.

— Merci. Je vous en prie, asseyons-nous.

Elle leur désigna la petite table ronde autour de laquelle elle avait disposé trois chaises. Ce serait moins formel qu'à son bureau. Elle se félicita de son idée, car sa visiteuse paraissait extrêmement nerveuse.

— Alors, que faites-vous dans la vie, April ? s'enquit-elle d'une voix douce, espérant apprivoiser la jeune femme.

— Je développe des programmes informatiques. Le Dr McIntyre m'a suggéré d'investir dans un siège ergonomique. Je passe toute la journée devant mon écran d'ordinateur.

— Un conseil avisé. Cela vous soulagerait les épaules et le dos. J'ai cru comprendre que ces derniers temps avaient été difficiles pour vous. D'abord une opération, puis une mauvaise chute.

April rougit.

— Oh ! elle n'était pas si grave, répliqua-t-elle, cherchant à minimiser la situation.

— C'est néanmoins un coup dur. Surtout en pleine convalescence.

La jeune femme se contenta de hocher la tête.

— Est-ce que vous voulez bien m'en dire un peu plus sur cet accident ?

— Je pensais que vous alliez m'expliquer ce que vous comptez faire pour m'aider.

— C'est le cas, mais avant cela, je dois connaître un certain nombre de détails et comprendre vos attentes.

April avait raconté son histoire, y incluant des précisions qu'elle avait omis de confier à Penn. Grace avait vu juste : la jeune femme avait besoin de déverser tout ce qu'elle avait sur le cœur pour être en mesure de reprendre son programme de rééducation.

Lorsqu'elle avait demandé à Grace si elle accepterait de la suivre, celle-ci lui avait rétorqué avec douceur :

— Ce serait avec plaisir, mais je songe à une autre solution qui fonctionnerait certainement mieux.

Sa réponse avait autant surpris Penn qu'April. Elle avait montré un tel intérêt lorsqu'il lui avait parlé de sa patiente qu'il s'attendait à ce qu'elle veuille s'en occuper personnellement.

— J'aimerais, en effet, que vous rencontriez Mia, ma consœur. Nous travaillons ensemble et je pense que son approche vous conviendrait davantage. Bien entendu si, en l'absence de Mia, vous voulez un conseil, vous pourrez toujours vous adresser à moi. D'autant que j'aurai accès à votre dossier médical.

Génial ! Ainsi, April se sentirait encadrée par deux personnes au lieu d'une, ce qui contribuerait à ce qu'elle reprenne confiance dans ses capacités.

— Cela me paraît une bonne idée, dit la jeune femme, avec néanmoins une pointe d'hésitation.

— Afin de décider en toute connaissance de cause, lisez cette documentation, déclara Grace en leur remettant à chacun un petit fascicule. Elle présente les méthodes de kinésithérapie employées à la clinique.

April l'ouvrit, puis la referma aussitôt.

— Inutile. Ma décision est déjà prise et je ne reviendrai pas dessus. Vous pouvez d'ores et déjà me fixer un rendez-vous avec votre collègue.

— Parfait. Dans ce cas, je vais vous envoyer par mail un formulaire à remplir et à signer. Je suis sûre que le Dr McIntyre acceptera de me transmettre vos radios.

Elle lui adressa un sourire complice, et il se sentit fondre.

— Bien entendu.

— Merci. C'est le secrétariat qui gère le planning. Il ferme à 17 heures, mais téléphonez demain, à partir de 9 heures. De mon côté, je contacte Mia dès ce soir pour l'informer.

Elle les raccompagna ensuite jusqu'à la sortie. Au moment où elle prenait congé d'April, Penn lui demanda de lui accorder cinq minutes, car il souhaitait s'entretenir avec elle d'un autre point – plus personnel celui-là, mais il se garda de le préciser devant sa patiente.

— De quoi s'agit-il ? demanda Grace, lorsque April se fut éloignée.

— Je ne pourrai pas prendre le train habituel, vendredi. Une intervention chirurgicale délicate est programmée.

— Et cela risque de durer plus longtemps que prévu ?

— Oui, il y a de grandes chances.

— Je comprends. Alors nous nous verrons le vendredi de la semaine suivante, ou pas…

Si elle était déçue, Grace n'en laissa rien paraître. Son visage d'ordinaire si expressif ne livrait rien de ses pensées. Elle n'avait même pas cillé quand il lui avait annoncé la nouvelle. Son indifférence était-elle feinte ? Le cas échéant, elle jouait bien la comédie. Il éprouva un pincement au cœur et se dit, pour la énième fois, qu'il s'impliquait trop et que la situation commençait à le dépasser. Malheureusement, c'était plus fort que lui.

— Je suis désolé. Je me réjouissais tant à la perspective de voyager en votre compagnie.

— Ne soyez pas désolé, répliqua-t-elle d'une façon un peu abrupte. Vous ne devriez jamais vous excuser pour ce genre de contretemps. Vous avez des responsabilités importantes et personne n'a le don d'ubiquité.

De toute évidence, le sujet était sensible. Il se souvint tout à coup : elle lui avait vaguement parlé d'un ex-compagnon qui ne cessait de lui reprocher ses absences.

— En réalité, je ne m'excusais pas. Simplement, je le regrette sincèrement. J'ai beaucoup de plaisir à passer ces moments avec vous.

— Moi aussi, répondit-elle, soudain radoucie.

Il saisit l'occasion pour lui soumettre l'idée ayant germé dans son esprit le week-end dernier.

— Lundi prochain étant un jour férié, je me demandais si vous aimeriez en profiter pour visiter la verrerie… enfin s'il vous est possible de vous libérer, bien sûr. Nous organisons notre première journée portes ouvertes.

— Volontiers ! s'exclama-t-elle avec spontanéité. Vous m'indiquerez comment m'y rendre par SMS ?

— Sinon, je peux aussi venir vous chercher, suggéra-t-il prudemment, se remémorant sa réaction quand il lui avait proposé de la raccompagner en voiture chez sa grand-mère.

— Et pourquoi pas ? Nous conviendrons de l'heure et du lieu de rendez-vous samedi par texto ?

— Entendu. Alors au revoir, Grace, et merci encore pour votre aide.

— Au revoir, Penn, et merci pour votre invitation, répondit-elle avec un sourire malicieux.

Il attendit d'avoir tourné à l'angle de la rue pour laisser éclater sa joie.

5.

— Comment t'habillerais-tu pour une journée portes ouvertes à une verrerie d'art ?

Incapable de se décider, Grace s'était résolue à se tourner vers la personne de son entourage la plus compétente en matière de mode vestimentaire : Mia.

— Tout peut convenir, à part les paillettes.

— Ne te fiche pas de moi, Mia. C'est une question sérieuse.

— Et ma réponse l'est aussi. Une fois, j'ai choisi un top rétro à paillettes pour assister à un barbecue chic. Erreur fatale ! Si tu te tiens trop près d'une source de chaleur, les paillettes se mettent à chauffer, crois-en mon expérience. Mon conseil n'a donc rien de farfelu puisque tu seras certainement amenée à t'approcher d'un four.

— OK. Message reçu cinq sur cinq. Alors, que me suggères-tu ?

— J'ai un petit haut ravissant en broderie anglaise qui épouse le buste sans trop en révéler. Il va avec tout : short, jean ou jupe. Si tu veux, je l'apporterai demain et tu l'essaieras.

— Tu es sûre que cela ne te dérange pas de me le prêter ?

— Absolument pas, répondit son amie avec une grimace amusée. Comme tu le sais, ma garde-robe est bien fournie. J'ai tellement de fringues que je ne peux pas toutes les porter ! Et puis, cela me fait plaisir que tu sortes un peu.

Mia était, parmi ses amis, l'une de rares à ne pas considérer comme une escapade à la campagne les week-ends que Grace passait en Cornouailles à s'occuper de son aïeule.

Le lendemain, après essayage, Grace convint que le vêtement lui allait parfaitement bien. Elle le plia soigneusement et le rangea dans son sac de voyage. Les cinq heures de trajet jusqu'à Newquay lui parurent interminables sans la compagnie de Penn. La perspective de le revoir lundi l'empêcha néanmoins de sombrer dans la morosité. Elle avait déjà tout organisé. Dimanche soir, elle resterait chez sa grand-mère et lundi matin, à la première heure, sa cousine viendrait assurer la relève, de sorte que Grace puisse prendre le premier car pour Newquay où elle prévoyait de donner rendez-vous à Penn.

Elle se félicita d'avoir associé le top en broderie à un short simple et des sandales plates en cuir quand elle le retrouva, comme convenu la veille, devant la gare. Vêtu d'un jean usé juste ce qu'il faut, d'un polo gris qui dévoilait des bras musclés et hâlés, et chaussé de baskets de couleur assortie, il était adossé contre un SUV noir à la carrosserie rutilante. C'était la première fois qu'elle le voyait dans une tenue autre qu'un costume. Ses cheveux blonds étaient légèrement ébouriffés et ses yeux d'un bleu plus perçant que jamais sous le soleil matinal. En découvrant la version décontractée de son compagnon de voyage d'ordinaire tiré à quatre épingles, Grace sentit son cœur faire une embardée.

— Bonjour. Comment s'est passé ton week-end ? s'enquit-il.

Son sourire éblouissant ainsi que le passage inattendu au tutoiement achevèrent de la troubler.

— Très bien. Et le tien ? répondit-elle, jouant le jeu.

— Épuisant ! J'ai commis l'erreur de m'imaginer qu'un événement comme celui d'aujourd'hui consistait simplement à ouvrir les portes et attendre que les visiteurs arrivent. Mais pas du tout ! Il faut, par exemple, prévoir des T-shirts…

D'un geste, il indiqua deux cartons posés sur la banquette arrière.

— Des T-shirts ? Tu me montres ?

— Volontiers, mais monte d'abord, dit-il en lui ouvrant la portière du côté passager.

Elle prit place sur le siège qui sentait bon le cuir et l'entendit fouiller dans l'un des cartons. Puis il s'installa au volant.

— Tiens.

Grace déplia le T-shirt et examina attentivement le logo qui en ornait le dos. Celui-ci présentait la même fluidité des courbes que le dauphin en verre qui, désormais, trônait sur la cheminée de son appartement londonien.

— J'aime beaucoup le logo.

— Merci. Le précédent commençait à être démodé. Nous avons donc décidé de dépoussiérer notre image. Chacun a soumis un projet, à part moi, bien sûr, car la créativité, ce n'est pas mon point fort. Ensuite, nous avons voté, et le vainqueur a eu droit à une récompense.

— Si je comprends bien, en plus de gérer l'entreprise familiale, tu l'as aussi entièrement modernisée.

— Moderniser est un bien grand mot. Disons plutôt que nous avons évolué avec notre temps. Cela s'est fait progressivement parce que nous avions un stock important d'anciens emballages à écouler avant de tourner définitivement la page. Maintenant, nous collons sur les nouveaux une étiquette mentionnant le nom du verrier qui a créé la pièce. Cela personnalise le cadeau.

— Ingénieux ! Tu n'es plus sur le devant de la scène.

L'expression n'eut pas l'air de lui plaire, car elle le vit tiquer. Il semblait pourtant avoir un sens inné du leadership. Dommage qu'il n'en ait visiblement pas conscience.

— Il faut vivre avec son époque. Mon père est arrivé d'Écosse et a fondé cette verrerie en partant de rien. Il était tombé amoureux de la Cornouailles, et bon nombre de ses œuvres reflétaient cette passion et sa vision très personnelle de la région. Il a connu un certain succès, mais nous ne pouvions pas surfer sur cette vague indéfiniment.

— Ta mère s'intéresse-t-elle à cette activité ?

— Non, pas vraiment. D'autant que le divorce de mes parents est en grande partie lié au fait que mon père passait beaucoup plus de temps à l'atelier qu'à la maison. Il était un artiste avant d'être un époux. Lorsqu'ils se sont séparés, ma mère n'a plus jamais remis les pieds à la verrerie, et depuis qu'elle a emménagé à Londres, elle s'en désintéresse complètement.

Ils avaient maintenant quitté Newquay et roulaient sur la route départementale menant vers le sud. Grace se rendit soudain compte qu'elle n'avait aucune idée de l'endroit où ils allaient et qu'elle n'avait pas encore jugé bon de se renseigner.

— Où se trouve la verrerie précisément ?

— Un peu à l'extérieur de Truro.

— Et tu as parcouru tout ce chemin pour quelques T-shirts ?

— Surtout pour venir te chercher. Cela t'aurait pris un temps fou en bus.

Nichée au creux d'une vallée verdoyante, la verrerie était encore plus pittoresque en réalité qu'en photo. Ils avaient emprunté une route étroite, jalonnée de zones d'évitement pour permettre à deux véhicules de se croiser. Sous le soleil radieux et un ciel sans nuage, les bâtiments assez bas composaient un ensemble charmant, évoquant une image de carte postale.

Penn adressa un salut de la main à deux personnes qui traversaient le parking.

— C'est ravissant ! s'exclama Grace avec enthousiasme.

Les toits en ardoise, les murs de pierre pour partie colonisés par de la mousse et des plantes grimpantes, et les parois vitrées conjuguaient de façon harmonieuse passé et présent.

— Le site était en piteux état quand mon père l'a acheté. Il se résumait à une grande grange délabrée, qui accueille aujourd'hui la boutique et les bureaux, ainsi que deux dépendances tout aussi vétustes, transformées depuis en cottages. L'atelier a été construit ultérieurement.

Il l'invita à le suivre. À l'arrière de la grange, Grace découvrit avec ravissement une cour pavée, agrémentée d'une profusion de fleurs. Des tables et des chaises de jardin y étaient installées, et un velum abritait une grande table recouverte d'une nappe blanche.

— Le salon de thé local assurera le service de restauration, expliqua Penn. Nous avons programmé plusieurs sessions de démonstration de soufflage de verre, et un potier du village voisin organisera des ateliers destinés aux enfants.

— C'est ici que tu loges le week-end ? s'enquit-elle en

désignant les deux cottages légèrement en retrait et orientés de façon à préserver une certaine intimité.

— Oui, dans celui de gauche. L'autre sert actuellement au stockage. Ma cuisine a été réquisitionnée pour la journée.

De fait, deux femmes sortaient de la maison, portant des plateaux de sandwichs et de gâteaux.

— J'ai hâte de voir un maître verrier à l'œuvre.

— C'est un spectacle captivant. J'espère juste que les gens vont venir. La première démonstration aura lieu à 11 heures. En attendant, cela t'intéresserait peut-être de jeter un coup d'œil à notre collection complète, exposée dans le magasin. Nous avons même aménagé un espace pour les pièces les plus volumineuses.

— Avec grand plaisir.

Grace tomba d'emblée sous le charme de ce lieu où la lumière du jour pénétrait à flots par une immense baie vitrée. Avec ses grosses poutres apparentes, le plafond cathédrale donnait une touche rustique à ce lieu décoré par ailleurs dans un style très moderne. Une jeune brune assise derrière la caisse bondit sur ses pieds à leur arrivée.

— Pas de panique, Em, dit Penn avec une grimace amusée. Nous ne sommes pas des clients. Voici mon amie Grace. Grace, je te présente Emma.

— Bonjour Grace. Souhaitez-vous que je vous fasse visiter ma caverne d'Ali Baba ? proposa la jeune fille avec un sourire chaleureux.

— Je ne voudrais pas prendre trop de votre temps…

Peut-être Penn avait-il prévu de confier à Emma une tâche plus urgente.

— Pas de problème. De toute façon, c'est mon rôle ici. Je suis une ambassadrice, n'est-ce pas Penn ?

Il pouffa de rire.

— Ton rôle consiste aussi à encaisser l'argent des clients s'ils insistent !

— Bien sûr, mais il ne faut pas leur mettre la pression.

— Exact. Pendant que tu montres nos trésors à Grace, je

vais distribuer les T-shirts à l'équipe. Tu en veux un de quelle couleur, Em ? Bleu, vert ou rose ?

De toute évidence, Penn la taquinait car, à en juger par sa tenue, Emme semblait avoir une prédilection pour le rose. Seul le jean ne l'était pas.

Elle fit mine de réfléchir.

— Je ne sais pas… Je te laisse choisir pour moi.

— Entendu. À tout à l'heure, Grace.

La visite guidée se révéla riche en enseignements. Les connaissances d'Emma sur les techniques de fabrication et de façonnage du verre montraient clairement que la jeune fille passait aussi du temps à l'atelier, à observer les maîtres verriers. Elles échangèrent leurs opinions sur les différentes pièces exposées.

— Si vous examinez ces bols sous un certain angle par rapport à la lumière, vous pouvez parfois apercevoir un arc-en-ciel en transparence, expliqua la jeune fille en tendant un spécimen à sa visiteuse afin qu'elle en fasse l'expérience.

Une scène à l'extérieur attira l'attention de Grace. Penn se tenait à côté de sa voiture, en compagnie de deux hommes. L'un d'eux ôta sa chemise pour enfiler un T-shirt vert. Penn l'imita. Il avait opté pour un bleu marine. Excellent choix ! Ce coloris mettrait ses yeux en valeur. Grace éprouva une étrange sensation au creux de son ventre en découvrant son torse nu, musclé et hâlé. Pas de doute : le Dr McIntyre était extrêmement séduisant.

Consciente qu'Emma l'observait, Grace se força à détourner le regard.

— C'est difficile à imaginer, non ? Il est si simple, murmura la jeune fille, comme se parlant à elle-même.

— Imaginer quoi ?

— Toute cette histoire à propos de son rang de lord et du château.

Grace se figea. Elle n'avait aucune idée de ce dont parlait Emma, mais n'osait pas l'interroger, de peur de paraître indiscrète.

— Vous semblez apprécier votre patron.

— Oh oui ! Nous avons de la chance de l'avoir. M. McIntyre était aussi très agréable, mais il avait tendance à n'en faire qu'à sa tête. Penn, lui, sollicite toujours notre avis, et le processus de décision fonctionne de façon collégiale.

— Son titre, il l'a hérité de son père ?

Après tout, peut-être ses lettres de noblesse se limitaient-elles à son nom et ledit château se résumait-il à un amas de vieilles pierres, quelque part en Écosse.

Parce qu'elle n'arrivait pas à concevoir que, durant leurs longues discussions dans le train, il n'ait jamais fait la moindre allusion à ce qu'elle ne considérait pas comme un détail. Comme s'il n'avait pas assez confiance en elle. Elle éprouva un pincement au cœur. Une réaction ridicule, compte tenu du fait qu'ils ne se connaissaient pas depuis si longtemps, mais elle se sentait en quelque sorte trahie. Par ailleurs, si Penn était bel et bien lord, avec tout ce que ce statut impliquait, et s'il possédait un vrai château, cela éliminait d'emblée toute éventualité que leurs rapports évoluent vers autre chose qu'une relation amicale, ce qu'elle se surprenait parfois à envisager bien malgré elle. Pas question de se retrouver dans une situation d'infériorité financière et sociale, comme avec Jeremy.

— Non, de sa mère. Je ne sais pas trop comment ça marche. Je croyais que les aristocrates se transmettaient leurs titres de père en fils. En tout cas, il ne s'en vante pas. Et la propriété qui va avec est impressionnante. Il vous y a déjà emmenée ?

— Non. À vrai dire, nous avons l'un et l'autre un emploi du temps chargé, même le week-end.

Emma eut soudain l'air inquiet.

— Vous ne lui raconterez pas que j'ai vendu la mèche, n'est-ce pas ? Il m'en voudrait.

— Non, bien sûr que non. Cela restera entre nous.

— Merci, chuchota la jeune fille alors que le sujet de leur conversation entrait dans la boutique.

— J'espère que cette couleur te conviendra, déclara Penn avec une grimace moqueuse, en brandissant un T-shirt rose.

— Je m'en accommoderai, répondit Emma. Je m'absente deux secondes pour le passer.

Elle disparut par une porte située derrière la caisse, les laissant seuls. Penn se tourna vers Grace qui ne put s'empêcher de songer que ce regard bleu, pourtant si franc, cachait bien des secrets.

— Alors, ça te plaît ?

— Beaucoup, dit-elle, se forçant à paraître détendue.

Il la dévisagea d'un air interrogatif, comme s'il avait perçu son trouble.

— Tout va bien ?

— Parfaitement bien, mentit-elle.

— Je dois finir la distribution des T-shirts. Tu m'accompagnes ? Cela me permettra de te présenter le reste de l'équipe.

— Plus tard, si tu veux bien. Emma n'a pas terminé sa visite guidée. Cette jeune fille est passionnée et passionnante.

— Entendu. Je n'en ai pas pour longtemps. Ensuite, nous ferons le tour de l'atelier avant que les démonstrations ne commencent.

Grace le regarda s'éloigner.

Il lui suffisait de reléguer ses pensées moroses dans un coin de sa tête et de se comporter comme si de rien n'était. Après tout, l'exercice n'était pas si difficile.

Non, impossible. Elle n'avait aucun don pour la comédie. D'ailleurs, Penn avait déjà remarqué que son humeur s'était assombrie. Dans l'esprit de Grace, son image avait changé. Il n'était pas seulement un homme consacrant toute son énergie à son métier exigeant de chirurgien et à la verrerie léguée par son père. Il était aussi un aristocrate sans doute fortuné et jouissant de privilèges liés à son rang.

Or, il exerçait déjà, sans le savoir, un certain pouvoir sur elle, ne serait-ce que du fait qu'il n'y avait plus un soir de la semaine où, avant de s'endormir, elle n'ait une pensée pour lui. Il fallait arrêter cela pendant qu'il en était encore temps. Sinon, elle risquait de nouveau de souffrir.

Aussitôt, sa décision fut prise. Grace sortit discrètement de la boutique, traversa le parking encore désert et se dirigea vers la route étroite, bordée de part et d'autre par une haute haie.

6.

À peine entré dans la boutique, Penn avait perçu la morosité de Grace. Le regard d'ordinaire si lumineux de la jeune femme s'était voilé, et il avait cru y lire de la tristesse, voire de la déception.

Que s'était-il passé en son absence ? Emma avait-elle commis un impair ? Non, elle était bien trop sensible pour ça. Par ailleurs, les deux femmes semblaient avoir un bon contact. Quelqu'un lui aurait-il parlé de son titre de lord ? Penn écarta cette hypothèse, se traitant de paranoïaque. Chaque membre de son équipe connaissait sa situation, mais s'intéressait davantage au devenir de la verrerie qu'aux origines aristocratiques et au patrimoine de leur patron.

Compte tenu du tour que prenait sa relation avec Grace, il savait qu'il lui faudrait tôt ou tard lui révéler cette facette de sa vie, celle qu'il ne mettait jamais en avant. Cependant, il avait d'abord l'intention de lui montrer qui il était vraiment.

Il interrompit sa distribution de T-shirts et posa le carton dans un coin. Il devait en avoir le cœur net. Il trouva Emma assise derrière la caisse du magasin. La jeune fille était seule.

— Em, je cherche Grace. Tu l'as vue ?

— Non. Je pensais qu'elle était avec toi. Peut-être s'est-elle rendue à l'atelier ?

— Non, j'en viens. À ta connaissance, quelque chose aurait-il pu la contrarier ?

Emma réfléchit avant de répondre.

— Non, je ne crois pas. Elle a beaucoup apprécié la visite du magasin.

Penn attendit la suite. Il sentait qu'Emma lui cachait une information importante.

— Cependant, j'ai peut-être eu la langue un peu trop pendue. Ce n'était pas volontaire, cela m'a échappé…

Une boule se forma dans la gorge de Penn.

— Nous bavardions et je lui ai dit que, vu ta simplicité, personne ne pouvait s'imaginer que tu étais lord…

Au comble de l'embarras, elle rougit violemment.

Comment lui en tenir rigueur ? Penn haussa les épaules, et se força à sourire.

— Je ne vois pas pourquoi cela l'aurait heurtée. D'ailleurs, merci pour le compliment.

— Vraiment ? murmura-t-elle, visiblement peu convaincue. Tu ne m'en veux pas ?

— Pas du tout, rassure-toi. Et maintenant, je vais essayer de la trouver. Elle n'a pas pu se volatiliser.

— D'accord. Je te préviens si elle repasse à la boutique.

Grace savait.

Et tout ce à quoi Penn pensait, c'était aux quolibets et à la méfiance que lui avaient toujours valu son statut et son nom. Il n'avait pourtant pas ménagé ses efforts pour gagner le respect de ses collègues, de ses patients et du personnel de la verrerie.

Il espérait s'être débarrassé de cette image mais, manifestement, elle lui collait à la peau. Et voilà que tout recommençait ! De nouveau, il lui fallait se justifier pour un état de fait dont il n'était nullement responsable. Il en avait assez de ces gens qui le traitaient comme s'il n'avait jamais eu à travailler pour se forger une carrière, assez de ces femmes qui préféraient le châtelain à l'homme qu'il était vraiment.

Non, impossible ! Grace n'était pas comme elles. Il ne pouvait pas s'être trompé à ce point sur son compte.

Il commença ses recherches par les bureaux, qui occupaient l'autre moitié de la grange rénovée, puis monta à son propre bureau, à l'étage. Son père avait aménagé cet ancien grenier à foin parce qu'il lui assurait une certaine tranquillité tout en lui permettant de contrôler tout ce qui se passait sur le site grâce à la porte vitrée donnant sur un petit balcon. Lorsque Penn était enfant, il avait cherché en vain un endroit où il pouvait échapper à la surveillance paternelle depuis ce perchoir.

Ne trouvant Grace nulle part, et certain qu'elle ne s'était pas réfugiée dans l'un des cottages, il en conclut qu'elle était bel et bien partie. Une rage sourde l'envahit. Non, cette fois, il n'accepterait pas que son pedigree lui gâche l'existence ! Cette fois, il se battrait ! Il rejoignit le parking au pas de charge, ignorant ceux qui réclamaient son attention pour résoudre un problème. Il avait plus urgent à faire.

Il la vit qui marchait le long de la route étroite. En entendant le bruit du moteur, elle ralentit l'allure et s'écarta sur le bas-côté pour laisser passer la voiture, puis tourna la tête. Il constata alors qu'elle aussi était en colère. Son expression était fermée, déterminée. Une réaction normale, après tout. Elle devait estimer qu'il lui avait menti par omission, et elle n'avait pas totalement tort. Mais sur la forme, pas sur le fond.

Il ralentit et, parvenu à sa hauteur, il baissa la vitre.

— Grace !

— Je m'en vais, répondit-elle sèchement.

— Le premier arrêt de bus se trouve à cinq kilomètres. Laisse-moi au moins t'y conduire.

— Inutile. Rentre plutôt à la verrerie. Ton équipe a besoin de toi.

— Emma m'a avoué qu'elle t'avait parlé…

Grace s'arrêta brusquement et le foudroya du regard.

— Elle ne croyait pas mal agir. Elle était convaincue que j'étais au courant. D'ailleurs, comment aurait-elle pu imaginer le contraire, puisque tu m'as présentée comme une « amie » ? Ce qui se passe n'est pas la faute d'Emma.

— Bien sûr. C'est entièrement la mienne.

— Je me réjouis de te l'entendre dire, rétorqua-t-elle d'une voix vibrante d'indignation. Quand comptais-tu mentionner le fait que tu es lord et que tu vis dans un château ? Tu espérais sans doute que je ne l'apprendrais pas ?

— Je n'y *vis* pas. Quand je suis en Cornouailles, je réside à la verrerie.

Penn avait conscience de couper les cheveux en quatre, car il était bel et bien propriétaire du château, et il y avait un appartement même s'il l'utilisait rarement.

— Et selon toi, cela fait toute la différence, c'est ça ? Et avant que tu me répondes que je ne t'ai pas dit non plus où j'habitais, sache que c'est parce qu'il s'agit d'un endroit banal… ce qui n'est pas le cas d'une demeure seigneuriale, me semble-t-il.

Il sortit de sa voiture, espérant que la jeune femme n'en profiterait pas pour tourner les talons et le planter là, au bord de la route.

— Pourquoi refuses-tu de m'écouter avant de me juger ?

À cet instant précis, un véhicule apparut, venant en sens inverse.

— Attends-moi ici, *s'il te plaît.*

Il s'engouffra dans son SUV et alla le garer dans la zone d'évitement située à une vingtaine de mètres de là. Grace était restée piquée sur place, les bras croisés. Lorsqu'il la rejoignit, il put constater que son humeur s'était un peu adoucie.

— Écoute, je suis désolé de ne pas t'en avoir parlé. Je voulais d'abord que tu me connaisses tel que je suis *vraiment*, te montrer ce qui est *réellement* important pour moi.

— Parce que tu me crois incapable de faire la part des choses ?

— La plupart des gens que je rencontre me voient à travers le prisme de l'aristocrate né avec une cuillère en argent dans la bouche et qui ne doit ses succès qu'aux privilèges dus à son rang.

L'expression de la jeune femme s'assombrit de nouveau.

— En partant du principe que je me comporterais comme eux, tu m'as traitée d'une manière identique. Tes préjugés ne valent pas mieux que les leurs. Tu m'as mise dans le même sac, sans m'accorder le bénéfice du doute, ni me permettre de m'exprimer sur ce sujet. C'est très blessant.

Il comprit qu'en voulant se protéger, il était passé pour un être arrogant. D'une certaine façon, il l'avait tenue à distance et, maintenant, il comprenait qu'elle ait choisi la fuite.

— Quelle aurait été ton attitude envers moi si tu avais su dès le départ ? Aurais-tu été aussi à l'aise ?

Il la vit hésiter.

— Honnêtement, je l'ignore. Mais, au moins, j'aurais réagi en connaissance de cause.

— Tu as raison, Grace. Je te présente toutes mes excuses.

Ses beaux yeux verts se remplirent de larmes et il se sentit désarmé.

— Excuses acceptées. De mon côté, j'ai peut-être un peu surréagi, je l'admets.

Un véhicule approchait à une vitesse excessive. Instinctivement, Penn prit la jeune femme dans ses bras pour l'attirer plus près de la haie. Il éprouva un profond soulagement en constatant qu'elle ne lui opposait aucune résistance. Il eut soudain envie de se retrouver seul avec elle, loin des regards indiscrets.

— Est-ce que nous pouvons avoir une conversation en privé, Grace ?

Elle acquiesça. Alors, il la prit par la main et l'entraîna une centaine de mètres plus loin, jusqu'à une barrière fermée par une chaîne munie d'un cadenas. Il l'escalada, puis se tourna vers Grace dans l'intention de l'aider.

— Je n'ai pas encore vécu assez longtemps à Londres pour avoir oublié comment on passe par-dessus une barrière, Penn.

— Bien sûr. Je souhaitais juste…

Il avait failli ajouter « me conduire en *gentleman* », mais il craignit qu'elle n'y voie une allusion à son éducation de lord, alors il laissa la phrase en suspens.

La jeune femme grimpa avec une agilité qui démontrait effectivement une certaine pratique puis, prenant appui sur son épaule, elle sauta de l'autre côté. Ensemble, ils marchèrent en silence sur un chemin herbeux qui longeait un champ de maïs, jusqu'à un énorme tronc d'arbre couché sur le sol où Penn avait l'habitude de venir, adolescent, quand il éprouvait le besoin de solitude. Ils s'y assirent.

— Nous avons le droit d'être ici ? s'enquit la jeune femme.

— Oui. Je connais bien l'agriculteur qui cultive ces terres.

Penn laissa passer quelques secondes. Voyant qu'elle se taisait, il se lança.

— Je ne chercherai pas à me trouver des excuses, Grace. Ces trajets en train en ta compagnie comptent beaucoup pour moi, et j'aurais dû avoir plus de considération pour ce qu'ils représentent. Et plus d'honnêteté envers toi.

Elle acquiesça, songeuse.

— Moi aussi, je les apprécie. Ils sont comme une parenthèse en dehors du temps, en dehors du quotidien.

Il n'aurait su mieux formuler sa pensée.

— Je peux te parler un peu de moi ?

Elle lui offrit un sourire d'une grande douceur.

— Oui, s'il te plaît.

— Je porte le titre de Lord de Trejowan, vingt-deuxième du nom. Je l'ai hérité de ma mère à l'âge de vingt-cinq ans.

— De ta mère ? Je croyais qu'ils ne se transmettaient que de père en fils.

— C'est le cas le plus souvent. Cependant, le mode de transmission dépend des lettres patentes. Celles concernant ma lignée sont un peu particulières parce qu'un certain roi souhaitait que la fille qu'il avait eue avec sa maîtresse favorite… Tu veux que je continue ?

Grace éclata de rire.

— Je peux attendre pour connaître les scandales dans ta famille.

— Tant mieux. Toujours est-il que chez les Trejowan, c'est l'aîné qui hérite, qu'il s'agisse d'un garçon ou d'une fille, quand il atteint ses vingt-cinq ans.

— Ce qui s'est produit pour toi, si je comprends bien. Cela n'a pas posé de problème à ta mère ?

— Pas le moindre. Elle m'a éduqué dans cette optique et a beaucoup œuvré pour le château. Passionnée d'art et de théâtre, elle y a organisé de nombreux ateliers et expositions pour encourager les jeunes talents. Mais dès que j'ai eu l'âge de reprendre le flambeau, j'ai eu droit de sa part à une formation en règle sur les devoirs et responsabilités qu'implique le titre de lord. Ensuite, elle est partie s'installer à Londres.

— J'imagine qu'il n'est pas très confortable d'habiter un château.

— En réalité, il est en excellent état, compte tenu de son ancienneté. Ma mère et moi y avons chacun un appartement bien aménagé, mais je n'y réside pas très souvent. Quand j'étais enfant, ce n'était pas facile pour moi de vivre dans une telle demeure. Cela m'a valu pas mal de railleries de la part de certains écoliers qui voulaient me rabaisser.

Il vit la jeune femme se rembrunir.

— Et tu m'as prise pour l'un d'entre eux ?

— Cela ne m'a jamais traversé l'esprit. Toutefois, les choses ne changent jamais vraiment. Mon titre ne laisse pas les gens indifférents. Il fait fantasmer les uns, et suscite le rejet chez les autres. Personne ne se dit spontanément que j'ai travaillé dur pour devenir ce que je suis aujourd'hui.

— Voilà pourquoi tu préfères être le chirurgien orthopédiste que j'ai croisé dans le train.

— Exact.

C'est tout ce qu'il voulait être à ses yeux, l'inconnu qu'elle avait rencontré par hasard, parce que le destin les avait placés l'un en face de l'autre.

— À mon tour de m'excuser. Je suis désolée d'être partie comme une voleuse tout à l'heure. Je comprends maintenant que je t'ai blessé. Tu as dû avoir le sentiment désagréable que l'histoire se répétait.

— Je n'ai eu que ce que je méritais.

Elle posa sa main sur la sienne, et il sentit son cœur s'emballer.

— C'est faux, tu ne méritais pas ça. J'ai agi comme une égoïste, sans me préoccuper de ce que tu ressentirais.

— Explique-moi pourquoi tu t'es enfuie.

— J'ai réalisé que tu avais beaucoup de pouvoir et que nous ne jouions pas dans la même cour. Or, je ne suis pas à l'aise avec ce genre de situation. Il est très important pour moi d'être à égalité avec les gens.

— Et tu estimes que ce n'est pas notre cas ? demanda Penn, étonné.

Elle retira sa main et il en conçut une vive frustration. Il aimait le contact de sa peau contre la sienne.

— Tu te rappelles, je t'ai parlé d'une rupture sentimentale quand j'ai commencé à m'occuper de ma grand-mère ? Cela faisait alors deux ans que Jeremy et moi étions ensemble. À l'occasion d'une semaine de congé, il m'a accompagnée en Cornouailles. Il a séduit tout le monde ici, sauf Granny.

— Elle t'a mise en garde ?

— Oui, à sa manière. Elle m'a conseillé de me méfier parce qu'il faisait partie de ces gens qui, dans le fond, ne pensent qu'à eux. Les choses se passaient bien entre nous, à l'époque, alors je n'ai pas tenu compte de l'avertissement. Je considérais son ambition comme une qualité. Il travaille dans la finance et gagne beaucoup d'argent, beaucoup plus que moi en tout cas.

— Est-ce si important ?

— À l'époque, non. Maintenant, oui. Je n'ai pas de problèmes pécuniaires à proprement parler, mais j'ai souscrit un emprunt pour acheter mon appartement et les fins de mois sont parfois difficiles. Je n'avais pas les moyens d'aller dans le genre d'endroits chics que Jeremy se plaît à fréquenter. Alors, il m'y invitait et me disait qu'il aimait me gâter… Malheureusement, il était un expert en matière de comptabilité.

Penn était perdu.

— Excuse-moi, mais que veux-tu dire ?

— Pour lui, rien n'est gratuit. Le moindre service, le moindre présent, la moindre concession : tout est modélisé sous forme de fichier Excel. Quand il est devenu évident que ma grand-mère avait besoin d'une aide quotidienne, je lui ai soumis mon idée d'aller chez elle le week-end. Il a accepté en arguant du fait que je rattraperais le temps « perdu » pendant la semaine. Comme une idiote, j'ai pensé que c'était sa manière à lui de me dire qu'il m'aimait…

— Et… ?

— Je n'ai pas tardé à me rendre compte que je m'étais lourdement trompée sur ses intentions. Il avait pris l'habitude d'aller boire un verre au pub avec ses collègues, après sa journée de travail, pour décompresser disait-il. Il rentrait à l'heure où je me couchais et attendait de moi que je lui tienne compagnie pendant qu'il dînait. Parfois, il me téléphonait vers 22 heures et me demandait de le rejoindre quelque part. Je n'osais pas refuser, voulant compenser mes absences du week-end. J'adaptais mon propre emploi du temps en fonction du sien. À la fin, j'étais épuisée physiquement et moralement. Mais cela ne suffisait jamais à Jeremy. Selon lui, j'avais une dette envers lui.

— C'est du chantage affectif ! s'insurgea Penn, écœuré par un tel comportement.

— Oui. Un soir, il est revenu à la maison avec ce qu'il a appelé un cadeau. Il m'offrait l'occasion de pimenter nos nuits. Je lui devais bien ça, m'a-t-il expliqué, puisque je l'abandonnais chaque fin de semaine. Je ne suis pas contre l'expérimentation dans ce domaine, mais…

Elle s'interrompit subitement.

— Ne te sens pas obligée de me fournir des précisions. Tu n'as pas à te justifier.

— Il est vrai que les détails pourraient être embarrassants.

— Pas en tant que tel. Dans nos métiers respectifs, toi comme moi sommes régulièrement amenés à entendre des confidences intimes. Mon propos, c'est que je te crois quand tu me dis avoir été victime de coercition. Ta parole me suffit.

Son beau regard vert s'éclaira.

— Merci. Cet épisode a agi comme un électrochoc sur moi. J'ai pris conscience de tout ce que j'avais supporté et du côté malsain qu'avait pris notre relation. J'avais réalisé que Jeremy me manipulait, me plaçant dans une position où je me sentais tenue de me soumettre à ses caprices. Ce fameux soir, j'ai refusé. Quand je suis rentrée de Cornouailles le dimanche soir suivant, il avait plié bagage et quitté mon appartement.

— Une chose m'intrigue néanmoins. Je ne vois pas le lien entre mon titre de lord et cette malheureuse histoire.

Grace haussa les épaules.

— Lorsque Emma a vendu la mèche, j'ai songé au pouvoir que tu as potentiellement sur les gens en raison de ton métier, de ta verrerie, de ton statut social, et cela m'a angoissée. Il m'a semblé que nos rapports ne pourraient jamais être équilibrés, parce que tu as les moyens d'offrir beaucoup plus que je ne le peux.

Même s'il n'adhérait pas au raisonnement, Penn comprenait l'idée. De toute évidence, Grace demeurait marquée par cette relation sentimentale basée sur le principe du donnant-donnant.

— En ce qui me concerne, je ne me sens pas prêt à tenir une comptabilité précise de qui apporte quoi à l'autre… D'autant que cela me désavantagerait !

La jeune femme éclata de rire.

— Si tu pouvais me le rappeler de temps en temps, je t'en saurais gré !

Il serait certainement amené à le faire, car la blessure chez Grace était profonde. La perversité de ce type avait trouvé en elle un terreau favorable, car dès sa plus tendre enfance, elle avait développé une sorte de dévouement à l'égard de ceux qu'elle aimait. Il lui faudrait du temps pour changer sa vision des choses, mais il saurait patienter.

À en juger par les bruits de moteurs, de l'autre côté de la haie, plusieurs véhicules se dirigeaient vers la verrerie.

— Tu devrais retourner à l'atelier, murmura-t-elle. Ta journée portes ouvertes s'annonce prometteuse.

— Si tu souhaites toujours rentrer chez ta grand-mère, je peux te reconduire à Newquay, suggéra Penn, priant intérieurement pour qu'elle décline sa proposition.

— Tout bien réfléchi, je préférerais rester, répondit-elle avec un sourire gêné.

Il se sentit transporté de joie et, dans un élan de spontanéité, il emprisonna ses mains dans les siennes et les serra très fort.

7.

Ils avaient passé une demi-heure à profiter du soleil matinal, trente minutes si paisibles que même les oiseaux semblaient avoir oublié leur présence. Assise à côté de Penn, Grace s'était sentie en paix avec elle-même. Quand ils se résolurent enfin à regagner la voiture, elle passa son bras sous le sien. Un geste qui lui parut étonnamment naturel.

Une fois de retour à la verrerie, Penn fut assailli par plusieurs membres de son équipe, sollicitant son avis ou son intervention. Parmi eux, Emma était la plus survoltée.

— Il y a un monde fou à la boutique. Phil a accepté de me prêter main-forte, mais il doit assurer une démonstration à l'atelier dans cinq minutes et, franchement, je ne vois pas comment je vais m'en sortir toute seule.

— Ne t'inquiète pas Em, nous allons trouver une solution, répondit Penn d'un ton conciliant.

Il lança un regard d'excuse à Grace avant de se tourner vers les trois autres personnes qui, elles aussi, avaient un problème à lui soumettre.

Grace suivit Emma à la boutique.

— Que puis-je faire pour vous aider ?

La jeune fille poussa un soupir.

— Nous ne nous attendions pas à une telle affluence, surtout dès l'ouverture. Vous vous rendez compte ? Il n'est même pas 11 heures ! Quoi qu'il en soit, pas question que vous travailliez. Vous êtes notre invitée.

Grace s'apprêtait à protester quand Penn la devança.

— Si Grace a envie de se rendre utile, ce n'est pas le moment de faire des chichis, Em.

— Dans ce cas… Vous pourriez peut-être tenir la caisse pendant que je me chargerai d'emballer les articles vendus ?

— Volontiers.

Elle devrait s'en sortir. Après tout, elle avait travaillé à l'épicerie du village tous les samedis. Certes, cela remontait à une bonne dizaine d'années, mais les caisses enregistreuses n'avaient sans doute pas tant changé que ça.

Elle n'eut aucune difficulté avec le premier encaissement. Emma lui communiqua le prix du dauphin en verre qu'elle était en train d'envelopper dans du papier cadeau. Le client paya en liquide, et elle lui rendit la monnaie. Un jeu d'enfant ! La situation se compliqua néanmoins dès la deuxième vente, car la femme décida de régler par carte bancaire.

Grace examinait d'un œil perplexe le terminal de paiement électronique lorsque Penn intervint.

— Je vais m'en occuper, dit-il en la poussant gentiment.

Elle le repoussa avec moins de délicatesse.

— Il suffit que tu me montres comment ça marche. Ensuite, je saurai me débrouiller.

Elle se tourna vers la cliente et lui adressa une grimace de connivence.

— Désolée. Le patron ne peut pas s'en empêcher !

Elle entendit Emma pouffer.

— Il faut avant tout scanner le code-barres, expliqua Penn avec un sourire amusé.

— Zut ! Je ne l'ai pas fait tout à l'heure pour le dauphin.

— Ce n'est pas grave. Je saisirai cette vente manuellement dans le système afin que les stocks soient à jour.

Penn, en tant que chirurgien, avait l'habitude de gérer la pression. Grace eut l'occasion de le constater au cours de l'heure qui suivit. Il veillait au grain sans en avoir l'air, conseillait la clientèle, encadrait une Emma un peu dépassée par les événements, le tout avec un calme remarquable.

— Ouf ! soupira la jeune fille, profitant d'un moment d'accalmie. Merci Penn. Je ne sais pas comment nous nous en serions tirées sans toi.

— Ne te laisse pas impressionner par la file d'attente. Occupe-toi d'une personne à la fois, sans te disperser, et tout se passera bien. Quant à toi, Grace, tu as vraiment décidé de ne pas t'amuser de la journée ?

— Au contraire, mon cher ! Je m'amuse beaucoup ici, avec Emma. Nous formons un tandem de choc !

À 13 heures, un jeune homme et une jeune fille vinrent prendre la relève afin de permettre à Emma de s'accorder une pause déjeuner. Penn proposa à Grace de se joindre à lui.

Elle le suivit jusqu'à la ravissante cour pavée où de nombreux visiteurs se restauraient au soleil. À leur arrivée, une femme bien en chair prit un plateau qu'elle avait manifestement mis de côté et, ignorant les clients qui attendaient leur tour devant la longue table servant de buffet, elle le tendit à Penn.

— Ah, te voilà enfin, Penn ! Je me demandais si tu allais t'octroyer un moment de répit. Je vous ai préparé un assortiment de mini-sandwichs et de gâteaux. Vous m'en direz des nouvelles !

— Merci, Judy. Combien te dois-je ?

La femme afficha un air outré.

— Tu plaisantes, j'espère ! Rien du tout ! La recette de la matinée équivaut à celle d'un week-end complet au salon de thé. Alors, je ne vais certainement pas te faire payer quoi que ce soit !

— Il n'y a pas de raison…

— N'insiste pas, s'il te plaît ! rétorqua Judy sur un ton qui n'admettait pas de réplique.

— Très bien, je capitule.

Grace le vit néanmoins glisser un billet dans la boîte réservée aux pourboires dès que leur interlocutrice eut le dos tourné.

— Tu n'as pas pu t'en empêcher, n'est-ce pas ? murmura Grace pour lui signifier que son geste ne lui avait pas échappé.

Il haussa les épaules.

— Pourquoi bénéficierais-je de privilèges ? Judy me rend déjà un sacré service en assurant la restauration pour notre journée portes ouvertes.

Grace songea que ses craintes initiales à son sujet étaient sans doute infondées. Tout lord qu'il était, Penn ne cherchait visiblement pas à en tirer profit et ne souffrait d'aucun complexe de supériorité dû à ses origines aristocratiques.

Faute de table disponible, ils s'installèrent sur l'herbe.

— On ne va jamais arriver à manger tout ça ! gémit Grace en contemplant le plateau.

— Il y a de quoi nourrir un régiment, c'est vrai, mais je ne voudrais pas risquer de vexer Judy.

Il adressa un signe à une jeune femme qui approchait d'un pas décidé, les mains enfoncées dans les poches de sa salopette. Elle avait une crinière rousse aux boucles rebelles que les rayons du soleil paraient de reflets cuivrés.

Penn se chargea des présentations. La dénommée Phoebe avait un visage agréable qui inspirait la sympathie.

— J'adore vos fleurs, dit Grace se remémorant avoir lu ce prénom sur les orchidées. J'en ai vendu beaucoup ce matin.

— Tant mieux ! Voilà le plus beau compliment que l'on puisse me faire.

À l'invitation de Penn, elle s'assit avec eux sur la pelouse pour partager leur repas.

— Comment se passent les démonstrations ? Je suis désolé de ne pas avoir été très présent en début de matinée.

Grace intercepta le regard de Penn. Ce message muet disait l'inverse, et leur complicité lui procura un plaisir immense.

— Super bien ! Je craignais de perdre mes moyens du fait de travailler devant un public, mais pas du tout. Au contraire, cela m'a stimulée. Les gens paraissaient vraiment intéressés. Ils nous ont posé une tonne de questions. La prochaine fois, je pense que nous devrions proposer à certains de participer au processus de fabrication.

— Bonne idée. Cependant, il ne faut pas négliger les contraintes de sécurité.

— Je vais en discuter avec Phil, et nous te soumettrons un projet dans ce sens.

— Entendu. Dois-je en conclure que vous êtes partants pour renouveler ce genre d'événement ?

— Bien sûr ! Tu as vu un peu le succès de cette première

opération ? Et puis, maintenant que nous avons les T-shirts, autant les utiliser…

Le déjeuner terminé, Penn suggéra à Grace d'accompagner Phoebe à l'atelier pour la démonstration suivante, tandis que, de son côté, il aiderait Emma à la boutique.

— En termes de management, tu commets une erreur, objecta-t-elle. Tu viens juste de me former à tenir la caisse, et voilà que tu m'envoies ailleurs !

— Je te suis vraiment reconnaissant de nous avoir prêté main-forte à la boutique ce matin quand nous étions débordés. Néanmoins, tu n'es pas venue ici pour travailler et Emma commence à prendre ses marques. À nous deux, nous nous en sortirons sans problème.

Grace s'inclina.

— D'accord. Alors, à tout à l'heure.

Phoebe avait clairement décidé de ne pas attendre la prochaine journée portes ouvertes pour impliquer le public. Lors de sa démonstration, elle sollicita les spectateurs regroupés derrière la barrière de sécurité en leur demandant de choisir le modèle et les coloris de l'objet décoratif qu'elle s'apprêtait à confectionner sous leurs yeux. C'était fascinant de voir la masse de verre en fusion prendre forme, au point que Grace assista à la démonstration suivante. Lorsque Penn la rejoignit à 16 heures, elle était conquise par l'art verrier !

Comme convenu, il la reconduisit à Newquay. Ils s'arrêtèrent en chemin pour qu'elle récupère son sac de voyage chez sa grand-mère. Il ne se contenta pas de la déposer devant l'entrée de la gare, mais l'accompagna jusqu'au quai. Une attention à laquelle Grace ne resta pas insensible. Après cette magnifique journée, elle aurait détesté des adieux bâclés.

— Je te remercie de ta visite. J'y suis très sensible. Il y a longtemps que je n'avais pas passé d'aussi bons moments… surtout cette escapade dans les champs.

— Nous pourrions recommencer un de ces jours… Je te promets que je ne m'emporterai pas.

En songeant à la façon dont elle avait réagi, elle se sentit de nouveau submergée par la honte. Il lui sourit.

— Entre toi et moi, j'ai aussi apprécié cette petite passe d'armes, car elle nous a permis de mettre les choses au point et de mieux nous connaître.

— Dans ce cas, ce sera ton tour de t'énerver la prochaine fois. Pour ma part, je me chargerai du pique-nique !

— Marché conclu, répondit-il en riant. On se voit vendredi dans le train, comme d'habitude ? Même heure, mêmes places ?

— J'y compte bien ! Merci pour cette excellente journée. Je comprends mieux, maintenant, pourquoi tu as décidé de reprendre la verrerie créée par ton père. C'est un endroit charmant et captivant, et ton équipe est très sympathique. Elle a beaucoup de respect pour toi... non pas parce que tu es un lord, mais pour tout ce que tu fais.

À l'expression de son visage, elle constata que ce dernier commentaire l'avait particulièrement touché. Dans un élan de spontanéité, elle se hissa sur la pointe des pieds et déposa un baiser sur sa joue.

Ce fut comme si un déclic s'était produit. Comme si, après tous ces regards furtifs et ces sourires hésitants échangés, leur relation franchissait un cap décisif. Penn tourna la tête et leurs bouches se frôlèrent. Grace eut alors la confirmation que le trouble et le désir qui avaient peu à peu grandi en elle au cours de ces dernières semaines étaient partagés. Leurs attentes mutuelles dépassaient désormais le cadre de la simple amitié.

Ce fut lui qui s'écarta le premier.

— Je suis désolé. C'était présomptueux de ma part.

— Pourquoi ? s'enquit-elle, déçue. Ta réaction a-t-elle un quelconque rapport avec cette histoire de titre de noblesse et de château ?

Elle imaginait que non, mais préférait en avoir le cœur net. Toujours cette peur qu'avait imprimée en elle sa triste expérience avec Jeremy...

— Absolument aucun.

Et comme pour le lui prouver, il l'attira contre lui et s'empara de ses lèvres. Le baiser fut tendre et langoureux, et se serait sans doute prolongé si l'arrivée du train ne l'avait pas interrompu. Les jambes légèrement flageolantes, Grace battit en retraite et ramassa son sac de voyage abandonné sur le quai.

— À vendredi, dit-elle.

— Oui, à vendredi, répondit-il avec une soudaine solennité.

Tandis qu'elle remontait la travée centrale pour rejoindre son siège, elle le vit porter ses doigts à ses lèvres, comme s'il voulait s'assurer qu'il n'avait pas rêvé. Elle s'assit et, alors que le train commençait à s'ébranler, elle plaqua sa paume contre la vitre, en signe d'au revoir, mais aussi de complicité. Leurs regards restèrent soudés l'un à l'autre jusqu'à ce que le train s'éloigne et que Penn devienne une silhouette, seule sur le quai désormais désert.

Durant la première partie du trajet qui lui parut interminable, elle se tortura l'esprit, se demandant si ce baiser était la meilleure chose qui lui soit arrivée depuis longtemps, ou la pire erreur qu'elle ait jamais commise. Durant la seconde, elle conclut que non, il ne s'agissait pas d'un moment d'égarement.

Cette initiative était sans doute prématurée compte tenu des raisons qui les incitaient respectivement à la prudence. Il leur restait encore tant à découvrir sur l'autre. En revanche, Grace ne regrettait rien. Même si elle avait conscience de courir un risque non négligeable, elle se sentait étonnamment prête à relever le défi.

De retour de la gare de Newquay, Penn éprouva une émotion particulière à la vue de la verrerie d'art. Une réaction qui n'était pas étrangère à la visite de Grace, mais qui tenait aussi au fait qu'ici, il se sentait chez lui et accepté. Il participa activement au rangement du site, où régnait un joyeux désordre après cette journée portes ouvertes, ce qui lui permit aussi de ne pas trop penser à ce qui s'était passé sur le quai, peu avant le départ du train pour Londres.

Il s'avérait de plus en plus difficile d'ignorer les sentiments que suscitait en lui cette ravissante kinésithérapeute qu'il n'était pas loin de considérer comme la femme idéale. Car Grace n'était pas seulement belle physiquement, elle l'était aussi de l'intérieur. Intelligente, empathique, gaie et pleine d'humour : elle avait tout pour lui plaire. Elle semblait s'intéresser uniquement à qui il était, et non à ce qu'il représentait. Cependant, il savait que son titre, son château et, surtout, leur différence de statut social, constituaient des obstacles. Être un aristocrate fortuné dans le monde d'aujourd'hui vous classait à part, et Penn souhaitait protéger Grace contre le regard pas toujours indulgent des autres.

D'autant qu'elle avait déjà été blessée par le passé, maltraitée et trahie par un homme à qui elle avait ouvert son cœur. Elle en conservait une cicatrice profonde, une peur viscérale de l'engagement. Rien que d'y penser, Penn sentait une rage sourde l'envahir.

Ce baiser avait ouvert des vannes qu'il croyait fermées à tout jamais après son dernier véritable échec sentimental. Certes, il avait eu lieu au mauvais endroit et au mauvais moment, mais il lui avait donné un avant-goût de ce que Grace et lui pourraient devenir l'un pour l'autre… à supposer qu'elle en ait autant envie que lui.

Il prit le dernier train pour Londres et dormit pendant la quasi-totalité du trajet. Puis, requinqué par une bonne nuit de sommeil, il se rendit à l'hôpital le lendemain matin avec un regain d'optimisme.

Un peu plus tard dans la journée, il reçut un SMS de Grace l'informant qu'April avait rencontré sa consœur et que la consultation s'était bien passée. Ce sujet fit l'objet de plusieurs messages puis, selon un accord tacite, ils n'eurent plus besoin de prétextes pour s'écrire et échangèrent des nouvelles quotidiennement, ce qui apporta un peu de gaieté et de douceur dans une semaine par ailleurs tendue sur le plan professionnel.

Enfin, vendredi arriva, et c'est le cœur plus léger que Penn se rendit à la gare, en fin d'après-midi. Il avait dix minutes d'avance, mais quand il monta dans le train, il constata que Grace l'avait devancé. Elle était assise dans « leur » carré avec, sur la petite table devant elle, un cappuccino et un croissant aux amandes. Il ne put s'empêcher d'admirer son visage dont les traits délicats lui parurent particulièrement détendus pour une fin de semaine.

En le voyant, elle se leva et l'embrassa sur la joue avec un naturel désarmant qui le prit de court et, lorsqu'elle poussa vers lui un petit sac en papier contenant un café et un autre croissant aux amandes, leurs doigts se frôlèrent sans qu'aucun des deux ne songe à les retirer précipitamment.

— Tu as passé une bonne semaine ? s'enquit-il pour la forme étant donné que Grace lui avait déjà raconté pas mal de choses.

— Excellente.

— Raconte-moi. Cela me fera du bien d'entendre des bonnes nouvelles.

— Qu'y a-t-il, Penn ? demanda-t-elle d'une voix inquiète.

— Disons simplement que certains jours sont meilleurs que d'autres.

L'expression de la jeune femme s'assombrit.

— Je vois. Tu n'as pas envie de m'en parler.

Elle croisa les bras et attendit. Il sut alors qu'il ne pourrait pas s'esquiver. Exprimer ses faiblesses ou ses états d'âme ne vous valait souvent rien de bon – il en avait fait l'amère expérience –, mais il avait une totale confiance en Grace.

— L'intervention chirurgicale d'hier a été assez éprouvante.

— L'opération s'est bien déroulée, j'espère ?

— Oui, très bien.

Il revit en pensée la minuscule forme allongée sur la table et, de nouveau, son estomac se noua.

— Alors, quel est le problème ?

— La patiente a tout juste quatre ans. Encore une victime d'un accident de la route. Elle présentait de multiples fractures aux jambes et à la main, dont certaines complexes. J'ai travaillé en tandem avec le spécialiste de la chirurgie de la main, ce qui n'est pas toujours simple.

— Pour limiter la durée de l'anesthésie ?

— Oui. Nous n'avons pas pu, non plus, tout réparer d'un

coup et avons dû établir des priorités afin de ne pas imposer un stress trop important à un corps si jeune.

Grace tendit le bras par-dessus la tablette qui les séparait, lui prit la main et la serra dans la sienne. Il lui sut gré de ce geste.

— Comment s'appelle-t-elle ?

— Sophie. Sa mère a été blessée, elle aussi, lors de l'accident, moins gravement. Elle est hospitalisée, mais je pense que nous la laisserons sortir lundi ou mardi prochain. Quant au père, il m'impressionne par son courage. Il ne quitte le chevet de Sophie que pour se rendre auprès de son épouse et lui donner des nouvelles de leur enfant. La fillette va s'en sortir. Cependant, elle devra subir une seconde intervention chirurgicale, ce qui est traumatisant à son âge, et son complet rétablissement prendra du temps.

— Tu peux néanmoins être fier de toi. Cette famille a de la chance d'être tombée sur un professionnel de ton acabit qui, en plus, se soucie sincèrement du bien-être physique *et* moral de ses patients. Pour toi aussi, il s'agit d'une épreuve.

— C'est inhérent à mon métier.

— Oui. Il n'empêche qu'il faut savoir décompresser pour rester au top de sa forme.

— Que crois-tu que je fais en ce moment même ?

En le disant, Penn réalisa combien la compagnie et la faculté d'écoute de la jeune femme le réconfortaient. Il prit aussi conscience que s'il s'imposait un certain détachement émotionnel au bloc opératoire, il était encore capable d'éprouver de la compassion pour ses patients. Il n'était pas devenu un automate froid et distant, comme beaucoup trop de ses confrères.

Grace lui répondit par un sourire radieux et il sentit son pouls s'accélérer.

— Maintenant, changeons de sujet, d'accord ? Raconte-moi ta soirée d'hier avec ton amie.

Grace était allée au cinéma avec Mia. Le film policier ne méritait pas un Oscar, mais il était divertissant. Elle résuma l'intrigue à Penn qui l'écouta avec attention, sans chercher à l'interrompre.

— Ce qui m'a surtout plu, ajouta-t-elle en guise de conclusion, c'est le décor. Le tournage a eu lieu dans un vieux manoir du Yorkshire. Une demeure très imposante. Enfin, je suis sûre que tu comprends ce que je veux dire.

Elle le vit se rembrunir. C'était la première fois qu'elle se permettait une allusion plus ou moins directe à son rang social et son patrimoine, et elle craignit d'être allée trop loin. De toute évidence, elle avait touché une corde sensible. Néanmoins, il se reprit aussitôt.

— Tout à fait. Plusieurs crimes se sont produits au château des Trejowan, répliqua-t-il sur le ton de la plaisanterie. Voilà pourquoi j'évite d'y mettre les pieds et, a fortiori, d'y passer la nuit ! Je me sens bien plus en sécurité à la verrerie !

En son for intérieur, Grace se demanda s'il l'inviterait un jour à visiter le château. Elle n'y attachait pas une importance démesurée, mais elle avait envie d'en savoir plus sur le passé de Penn et sur son environnement familial.

— Dans ton message d'hier, j'ai eu l'impression que cette sortie avec Mia te stressait un peu.

— Pour être honnête, elle ne figurait pas à mon planning et a bousculé mon emploi du temps. J'avais prévu du ménage et du repassage, avoua-t-elle, honteuse de l'image peu glamour qu'elle renvoyait d'elle-même. Tant pis ! Cela attendra la semaine prochaine.

— Je devrais t'envoyer ma gouvernante ! s'exclama Penn en riant. Elle serait ravie. Elle ne cesse de se plaindre que je ne salis pas assez, que je ne mange pas assez souvent chez moi et que je ne mets pas assez de désordre. L'autre jour, elle m'a même menacé de rendre son tablier.

Une gouvernante ?

Ce brusque rappel de leur différence de standing fit à Grace l'effet d'une douche froide. Penn se comportait avec une telle simplicité, elle se sentait si proche de lui, qu'elle en avait presque oublié qu'il possédait une maison à Holland Park, l'un des quartiers les plus huppés de Londres.

De nouveau, elle mesura le gouffre qui les séparait et le risque de dépendance que cela représentait si jamais ils devenaient plus que des amis.

Elle en était là de ses pensées quand son téléphone portable vibra avec insistance dans sa poche. Le nom qui s'affichait à l'écran lui causa une soudaine bouffée d'angoisse.

— Excuse-moi, murmura-t-elle, la gorge serrée. Il faut que je réponde, c'est ma sœur…

8.

Grace s'était levée et avait gagné la plate-forme de la voiture pour répondre à sa sœur. Durant tout le temps que dura la conversation téléphonique, Penn se reprocha l'impair qu'il venait de commettre, tentant d'en mesurer les conséquences sur leur relation. Qu'est-ce qui lui avait pris de mentionner le fait qu'il avait une gouvernante à son service ? Il avait remarqué que l'expression de la jeune femme s'était soudain assombrie.

Lorsque Grace revint, elle était pâle et une ride d'inquiétude barrait son front. Sans un mot, elle s'assit en face de lui et posa son téléphone sur la tablette. N'osant la questionner, il respecta son silence, feignant de ne pas voir que son beau regard était plus brillant que d'habitude, comme embué de larmes. Au bout de quelques minutes qui lui parurent une éternité, elle se décida à parler.

— C'est ma grand-mère, annonça-t-elle d'une voix étranglée. Il faut attendre le résultat de la radio, mais il semble qu'elle se soit fracturé le col du fémur.

— À la suite d'une chute ?

— Oui. Ma cousine se trouvait chez elle. Elle était partie à la cuisine pour préparer du thé, laissant Granny devant son jeu télévisé. Ma grand-mère a voulu la rejoindre pour lui dire quelque chose et elle est tombée.

— Est-elle hospitalisée ?

— Oui. Les secours l'ont conduite au centre hospitalier de Truro. Ma cousine a téléphoné à ma sœur de là-bas et lui a demandé de me prévenir.

— Cet établissement a une excellente réputation. Le personnel s'occupera bien d'elle, déclara-t-il pour la rassurer, conscient qu'en l'absence de nouvelles plus précises, Grace devait être sur des charbons ardents.

— Oui… Oui, tu as raison, murmura la jeune femme d'un ton peu convaincu.

D'un geste nerveux, elle plia sa serviette en papier en quatre, puis encore en quatre, et l'enfonça dans son gobelet vide. Elle fit de même avec la sienne, avant de fourrer le tout dans le sac en papier qu'elle froissa jusqu'à le réduire en boule. Quand il la vit sortir un mouchoir en papier de son sac à main et entreprendre d'ôter les deux ou trois miettes de croissant oubliées sur la petite table, Penn jugea bon d'intervenir.

— Je crois que c'est assez propre comme ça, dit-il d'une voix douce en posant sa main sur la sienne.

— Tu sais comme moi que, pour une personne âgée, ce genre de fracture, en apparence bénigne, représente un risque non négligeable.

— Oui, je sais. Perte de motricité, d'où une perte d'autonomie, sans oublier d'éventuels troubles cognitifs du fait de l'anesthésie. En revanche, de par ton métier, tu es à même de poser les bonnes questions au corps médical et de décider en toute connaissance de cause de ce qu'il convient de faire par la suite.

Elle hocha la tête.

— La convalescence prendra plus de temps et exigera davantage de patience que pour un sujet plus jeune, mais là encore, tu sauras prendre les dispositions adéquates pour que sa rééducation se passe dans les meilleures conditions et soit la plus efficace possible.

— Sauf qu'il ne s'agit pas d'une patiente comme les autres, mais d'un membre de ma famille.

— Je comprends. Cependant, pourquoi envisager le pire ? D'après ce que tu m'as raconté, ta grand-mère a toute sa tête et, me semble-t-il, une volonté de fer. Elle aura à cœur de remonter la pente, j'en suis sûr.

— Puisses-tu dire vrai ! Je me sens tellement impuissante, coincée dans ce train.

— Une fois sur place, tes réflexes professionnels reprendront le dessus et tu t'imposeras le recul nécessaire pour évaluer la situation d'un point de vue strictement médical. Où dois-tu retrouver ta sœur ?

— À l'hôpital où j'ai promis de la rejoindre au plus vite. Pour des raisons de proximité géographique, Jessica est le contact officiellement responsable en cas d'accident ou de souci de santé grave de Granny. Néanmoins, elle me consulte systématiquement. Ils ne feront sans doute rien ce soir. Ils vont se contenter de stabiliser ma grand-mère et de procéder à quelques tests.

— À mon avis, l'intervention chirurgicale n'aura pas lieu avant demain. Je vais te conduire à l'hôpital.

— Mais…

Il s'attendait à ce qu'elle émette une objection, mais il était déterminé à passer outre.

— J'ai laissé ma voiture dans un garage, juste à côté de la gare de Newquay, et je vais dans la direction de Truro de toute façon. Alors, je ne vois pas où est le problème. Et puis, cette histoire me concerne aussi, en tant que chirurgien orthopédiste… et en tant qu'ami.

Elle poussa un soupir de lassitude.

— D'accord. Merci. Si tu peux juste rester un petit quart d'heure pour répondre à nos questions et nous expliquer, ce serait super.

— Avec plaisir. D'ici là, je te propose de profiter du reste du trajet pour essayer de nous détendre. Nous pourrions peut-être aller au wagon-restaurant pour grignoter quelque chose, car la soirée promet d'être longue.

Grace accepta en insistant pour l'inviter. Il songea que, se sentant redevable envers lui, elle tenait à compenser. Toujours ce fichu réflexe comptable que son ex lui avait mis dans la tête. Il lui faudrait du temps pour s'en débarrasser.

Grace rappela sa sœur pour l'en informer. Quand elle raccrocha, elle avait retrouvé son beau sourire.

— Jessica m'a demandé si je t'avais trouvé dans le train. Je lui ai répondu que non.

— *Stricto sensu*, c'est pourtant le cas ! s'exclama Penn, amusé.

— Exact. Cependant, elle n'a pas besoin de le savoir. Je ne voudrais pas qu'elle s'imagine que j'ai exploré toute la rame à la recherche d'un chirurgien orthopédiste en vue de le kidnapper.

L'idée d'être « kidnappé » par Grace ne lui déplaisait pas tant que ça, mais il se garda de lui en faire part.

Le train arriva pile à l'heure à la gare de Newquay, et le trajet jusqu'à l'hôpital de Truro ne prit qu'une vingtaine de minutes. Penn se retrouva dans la salle d'attente du service d'orthopédie où il fut présenté à trois jeunes femmes dont le lien de parenté avec Grace ne laissait place à aucun doute.

Jessica avait son sourire, Mags, sa cousine, ses yeux verts, et son autre cousine, Carrie, ses boucles d'un blond clair. À elle seule, Grace possédait le charme et la séduction des trois réunies, avec ce petit truc indéfinissable en plus que Penn ne pouvait qualifier, mais qui faisait qu'il n'avait d'yeux que pour elle.

— J'aurais dû la surveiller de plus près, dit Mags.

— Cela aurait pu arriver à n'importe laquelle d'entre nous, répondit Carrie en la prenant dans ses bras pour la consoler.

Penn voulut à son tour la réconforter.

— S'agissant de personnes âgées, la relation de cause à effet s'inverse parfois. Il arrive qu'une fracture du col du fémur se produise spontanément, l'os étant fragilisé par l'ostéoporose. Le cas échéant, c'est la fracture qui provoque la chute, et non le contraire.

— C'est exact, renchérit Grace. D'autant que Granny présente une forte diminution de sa densité osseuse. Par ailleurs, ni toi, ni nous, ne pouvons l'avoir à l'œil vingt-quatre heures sur vingt-quatre, sept jours sur sept, et on ne peut tout de même pas l'empêcher de bouger. Il est important qu'elle continue à se déplacer et à conserver un tant soit peu d'indépendance. Sa santé physique, mais aussi morale, en dépend.

— Nous avons rencontré le médecin de garde, annonça Jessica en sortant une feuille de sa poche. Nous n'avons pas compris tout ce qu'il nous a dit. En revanche, Carrie lui a posé des questions et j'ai écrit ses réponses.

Penn ne put réprimer un sourire.

— J'aimerais que les familles de mes patients soient aussi bien organisées que vous l'êtes !

— Nous le devons à Grace. C'est elle qui a eu l'idée que nous nous répartissions les différentes tâches et responsabilités en fonction de nos domaines de compétences et emplois du temps respectifs.

— Nous avons de la chance de nous entendre aussi bien, murmura Grace, et de partager le même objectif : veiller au bien-être de notre grand-mère.

Elle prit le papier des mains de sa sœur et la remit à Penn. A priori, il venait d'être coopté par le petit groupe, puisqu'une mission lui était dévolue. Il parcourut rapidement les notes de Jessica.

— Grace est à même de vous expliquer tous ces points.

— En tant que chirurgien orthopédiste, je pense que tu auras une meilleure appréciation que moi de la gravité de la situation et de ce qu'il convient de faire.

Il jeta un coup d'œil à la jeune femme. Elle paraissait soudain très lasse.

— Entendu. La radio a confirmé le diagnostic initial. Il s'agit bien d'une fracture du col du fémur. Selon l'endroit précis où celle-ci se trouve, et selon que le sang circule plus ou moins bien au niveau du haut du fémur, le chirurgien a trois possibilités : un remplacement complet de la hanche, un remplacement partiel, ou la stabilisation à l'aide d'une plaque en métal en attendant que l'os se reconstitue… C'est bien « hémiarthroplastie » qui est inscrit ici, Jessica ?

La jeune femme le lui confirma.

— Je ne suis pas sûre de l'orthographe. A priori, c'est ce qu'il envisage de faire.

— Il eut été plus simple de parler d'une prothèse partielle de la hanche. L'opération consiste à ne remplacer que la tête fémorale. C'est idiot d'employer des termes savants que les proches du patient, déjà stressés par les événements, ne comprennent pas. Je vais vous décrire les différentes étapes de l'intervention…

Au cours de la demi-heure qui suivit, il répondit point par point à chacune des interrogations des trois jeunes femmes, en prenant soin de laisser de côté le jargon médical.

— C'est beaucoup plus clair, maintenant, déclara finalement Carrie. Merci pour ces explications.

Elle sortit un sachet de son sac besace.

— J'ai apporté des caramels, faits maison bien sûr. J'ai pensé qu'une douceur nous remonterait le moral. Je suis désolée, Penn, j'ai oublié de vous demander si vous aviez dîné. Vous devez mourir de faim. J'ai aussi confectionné des biscuits cet après-midi…

Elle plongea de nouveau la main dans son sac et en sortit un paquet enveloppé dans du papier d'aluminium qu'elle tendit à Penn.

Celui-ci commença par refuser poliment mais, devant la mine déconfite de la jeune femme, il changea d'avis.

— Tout bien réfléchi, j'en prendrais volontiers.

— Vous ont-ils informées de ce qu'il allait se passer demain ? s'enquit Grace.

— A priori, ils garderont Granny sous surveillance cette nuit et, selon son état de santé général, ils envisagent de l'opérer demain.

— Une excellente chose. Les interventions chirurgicales rapides donnent souvent de meilleurs résultats.

Grace approuva d'un hochement de tête.

— Penn a raison. Notre grand-mère étant en assez bonne condition physique pour son âge, l'opération aura vraisemblablement lieu demain. Je reviendrai à l'hôpital à 8 heures pour essayer d'en savoir plus et je vous tiendrai tous informés.

— Tu t'installes chez Granny ? demanda Jessica. Tu peux venir à la maison si tu veux, mais comme tu le sais, Tintagel n'est pas la porte à côté !

— Ou tu peux partager mon canapé-lit avec Mags, proposa Carrie, avant d'ajouter à l'intention de sa sœur qui ouvrait la bouche pour protester. Il n'y a pas de « mais ». Tu as eu ton lot d'émotions pour la journée, et il est hors de question que tu rentres dormir chez toi toute seule.

— Merci à toutes les deux, mais je pense qu'il sera plus pratique pour moi de rester chez Granny. Tu pourrais m'y déposer, Jess ?

— Bien sûr. L'infirmière m'a dit de passer la voir avant de partir. J'y vais.

Tout le monde semblait d'accord, mais cette solution ne plaisait guère à Penn. Grace serait certainement très bien chez sa grand-mère, mais elle aurait sans doute du mal à dormir dans ce lieu qui lui rappelait tant de souvenirs. Or, la verrerie ne se trouvait qu'à quelques kilomètres de Truro…

Jessica s'éloignait en direction de la salle des infirmières, tandis que Mags et Carrie avaient décidé de se rendre aux toilettes. Il se retrouvait donc seul avec Grace pour quelques minutes. C'était maintenant ou jamais.

— Tu ferais sans doute mieux de passer la nuit chez moi. Le cottage a une chambre d'amis, et c'est bien plus près de l'hôpital.

— Merci. Toutefois, la verrerie est en rase campagne. De chez ma grand-mère, il y a un bus qui m'emmène dans le centre de Newquay. De là, une correspondance me conduira à Truro.

À son sourire embarrassé, il eut la nette impression qu'il s'agissait d'une excuse pour refuser son invitation.

— J'ai pensé que ce pourrait être sinistre de te retrouver seule chez ta grand-mère.

— Ne t'inquiète pas. Tu en as déjà fait beaucoup pour nous, et je te remercie sincèrement de ton soutien.

— Permets-moi d'insister.

— Non, désolée, Penn, répondit la jeune femme.

Sa voix trahissait une grande tristesse, et il eut soudain honte de sa propre attitude. De quel droit lui mettait-il la pression, surtout dans de telles circonstances ?

— C'est à moi de m'excuser, pas à toi. Je voulais juste me rendre utile, pas te causer une source de stress supplémentaire.

Leur échange s'interrompit avec le retour de Jessica.

— Il paraît que Granny dort comme un bébé, annonça-t-elle, tout sourire.

— Donc tout va bien, conclut Grace.

Penn songea qu'elle affichait un optimisme un peu forcé pour rassurer sa sœur. Elle savait aussi bien que lui qu'on avait administré une forte dose d'analgésiques à la vieille dame pour lui éviter de souffrir, et probablement un sédatif pour la nuit.

— L'équipe médicale prendra sa décision demain matin au sujet de l'opération. De toute façon, cela n'aura pas lieu avant 9 heures au plus tôt.

— Je serai donc là à 9 heures et, dès que j'aurai des informations, je vous tiendrai au courant.

— Entendu. Il ne se passera plus rien ce soir. Je t'emmène chez Granny ?

Penn vit Grace hésiter et il sentit l'espoir renaître.

— À vrai dire, Penn me propose de m'héberger pour la nuit. La verrerie est assez proche de l'hôpital, et…

— Excellente idée ! Ce sera beaucoup plus sympa que de te retrouver seule chez Granny. Merci infiniment, Penn. Grâce à vos explications, j'ai le sentiment de mieux appréhender la situation.

Elle lui adressa un sourire, le même que celui de sa sœur aînée à ceci près qu'il n'avait pas sur lui un effet euphorisant…

— Je vous en prie. Si vous avez d'autres questions, n'hésitez pas à m'appeler. Grace a mon numéro de téléphone.

— Et maintenant, partez tous les deux. Je vais attendre Carrie et Mags pour leur faire part des dernières nouvelles.

Elle avait encore mal réagi vis-à-vis de Penn, et Grace s'en voulait. Il n'avait rien de commun avec Jeremy, il n'agissait pas par égoïsme, mais par gentillesse, et n'avait pas essayé de lui imposer quoi que ce soit. Elle allait devoir tourner la page définitivement, reléguer son échec sentimental au rang des ratés inhérents à la vie, car ressasser ces mauvais souvenirs, c'était donner encore trop d'importance à Jeremy, le laisser influer sur le cours de son existence. Il fallait qu'elle sorte ce type de sa tête une bonne fois pour toutes. Et, étonnamment, elle se sentait maintenant prête.

Elle ne se déroba pas lorsque Penn lui prit le bras pour la guider jusqu'à sa voiture garée sur le parking de l'hôpital. Ce contact l'apaisait. Au fond d'elle, elle avait la conviction que cet homme ne chercherait jamais à profiter de ses fragilités.

Tandis qu'ils remontaient l'allée menant à la verrerie, Grace constata que la grille était fermée et qu'une lumière brillait dans la grange.

— Quelqu'un travaille jusqu'à une heure bien tardive.

— C'est le gardien. Mon père affirmait, à raison, que sa seule présence suffisait à dissuader les rôdeurs d'entrer. D'autant qu'il a la réputation de ne pas être toujours commode ! Le site est isolé et, depuis la mort de mon père, il est désert la nuit, durant la semaine, mais jusqu'à présent, nous n'avons eu à déplorer aucune intrusion nocturne.

Ils s'arrêtèrent, et Grace sursauta quand un faisceau de lumière se braqua soudain sur leurs visages, les aveuglant. Penn baissa sa vitre.

— Bonsoir, Arthur.

— Bonsoir, Penn. Je viens de terminer ma deuxième ronde. Rien à signaler.

Surgi de nulle part, l'homme, une armoire à glace, tenait une lampe torche extrêmement puissante. Il actionna une télécommande et la grille s'ouvrit comme par magie.

Penn alla garer son véhicule sur un emplacement privé, situé à côté des deux cottages. Il éteignit le moteur et se tourna vers elle.

— Arthur a fait ses classes dans la police. Il est avare de mots et de sourires, mais d'une fiabilité à toute épreuve. Avec lui, tu n'as rien à craindre, tu peux dormir sur tes deux oreilles.

Elle eut l'impression que ce qu'il lui signifiait, en réalité, c'est qu'elle n'avait rien à redouter de lui.

— Je ne serais pas là si j'avais le moindre doute quant à ma sécurité... J'ai tendance à me montrer un peu sur la défensive, parfois, j'en ai conscience.

— Tu as des raisons de l'être. Tu as été blessée.

— Oui, mais jamais par toi.

Elle vit son beau regard bleu briller dans l'obscurité et, l'espace d'un instant, elle crut qu'il allait se pencher pour l'embrasser. Si tel avait été le cas, elle n'aurait rien fait pour l'en empêcher. Cependant, Penn était trop *gentleman* pour se comporter de la sorte.

Il sortit de l'habitacle, prit leurs deux bagages dans le coffre et la précéda jusqu'au cottage où il s'était installé.

— Fais attention aux branches. Certaines sont épineuses. Ces buissons fleuris protègent mon intimité, mais ils sont un peu envahissants. À chaque fois, je me dis que je les taillerai le week-end suivant, mais je ne trouve jamais le temps de mettre ce projet à exécution.

L'intérieur était agréable et confortable, mais manquait un peu de décoration.

— Tu crois que tu vas réussir à te reposer, cette nuit ?

Grace avait les paupières lourdes et consulta discrètement sa montre. Il était presque minuit.

— À mon avis, cela ne devrait pas poser de problème. Toutes ces émotions m'ont exténuée.

Elle le suivit à l'étage.

— Voici ta chambre. La mienne se trouve à l'autre bout du couloir. Entre les deux, tu as la salle de bains. Fais comme chez toi.

Elle étouffa un bâillement.

— Merci, Penn. Merci pour tout. Bonne nuit.

9.

Elle s'était glissée sous la couette et avait passé en revue tout ce qui pouvait mal tourner dans le cas d'une hémiarthroplastie, puis elle avait réfléchi aux soins et aux encouragements à prodiguer par la suite afin que Granny retrouve sa motricité, aux exercices qu'elle recommanderait en pareille circonstance et à la meilleure façon de s'y prendre pour s'assurer discrètement que le kinésithérapeute qui s'occuperait de sa grand-mère connaissait les dernières techniques en vigueur.

Et voilà que soudain, elle se réveillait en sursaut dans une chambre baignée par la lumière du soleil, et découvrait Penn debout à côté du lit, une tasse de café fumant à la main.

— Quelle… Quelle heure est-il ?

Elle jeta un coup d'œil en direction de son réveil de voyage qu'elle avait posé la veille au soir sur la table de nuit, mais il n'y était plus.

Penn se baissa pour le ramasser par terre et le remit à sa place.

— Presque 8 h 30.

Grace sentit la panique l'envahir.

— Bon sang, je vais être en retard !

— Non, ne t'inquiète pas. Quinze minutes pour te doucher et t'habiller pendant que je te préparerai un petit déjeuner à emporter, et quinze minutes pour nous rendre à Truro. Nous serons pile à l'heure.

Nous ?

Le pire, c'est qu'elle ne pouvait pas objecter car, sans lui, elle ne serait jamais à 9 heures à l'hôpital ! Dépitée, elle s'adossa de nouveau contre les oreillers et ferma les yeux.

— Hé ! Je ne quitterai pas cette pièce tant que tu ne te seras pas levée.

— L'alarme n'a pas sonné ?

— Si. Je l'ai entendue à 6 h 30, et puis plus rien. Tu as dû l'éteindre machinalement ou balayé le réveil d'un revers de main. Allez, debout !

Grace soupira et quitta à regret le confort douillet du lit. Elle vit alors le visage de Penn se fendre d'un grand sourire amusé.

— Qu'y a-t-il ?

— Rien. J'aime bien ces éléphants roses sur ton pyjama, lança-t-il d'un ton goguenard.

Elle lui jeta un regard noir, et il tourna les talons en riant.

Vingt minutes plus tard, douchée et habillée, elle le retrouvait dans le vestibule. Fidèle à sa parole, il tenait un sac en papier – sans doute son petit déjeuner – dans une main, et ses clés de voiture dans l'autre. Dix minutes plus tard, il se garait sur le parking de l'hôpital et, à 9 heures précises, Grace se trouvait à l'accueil du service d'orthopédie.

Une infirmière ne tarda pas à se présenter et l'informa que sa grand-mère avait passé une bonne nuit et qu'une décision serait prise quant à l'opération dans le courant de la matinée. Les visites ne commençant pas avant 10 heures, Grace envoya un SMS à Jessica pour la tenir au courant et se rendit dans la salle d'attente. Elle y retrouva Penn qui croquait à pleines dents dans une pomme rouge.

Même ainsi, il était irrésistible. Seul l'épuisement pouvait expliquer qu'elle ait réussi à dormir sous le même toit qu'un homme aussi sexy sans que des pensées érotiques la tiennent éveillée !

À son entrée, il sortit une autre pomme du sac en papier et la lui tendit.

— Alors, quelles sont les nouvelles ?

— A priori, la nuit a été calme. J'en déduis qu'elle a eu droit à une bonne dose d'analgésique.

— Oui, et c'est aussi bien ainsi. Elle t'a dit s'ils l'opéraient aujourd'hui ou non ?

— Ils le décideront ce matin, en fonction de son état, mais quand exactement, je l'ignore. L'infirmière m'a laissé néanmoins entendre que l'intervention aurait certainement lieu cet après-midi.

— Parfait. C'est amusant, les infirmières semblent toujours au courant de ce genre de choses avant même que le chirurgien ait eu le temps d'examiner le patient ! À quel moment pourras-tu voir ta grand-mère ?

— À partir de 10 heures. Pour l'instant, ils finissent de distribuer les petits déjeuners et d'administrer les médicaments.

— C'est étrange, n'est-ce pas, de se retrouver dans la position des visiteurs qui attendent des nouvelles, alors que d'habitude, nous portons la blouse blanche ?

— Oui, cela me procure une drôle d'impression. Généralement, je me concentre sur mes patients et ne m'intéresse guère à leurs proches. Tu sais ce que m'a demandé l'infirmière tout à l'heure ? Si, *moi*, j'allais bien !

— C'est l'un des premiers enseignements que j'ai retenus lors de mes études de médecine. Car les aidants, comme ta sœur, tes cousines et toi, jouent un rôle essentiel, parfois ingrat, dans le processus de convalescence, et il convient de leur prêter attention.

— Oui, tu as raison. D'ailleurs, c'est gentil de me tenir compagnie, mais n'as-tu pas mieux à faire aujourd'hui ? Je sais que tes week-ends sont très occupés, et Jessica me rejoint dans une heure.

— Je peux rester encore un moment. C'est vous deux qui êtes de garde auprès de votre grand-mère aujourd'hui ?

— Oui.

Hier soir, Grace s'était demandé ce qu'il avait pensé de sa sœur et de ses cousines.

— Vous formez une équipe sacrément soudée et efficace, toutes les quatre.

— Nous nous y efforçons en tout cas. S'organiser n'est pas toujours facile. Jessica a des enfants en âge de scolarité et habite assez loin. Son mari s'en occupe durant son absence, à savoir deux jours par semaine. Carrie élève seule son fils et ne peut donc rester dormir chez Granny. En revanche, elle se charge des courses et des repas.

— Ta grand-mère a de la chance, car elle a l'air plutôt douée en cuisine.

— Exact ! Un vrai cordon-bleu. Quant à Mags, elle est célibataire et travaille chez elle. Elle conçoit des sites Internet. De ce fait, elle a un planning plus souple, qui lui permet de passer du temps avec Granny durant la semaine. Et moi, j'y vais tous les week-ends, de sorte que ma sœur et mes cousines puissent faire un *break*.

— Et ton *break* à toi, c'est quand ?

— Pendant la semaine.

— Je vois que nous avons la même définition de ce mot, dit-il sur le ton de la plaisanterie. À ce propos, je devrais sans doute aller « faire un *break* » à la verrerie.

Il hésita un bref instant avant de poser la question que Grace espérait, malgré elle.

— Ne serait-ce pas plus pratique pour toi de dormir de nouveau au cottage ? Le cas échéant, sache que tu es la bienvenue.

La raison lui soufflait de refuser. Elle risquait de devenir accro au sentiment de sécurité et de sérénité qu'elle avait éprouvé la nuit dernière chez Penn, et cela l'effrayait. Cependant, ce réflexe de défense prouverait qu'elle n'avait pas encore surmonté la débâcle de son histoire avec Jeremy. Or, depuis sa rencontre avec Penn, elle se sentait plus forte, comme réparée, prête à clore définitivement ce chapitre douloureux de sa vie… ou du moins à essayer.

— Avec plaisir, à condition que cela ne te dérange pas. Je vais sans doute rester à l'hôpital toute la journée, mais je peux aller faire des courses pour le dîner. Je demanderai à Jessica de me déposer.

— Ne te donne pas cette peine. En général, tu sais, je me contente de commander un plat à emporter.

— En ce qui me concerne, j'en ai un peu assez de ce genre de nourriture. J'aimerais bien nous cuisiner quelque chose… enfin, si tu ne redoutes pas trop mes talents culinaires.

Il éclata de rire.

— Au contraire, j'ai hâte de les découvrir !

La perspective de revoir Penn le soir lui mit du baume au cœur toute la journée et l'aida à surmonter le stress. Il lui avait demandé de le tenir informé des événements, et elle ne manqua pas de lui téléphoner quand sa grand-mère fut emmenée au bloc opératoire à midi. L'intervention chirurgicale se déroula au mieux, à en croire l'équipe médicale. Grace profita de ce que Jessica tenait compagnie à leur grand-mère pour se rendre dans le centre de Truro et acheter de quoi préparer le dîner.

Après un dernier baiser à la vieille dame, elles prirent le chemin de la verrerie, Jessica ayant accepté de l'y conduire.

— Alors, comme ça, tu cuisines pour lui ?

Grace fit mine de ne pas remarquer le regard entendu que lui lança sa sœur

— C'est la moindre des choses, puisqu'il a la gentillesse de m'héberger.

— Qui sait où ce genre d'initiative peut mener ? Justin et moi, cela nous conduit souvent sous la couette !

— Il ne t'est jamais venu à l'esprit que l'on pouvait partager un bon repas pour le simple plaisir de la discussion ?

Jessica était une incorrigible romantique et ne supportait pas de voir sa sœur aînée se complaire dans son célibat. Cela dit, elle formait avec son mari un couple épanoui.

— Tu pourrais plus mal tomber, poursuivit-elle, manifestement peu convaincue. Lord Trejowan…

Grace sursauta.

— Comment l'as-tu appris ?

— J'ai parlé de lui à Justin, hier soir… en des termes élogieux, je veux le préciser. Ce nom ne lui était pas inconnu, alors nous avons cherché sur Internet.

Grace commençait à comprendre ce à quoi Penn se trouvait confronté.

— Tu n'en as pas parlé à Carrie et à Mags, j'espère.

— Bien sûr que non ! Je suis capable de tenir ma langue, figure-toi !

— Garde ça pour toi, d'accord ? Penn préfère être connu en tant que chirurgien, et rien d'autre.

Jessica hocha la tête.

— Pas de problème. Je me doute que porter un tel titre et posséder un château… À propos, tu l'as vu le château ?

— Jess, *s'il te plaît* !

— Très bien, je comprends ! s'exclama-t-elle en riant. C'est un homme bien, et c'est tout ce qui compte. Et son physique ne gâche rien !

Grace ne pouvait pas le nier…

Lorsqu'elles parvinrent à la verrerie, elle attendit que sa sœur ait fait demi-tour et se soit éloignée pour s'approcher des grilles, fermées à cette heure-ci.

— Bonsoir, mademoiselle Chapman. Je vous ouvre et je viens vous aider à porter vos sacs.

Il devait y avoir une caméra de contrôle car elle n'avait même pas eu le temps d'appuyer sur le bouton de l'Interphone. La grille s'ouvrit et un homme vint au-devant d'elle.

— Bonsoir, je m'appelle Arthur.

— Et moi, Grace. Penn m'a dit que vous étiez un ancien policier.

— Affirmatif. Vingt-cinq ans de bons et loyaux services dans la police. Étant trop jeune pour prendre ma retraite, j'ai fondé avec deux collègues une société de gardiennage. Travailler la nuit me convient. Cela me laisse du temps pour profiter de mes petits-enfants durant la journée, quand ils ne sont pas à l'école.

Avant qu'elle ait pu protester, il lui prit ses sacs de provisions, puis l'escorta jusqu'à la petite barrière délimitant le jardin privé du cottage.

— Je m'arrête là, déclara-t-il en lui rendant ses courses. Penn a besoin d'un peu d'intimité.

Charmante attention, d'autant que Penn n'avait guère de moments libres.

— Merci, Arthur. Bon courage pour cette nuit.

— Je vous en prie. Bonne nuit à vous.

Grace prit le temps d'admirer le jardin à l'anglaise où poussait une profusion de fleurs et de plantes. Il avait un charme fou, mais aurait effectivement mérité une légère taille. Elle remontait l'allée quand la porte d'entrée s'ouvrit, et Penn apparut sur le seuil. Elle eut alors l'impression aussi étrange qu'absurde de rentrer à la maison.

La journée avait été fatigante, surtout après une nuit où il n'avait quasiment pas fermé l'œil, guettant le moindre bruit qui lui eût laissé supposer que Grace ne dormait pas non plus et avait besoin de réconfort. Quel genre de réconfort aurait-il pu lui prodiguer ? Penn n'y avait pas vraiment réfléchi, car il était déterminé à ne pas envahir l'espace de son invitée. La prendre dans ses bras et la serrer contre lui ne s'inscrivaient donc pas au programme. Pourtant, ce n'était pas l'envie qui lui en avait manqué ce matin, en la voyant dans son pyjama à éléphants roses…

Il avait passé la majeure partie de la matinée à inventorier les stocks afin d'identifier les modèles à produire la semaine suivante. Il s'était ensuite réfugié dans son bureau où, au lieu de s'installer à sa table de travail comme il en avait eu l'intention, il s'était étendu sur le long canapé en cuir, seule concession au confort dans cette décoration spartiate voulue par son père. Ce dernier l'avait avant tout utilisé pour y faire la sieste certains jours où il avait passé la nuit à créer.

Rassuré sur le sort de la grand-mère de Grace avec laquelle il avait eu un long échange téléphonique, Penn s'était assoupi et avait dormi à poings fermés pendant trois heures. Il avait ensuite emporté au cottage les documents comptables qu'il devait examiner, en attendant l'arrivée de la jeune femme.

Il la suivit dans la cuisine et la regarda déballer les provisions destinées à la confection du dîner. Elle avait même pensé à acheter une bouteille de lait qu'elle rangea dans le réfrigérateur, par ailleurs vide. Quand Grace entrait quelque part, c'était comme une bouffée d'air frais qui s'engouffrait dans la pièce.

— Comment va ta grand-mère ? s'enquit-il.

— Granny a bien réagi à l'anesthésie. Elle a mis du temps à émerger, mais elle nous a reconnues, Jessica et moi. Et nous avons réussi à la convaincre de boire un peu d'eau.

— Parfait. Tu y retournes demain, j'imagine ?

— Oui, seulement le matin, parce que Carrie et Mags iront l'après-midi et qu'il ne faut pas la fatiguer. Et toi, comment s'est passée ta journée ?

— Bien occupée, comme d'habitude, répondit Penn, omettant à dessein de mentionner sa longue sieste. Nous avons reçu la visite de nombreuses personnes ayant entendu parler du succès de la journée portes ouvertes. La semaine prochaine promet d'être laborieuse pour satisfaire la demande. Nous sommes quasiment en rupture de stock sur pas mal de modèles.

— Super ! Il n'y a rien de tel que le bouche-à-oreille pour faire décoller le chiffre d'affaires.

Bien qu'il ne partage pas totalement l'optimisme de Grace, il lui en sut gré.

— À condition que nous sachions faire face, car nous ne produisons pas à la chaîne. Au sein d'une même référence, chaque pièce est unique.

— Vous y arriverez, j'en suis sûre.

— Ta confiance m'honore ! Tu retournes à Londres demain soir ?

Peut-être pourraient-ils rentrer ensemble en voiture…

— Je n'ai pas encore décidé. Tout dépendra de l'état de Granny. J'ai téléphoné à ma cheffe de service pour l'informer de la situation, et elle m'a proposé de prendre une semaine de congé exceptionnel pour raisons familiales. Néanmoins, j'hésite. Mes patients comptent aussi sur moi. Qu'en penses-tu ?

— Profite de cette opportunité.

— C'est ce que tu ferais à ma place.

Il se devait d'être honnête avec elle.

— Non, sans doute pas. Tout comme toi, je me sentirais

tiraillé entre deux priorités et j'essaierais de mener les deux de front. En revanche, personne n'a le don d'ubiquité, et tu y laisserais ta santé, ce qui ne bénéficierait ni à ta grand-mère, ni à ta patientèle.

— Merci pour ta franchise.

Elle lui sourit, et il se sentit fondre. Une idée lui vint à l'esprit.

— Puis-je te suggérer une autre solution ? Mon bureau est équipé d'un système de vidéoconférence qui te permettrait de suivre tes clients à distance et allégerait la charge de travail supplémentaire pour tes collègues du fait de ton absence.

À son grand soulagement, Grace ne rejeta pas d'emblée sa suggestion.

— Je pourrais donc venir à la verrerie pendant la journée et me servir de cet équipement ?

— Pourquoi ne resterais-tu pas tout simplement au cottage ? Cela te ferait gagner beaucoup de temps et d'énergie. Je ne serai pas là mais, comme tu le sais, Arthur veillera à ta sécurité la nuit. Je te prêterai volontiers ma voiture, ce qui te permettra de te rendre facilement à l'hôpital. Il suffit que tu me déposes à la gare demain soir. Peut-être même trouveras-tu le temps de profiter du soleil ou d'aller te promener.

Il avait l'impression de marcher sur des œufs. Il commençait à la connaître, et à se montrer trop généreux, il risquait de la braquer.

Elle le dévisagea avec insistance, comme si elle cherchait à lire en lui.

— Cela me semble… trop beau pour être vrai, murmura-t-elle.

— Et tu réfléchis à tout un tas de raisons pour lesquelles tu devrais refuser.

— Cite-m'en une ou deux ? lança-t-elle sur le ton du défi.

— *Primo*, tu as l'habitude de te débrouiller par tes propres moyens et ton amour-propre t'interdit d'opter pour la solution de facilité. *Secundo*, tu es encore marquée par cette histoire de réciprocité et tu te croirais redevable, ce que je comprends. En revanche, je ne désespère pas de te convaincre qu'il n'est pas dans ma nature de tenir ce genre de comptabilité.

Elle réfléchit quelques secondes et lui adressa une moue moqueuse.

— Je te propose un marché. Si j'accepte de renoncer à mes sacro-saints principes, *pour cette fois*, tu t'engages en contrepartie à me faire visiter ton château le week-end prochain.

Penn sentit poindre une angoisse familière. *Et si le caractère impressionnant de cette demeure détournait Grace de lui, comme beaucoup d'autres avant elle ?* Il ne le supporterait pas.

— Tu as vraiment envie d'y aller ? demanda-t-il d'une voix étranglée.

— Oui, *vraiment*.

— Marché conclu, s'entendit-il finalement répondre. Mais attends-toi à voir un pont-levis, une herse, des tourelles et des remparts.

— Chouette ! Et des fantômes aussi ?

— Quelques-uns.

Elle ne croyait pas si bien dire !

10.

La semaine avait certes été éprouvante sur le plan émotionnel, mais dans l'ensemble, plutôt positive et assez productive. Granny récupérait des forces et avait même réussi à faire quelques pas. Néanmoins, il avait été finalement décidé qu'elle effectuerait un séjour dans un centre de rééducation avant de rentrer chez elle. Comme toutes les décisions délicates, celle-ci n'avait pas été facile à prendre, et Grace avait dû batailler ferme pour convaincre sa sœur et ses cousines, et parvenir à un consensus.

Penn avait vu juste. Sa présence s'était révélée indispensable. Quant au système de vidéoconférence, il avait remporté un franc succès auprès des patients, surtout ceux nécessitant un simple suivi de leurs progrès et quelques conseils pour poursuivre dans la voie de l'amélioration. L'assistant de Penn lui avait montré comment fonctionnaient la caméra et l'écran immense qui occupait une moitié de pan de mur.

Par ailleurs, Grace avait très bien dormi, ce qui n'était plus le cas depuis longtemps, dans un lit confortable et avec la fenêtre entrouverte pour profiter de l'air sain de la campagne. Elle s'était promenée plusieurs fois et s'était invitée à l'atelier pour observer Phil tandis qu'il donnait vie à ses superbes dauphins en verre. Enfin, elle avait quasiment mené à bien un projet d'une autre nature qui, espérait-elle, ferait plaisir à Penn.

Il lui avait téléphoné pour la prévenir qu'il prendrait le train habituel et, fidèle à sa parole, lui proposer de visiter le château le samedi après-midi, si elle était disponible.

Le vendredi soir, Grace se rendit à la gare de Newquay pour aller chercher Penn qui arrivait à 22 heures. La perspective de voir apparaître sa silhouette la remplissait d'impatience. Quand il s'installa sur le siège passager, un grand sourire aux lèvres, elle sentit son cœur bondir dans sa poitrine.

— Suis-je en retard ?

— Non, pile à l'heure. Le train avait quatre minutes d'avance sur l'horaire prévu.

— J'en déduis que tu as fait un bon voyage.

Elle démarra le moteur et se concentra sur la manœuvre pour quitter le parking afin de résister à la tentation de l'embrasser.

— Long et ennuyeux. Pour tuer le temps, j'ai dû me résoudre à lire ça de la première à la dernière page.

Il lui montra le magazine qu'il tenait roulé dans sa main. Il s'agissait de la revue médicale qu'ils avaient tous les deux lors de leur première rencontre, il y avait un mois de cela. Un mois seulement ? Il s'était passé tant d'événements durant ce laps de temps !

— Des articles intéressants ?

— Oui, notamment celui de la page 27.

Il n'avait pas oublié. Grace aussi se souvenait presque mot pour mot de leur première conversation.

— Il faudra que je t'emprunte ton exemplaire. Le mien m'attend à Londres.

— Je te le prêterai volontiers. Alors, comment s'est passée ta semaine ?

— Granny a bien réagi à l'intervention chirurgicale. Elle sortira de l'hôpital dans un jour ou deux, pour aller dans un centre de rééducation. Cela n'a pas été une décision facile.

— J'imagine. Néanmoins, à son âge, c'est la meilleure solution.

— Je le pense aussi… contrairement à Jessica, Carrie et Mags. Selon elles, nous aurions pu nous occuper nous-mêmes de notre grand-mère. Et, bien entendu, Granny souhaitait rentrer chez elle, et elle a été très déçue. Heureusement, j'ai reçu le soutien de son médecin. Il estime, comme moi, qu'elle progressera plus vite en bénéficiant d'un encadrement professionnel.

— Tu as bien fait d'insister. Les patients n'ont souvent qu'une envie, quasi obsessionnelle : que la situation redevienne comme avant.

— Tu as raison. Sur le plan pratique, avec Granny prise en charge à l'hôpital, la semaine a été moins stressante pour chacune d'entre nous. Je me suis efforcée de mettre ma culpabilité de côté pour arrêter une décision, en fonction de considérations strictement médicales. Ensuite, j'ai eu toutes les peines du monde à persuader ma sœur et mes cousines du bien-fondé de mon raisonnement, dans l'intérêt de notre grand-mère. Puis, quand j'ai annoncé la nouvelle à Granny…

Elle s'interrompit pour déglutir et réprimer un sanglot.

— Quand je lui ai annoncé la nouvelle, elle a pleuré.

— Cela a dû être une fichue épreuve pour toi.

— Nous en avons discuté ensemble, et elle a fini par se calmer. Je lui ai dit que j'étais allée visiter le centre, que chaque patient y avait une chambre individuelle, qu'il y avait un jardin ravissant et qu'une coiffeuse venait tous les mercredis après-midi. Un argument décisif pour elle.

— Et que penses-tu du système de vidéoconférence ? s'enquit Penn, avec une délicatesse dont elle lui sut gré.

Il avait perçu son émotion et souhaitait lui épargner l'humiliation de fondre en larmes devant lui.

— Génial. Cet équipement a impressionné tout le monde, même ma cheffe de service.

— Tant mieux. Et côté loisirs ?

— J'en ai aussi bien profité.

Prendre du temps pour elle avait amené Grace à réfléchir à certains aspects de sa vie. Mais elle préférait aborder ce sujet à un moment où elle ne conduirait pas.

— Et toi, ta semaine ?

— Bien occupée. Je n'ai pas beaucoup eu l'occasion de souffler. En revanche, la bonne nouvelle, c'est que Sophie commence à se rétablir.

— Tu es allé la voir ?

Bien qu'il se prétende pragmatique avant tout, Penn faisait preuve d'une grande humanité, dans son métier comme dans sa sphère privée. Elle avait pu le constater à plusieurs reprises.

— Oui. Je lui ai apporté l'une des orchidées de Phoebe pour décorer sa chambre.

— Quelle charmante attention ! Elle l'a aimée ?

— Adorée. Phoebe aussi était ravie quand je l'en ai informée par téléphone. Elle pense même que nous devrions avoir ce genre d'initiatives plus souvent.

Ils étaient arrivés à la verrerie. Grace arrêta la voiture, baissa sa vitre et agita la main en direction de la caméra. Le projecteur s'alluma, et la voix d'Arthur retentit dans l'Interphone tandis que la grille s'ouvrait.

— Grace, entrez, ma chère !

En passant devant la grange où le poste de surveillance avait été aménagé, elle adressa un second salut au gardien de nuit.

— *Ma chère* ? répéta Penn d'un ton amusé. Arthur est sous le charme, on dirait ! Moi, il ne m'a jamais appelé « mon cher » !

— Sans doute parce que tu ne lui as jamais préparé des cupcakes.

— Ah, je vois ! répondit-il en riant. Le four a fonctionné sans problème ?

— Aucun. Il est même très performant. À propos, une étiquette était restée collée à l'intérieur. J'en ai donc déduit que tu ne l'avais pas encore utilisé.

— C'est vrai, je l'avoue. Je me sers du micro-ondes.

Elle gara le véhicule devant le cottage et s'apprêtait à éteindre le moteur, et donc les phares, quand Penn retint son geste.

— Grace, il ne fallait pas !

Elle perçut une certaine tension dans son ton.

— Tu as dit que... Désolée, j'ai cru bien faire. J'adore jardiner.

Un soir où la température était douce, elle avait entrepris de désherber les plates-bandes. Le lendemain soir, encouragée par le résultat, elle s'était armée d'un sécateur et avait taillé les rosiers et les buissons fleuris dont les branches gênaient l'accès à la porte d'entrée.

— Rien ne t'y obligeait. Néanmoins, merci. Le résultat est très réussi.

Il lui sourit, et elle sentit son cœur s'emballer dans sa poitrine.

— C'était la moindre des choses, étant donné que tu m'as hébergée chez toi en ton absence, prêté ta voiture pour que je puisse me déplacer et que tu as mis ton bureau à ma disposition.

— OK, j'accepte, mais rappelle-toi : pas de comptes entre nous !

Elle n'avait pas agi dans cet esprit. Elle voulait simplement lui rendre service, sachant que même le week-end, son planning s'avérait chargé.

Le temps qu'elle coupe le moteur et libère sa ceinture de sécurité, Penn était descendu de voiture et, en *gentleman* accompli, lui avait ouvert sa portière. Elle sortit à son tour. En cette douce nuit d'été, le parfum des fleurs embaumait l'air. Une émotion étrange s'empara de Grace.

— Penn, tu veux bien me prendre dans tes bras, s'il te plaît ? s'entendit-elle chuchoter.

Il l'enlaça par la taille, et elle se colla contre lui.

— Merci, murmura-t-elle simplement.

— Que se passe-t-il, Grace ?

— Cette semaine, je me suis livrée à un petit travail d'introspection et j'en suis arrivée à la conclusion qu'il fallait que je cesse de ne penser qu'aux autres pour m'intéresser un peu à ma personne, à mes propres envies.

— Sage décision… que je ferai bien de m'appliquer aussi à moi-même, ajouta-t-il avec un rire désabusé. Si tu pouvais m'expliquer le cheminement intellectuel qui t'a conduite à cette conclusion, je t'en serais éternellement reconnaissant.

— Je crains, hélas, qu'il n'y ait pas de recette universelle et qu'il s'agisse d'une démarche personnelle.

Elle frémit en sentant la caresse de ses lèvres contre sa joue. Un baiser discret, pudique, intime. Puis, dans une sorte d'accord tacite, ils s'écartèrent l'un de l'autre, comme s'ils redoutaient d'atteindre le point de non-retour. Grace comprit, au regard de Penn, qu'il partageait sa frustration.

— Je t'ai gardé quelques cupcakes au cas où tu aurais faim.

— Ouf ! J'avais peur que tu les aies tous offerts à Arthur !

Malgré la perspective peu réjouissante de la visite au château, Penn dormit à poings fermés et lorsqu'il s'éveilla, il éprouva une sorte de paix intérieure. Il se sentait chez lui au cottage et la présence de Grace lui faisait un bien fou.

Force était de constater qu'il s'était créé un lien fort entre la jeune femme et lui. Ils partageaient leurs pensées et leurs craintes, s'encourageaient mutuellement. Il attendait leurs rencontres avec impatience, et Grace semblait aussi heureuse en sa compagnie. Le sexe n'était pas tout dans la vie… même s'il y songeait de plus en plus souvent. Toutefois, il saurait patienter jusqu'à ce que la situation s'y prête.

Grace était déjà partie à l'hôpital quand il se leva, mais il découvrit sur la porte du réfrigérateur un mot l'informant qu'elle rentrerait vers midi, ce qui signifiait implicitement qu'il lui fallait être prêt psychologiquement à s'acquitter de sa part du marché à cette heure-là. Au cours d'une semaine très occupée, il avait relégué ce projet dans un coin de sa tête. À présent, il devait faire face et franchir cette épreuve. Sinon, Grace serait affreusement déçue, et la confiance qu'elle lui témoignait s'en ressentirait.

Après un petit déjeuner vite expédié, il rejoignit l'atelier, qui tournait déjà à plein régime. Stimulée par le succès de la journée portes ouvertes, toute l'équipe s'activait pour reconstituer les stocks, mis à mal par les ventes exceptionnelles du lundi précédent.

— Un coup de main serait le bienvenu ! lança Phoebe à son intention.

Penn avait l'habitude de rendre des services aux maîtres verriers. Adolescent, il le faisait déjà pour son père, apportant tel outil ou portant tel carton, et il aimait participer, dans la mesure de ses moyens, au processus de fabrication.

— Bien sûr, répondit-il aussitôt en enfilant un tablier et des gants de protection, et en mettant une visière de sécurité. Que puis-je faire pour toi ?

— T'occuper de recuire ces pièces, s'il te plaît.

Phoebe débordait d'énergie, ce matin, et quand elle était dans cet état, personne n'était plus rapide qu'elle. Le rythme plus mesuré de Phil se retrouvait dans les courbes fluides et subtiles de ses créations. La vitalité de Phoebe contribuait à insuffler de la vie à ses orchidées.

Penn transporta avec précaution les fleurs en verre au four de recuisson, où elles seraient refroidies à une température constante afin de se solidifier. L'opération consistant à les enfourner nécessitait une grande habileté, dextérité qu'il avait apprise à force de travailler avec son père.

Au bout d'une heure, il imposa une pause. Il appréciait la motivation de son équipe, mais la sécurité passait avant tout. Or, il avait remarqué qu'un verrier récemment recruté avait tendance à se précipiter. Il s'en ouvrit à Phil qui partageait son diagnostic.

— Tu as raison. Néanmoins, Andy a du talent. Il a ce petit quelque chose en plus qui fait les grands maîtres verriers.

— En revanche, il fait trop vite.

— C'est vrai. Son précédent employeur ne jurait que par la productivité.

— Pour autant, il doit respecter les règles de sécurité, même si cela ralentit un peu le processus. Je ne le laisserai pas s'exposer, ni exposer ses collègues à un quelconque danger.

— Je vais lui en toucher deux mots. Tu restes ici toute la journée ?

— À vrai dire, j'ai prévu de m'absenter cet après-midi.

— Ah, OK. Il n'y a rien d'urgent. Je voulais juste discuter de ton offre avec toi.

Phil était le patron incontesté à l'atelier. Chacun le savait, et l'acceptait. Aussi, Penn lui avait-il proposé de régulariser la situation en lui donnant un titre qui officialise ses responsabilités et une augmentation de salaire en conséquence.

— Tu y as réfléchi ?

— J'en ai longuement parlé avec Jeannie. Finalement, je ne serais pas contre le fait d'avoir un peu plus d'autorité afin d'introduire quelques changements dans nos méthodes.

L'épouse de Phil était l'élément pragmatique du couple. Contrairement à son artiste de mari qui ne se préoccupait guère des aspects matériels, elle avait les pieds bien sur terre.

— Dois-je comprendre que tu acceptes ?

— Avant de prendre une décision définitive, je souhaiterais que nous abordions en détail les différents points.

— Tu ne viens pas demain, j'imagine.

— Non, c'est l'anniversaire de Jeannie, et elle m'a fait promettre de ne pas travailler. Nous verrons cela samedi prochain, ou celui d'après.

— Entendu.

Lorsque Grace le rejoignit à l'atelier avec une demi-heure d'avance, Penn fut ébloui. Elle resplendissait littéralement dans cette robe sans manches dont la coupe mettait en valeur l'harmonie de sa silhouette et dont la jupe évasée accentuait la finesse de sa taille.

— Jolie robe, se contenta-t-il de commenter sobrement.

Le compliment parut la ravir.

— Merci. Elle appartenait à Jessica. Elle me l'a prêtée et, trouvant qu'elle m'allait mieux qu'à elle, elle m'a dit de la garder. Je n'apporte pas beaucoup de vêtements quand je viens en Cornouailles, le week-end, je la soupçonne d'en avoir assez de me voir toujours habillée en pantalon. D'autant que je n'avais pas prévu de rester une semaine complète !

— Exact. Alors, comment s'est passée ta matinée ?

— Très bien. Carrie, qui était la plus réticente à l'idée de placer Granny dans une maison de convalescence, s'est renseignée auprès d'une amie dont la mère, Edna, est allée dans l'établissement en question après un accident de voiture, et elle lui en a dit grand bien. Or, il se trouve qu'Edna connaît bien ma grand-mère. Elle a eu la gentillesse de lui rendre visite à l'hôpital ce matin, de sorte que les deux femmes ont pu en discuter entre elles. Et maintenant Granny est convaincue. Elle pense qu'il s'agit de la meilleure solution pour elle, comme pour nous.

Grace s'interrompit subitement et plaqua la main contre sa bouche. Penn se retourna pour identifier la cause de cette frayeur soudaine, mais il se garda d'intervenir, Phil ayant pris les devants.

— Je t'ai déjà dit de prendre ton temps, mec ! gronda Phoebe qui s'était écartée pour éviter de recevoir un des éclats de verre incandescents désormais éparpillés sur le sol en béton.

— Je suis désolé, marmonna Andy qui n'en menait pas large. Je voulais tenir la cadence par rapport à toi.

— Phoebe a nettement plus d'expérience que toi, et elle travaille à une allure confortable pour elle, déclara Phil. Toi, tu as encore beaucoup à apprendre et s'il y a une chose que tu ne dois jamais perdre de vue, ce sont les règles de sécurité. Nous savons tous que le verre impose son propre rythme, ajouta-t-il, s'adressant cette fois à l'ensemble de l'équipe. Il ne sert à rien de le brusquer. Aussi, malgré la nécessité de reconstituer les stocks, si je constate en fin de journée que l'un de vous a produit plus que d'habitude, je flanquerai les pièces supplémentaires au grésil !

Grace se pencha vers Penn.

— C'est quoi le grésil ? lui chuchota-t-elle à l'oreille.

— Les déchets de verre. Le cauchemar des verriers.

Andy s'excusa de nouveau et accepta avec gratitude la suggestion de Phil de travailler en binôme avec lui jusqu'à la fin de la journée.

— Cet incident va-t-il t'obliger à rester ici ? s'enquit-elle, une pointe de déception dans le ton.

Penn n'hésita qu'une demi-seconde. Il brûlait d'envie de passer du temps seul avec elle, et Phil n'avait pas besoin de lui pour contrôler la situation. Grace succomberait-elle au charme de la forteresse ? Il l'ignorait, mais mieux valait en avoir le cœur net sans tarder. Car c'était devenu une certitude : il commençait à devenir sérieusement amoureux de cette ravissante jeune femme.

— Non. J'ai mieux à faire, répondit-il.

11.

Penn se rendit au cottage pour se rafraîchir et troquer son polo contre une chemise, puis il retrouva Grace sur le parking. Elle patientait au soleil, près de la voiture.

— Je constate que tu t'es mis sur ton trente et un ! Suis-je censée porter un diadème ?

Il n'y avait aucune méchanceté dans son ton, juste de l'amusement, mais Penn sentit les mauvais souvenirs remonter à la surface.

— Inutile, répliqua-t-il un peu trop sèchement.

Il prit la direction du sud et de la côte. Grace ne parla guère durant le trajet. Peut-être avait-elle perçu que sa plaisanterie, bien qu'inoffensive, l'avait blessé, ou partageait-elle sa nervosité. Elle avait réagi vivement en apprenant qu'il possédait un titre et un château.

Ils franchirent la crête de la dernière colline et la forteresse apparut dans toute sa splendeur, en contrebas. Accrochée au versant, elle dominait la mer. C'était généralement là que les cars de touristes s'arrêtaient, et Penn se demanda s'il devait faire halte. Ce point de vue panoramique offrait une perspective d'ensemble sur l'imposant édifice avec ses cinq tours rondes reliées par d'épaisses murailles crénelées cernant la pelouse centrale.

— Oh ! s'exclama Grace, son regard exprimant soudain une émotion qu'il ne put déchiffrer. C'est… monumental.

— Alors, qu'en penses-tu ?

— Honnêtement, je ne sais pas. Je ne m'attendais pas à ça.

— À quoi t'attendais-tu ?

— Sans doute à quelque chose de moins impressionnant… C'en est presque angoissant.

— Je comprends. Cette demeure m'a toujours un peu angoissé moi-même.

Elle posa sa main sur la sienne et la pressa.

— Dans ce cas, prenons-la d'assaut ensemble, lança-t-elle sur un ton désinvolte.

Sa réaction lui mit du baume au cœur. Après tout, cette visite ne serait peut-être pas un total fiasco.

— Oui, tu as raison. L'union fait la force.

Il redémarra et emprunta avec prudence la route qui serpentait jusqu'au château. Lorsqu'ils furent arrivés au pied des remparts, Grace ouvrit sa fenêtre et observa l'enceinte vertigineuse, s'extasia devant les douves tout en déplorant l'absence d'eau et de nénuphars.

— Stop ! Arrête-toi juste une seconde, s'il te plaît, demanda-t-elle quand il engagea la voiture sur le pont qui enjambait le fossé et menait à l'entrée.

Elle sortit du véhicule et se pencha pour examiner le robuste ouvrage en bois.

— Est-ce qu'il monte et descend ? s'enquit-elle en le rejoignant.

Elle avait des étoiles dans les yeux, et il ne put réprimer un sourire devant son émerveillement presque enfantin.

— Plus maintenant. Nous avons bloqué le mécanisme, car le site accueille régulièrement du public, et un pont-levis n'a rien de très pratique.

— Ah bon.

Elle paraissait déçue. Il y avait fort à parier que, sinon, elle lui aurait demandé une démonstration. Il franchit les hautes grilles ouvertes à l'occasion de leur visite et se gara à l'ombre de la muraille.

— Pourquoi est-ce ouvert ? Quelqu'un habite au château ?

— Oui. Nous avons aménagé des logements pour les quelques personnes qui travaillent ici.

— Tu crois qu'elles sont là ?

— Je l'ignore. Peut-être sont-elles parties faire des courses, se promener ou au cinéma. Je n'en ai pas la moindre idée.

— Je n'imagine pas ces gens vivant dans une forteresse médiévale et allant au supermarché pour s'approvisionner.

— C'est pourtant le cas.

Il ouvrit la boîte à gants et en sortit une paire de jumelles.

— Tiens, tu en auras besoin pour admirer le panorama depuis le chemin de ronde.

Ensemble, ils traversèrent la pelouse pour gagner l'aile donnant sur la mer.

— Vous employez des domestiques à plein temps ? s'enquit-elle tandis qu'ils grimpaient l'escalier de pierre en colimaçon permettant d'accéder en haut des remparts.

— Une gouvernante et un jardinier. Mais ils ne logent pas sur place. Ceux que nous hébergeons sont des hôtes de passage. En ce moment, il s'agit du personnel d'un musée qui finit de restaurer l'une des parties les plus anciennes afin d'y installer une exposition permanente. Celle-ci devrait ouvrir ses portes à l'automne prochain.

— Cela couvrira les frais de fonctionnement ?

— Pas vraiment. Mon grand-père a vendu la plupart des terres de la propriété – celles de l'autre côté de la colline – et placé les fonds afin de permettre à ses ayants droit de financer l'entretien des bâtiments.

Une fois parvenue au sommet, Grace sembla subjuguée par la vue qui s'offrait au regard. Malgré la fraîcheur du vent, ils prirent le temps de l'admirer, repérant quelques bateaux qui croisaient au large.

— C'est absolument splendide, murmura la jeune femme, comme se parlant à elle-même.

— Rentrons maintenant. Sinon, tu risques de prendre froid.

Il lui fit ensuite visiter les pièces de réception qui n'avaient guère changé depuis la construction de la forteresse, ôtant de temps à autre les couvertures qui protégeaient les tableaux et le mobilier d'époque. Mais aucun de ces précieux trésors du passé ne parut impressionner Grace autant que le panorama depuis le chemin de ronde ou les quelques fleurs sauvages qui avaient échappé à la tondeuse du jardinier et qu'elle avait immédiatement remarquées quand ils avaient traversé la pelouse.

— Tu m'as montré de superbes espaces inoccupés, mais je me demande où est ta place dans ce décor presque intimidant.

Ils étaient redescendus dans la cour centrale. Penn s'attendait à cette question, beaucoup moins embarrassante maintenant qu'il se sentait plus confiant. Grace ne se laisserait pas aveugler par la majesté de ce lieu. Elle avait manifesté un intérêt poli pour l'intérieur du château, un enthousiasme sincère pour le projet de musée et une admiration réelle pour le panorama du haut des remparts. En revanche, la chaleur de son sourire, c'est à lui qu'elle la réservait.

— J'ai grandi dans cet appartement qui est désormais celui de ma mère, précisa-t-il en indiquant du doigt une succession de fenêtres. Quand elle a estimé que j'avais l'âge d'avoir mes propres quartiers, je me suis installé là.

— Tu habitais dans une tour ?

— Cela n'a jamais été ma résidence principale. Étudiant, j'y venais pendant les vacances. J'y ai aussi passé quelques week-ends. Désormais, comme tu le sais, je séjourne à la verrerie. Tu veux monter prendre une tasse de thé ?

— Volontiers !

Il la précéda dans l'escalier qui desservait les quatre étages. Les deux premiers accueillaient la chambre et le bureau ; le dernier, le salon, lequel bénéficiait de la plus belle vue sur la mer ; et au troisième, la cuisine. C'est là qu'il la conduisit.

À quoi pouvaient bien ressembler des appartements privés dans un château fortifié ? Grace n'en avait pas la moindre idée. Pas plus qu'elle n'avait su à quoi s'attendre en venant ici. Si elle tenait tant à cette visite, c'était que cet endroit correspondait à un pan de sa vie que Penn préférait garder secret, et qu'il se dressait entre eux, telle une barrière ou plutôt un fantôme malveillant.

Durant le trajet, elle avait senti monter une sorte d'anxiété en elle et, en découvrant l'édifice depuis le point de vue panoramique où ils avaient fait une courte halte, une violente envie de fuir l'avait saisie. La force de ne pas céder à cette pulsion, elle l'avait puisée dans le désir de mieux connaître Penn et de chasser la nervosité qu'il ne se donnait même pas la peine de cacher.

La cuisine était spacieuse, entièrement circulaire et d'une propreté immaculée qui montrait que cette pièce, bien que non utilisée, avait droit à un ménage hebdomadaire. La couleur des pierres apparentes mettait en valeur les tons crème des éléments de cuisine et le plan de travail en bois qui dessinait un demi-cercle le long du mur. De l'autre côté se trouvaient un sofa et des étagères de livres. Un îlot central, capable d'accueillir de nombreux convives, complétait l'ameublement. Les rayons du soleil pénétraient à flots par de grandes fenêtres donnant sur la mer.

— C'est très lumineux. Je croyais que les tours des forteresses avaient des fenêtres petites et étroites.

— C'est généralement le cas. Mais celle-ci était une tour de guet. À l'origine des ouvrages en bois masquaient les ouvertures permettant aux gardes de voir sans être vus et de prévenir ainsi toute tentative de siège.

— Merci pour cette petite leçon d'histoire médiévale ! lança Grace en souriant.

— L'édifice a eu une vocation essentiellement militaire jusqu'à la fin du Moyen Âge. À partir de 1485, sous le règne des Tudor, il a aussi servi de lieu de résidence et a bénéficié de nombreuses améliorations pour le rendre plus confortable et agréable à habiter.

— Une dynastie à la pointe du progrès, si je comprends bien !

Son trait d'humour eut l'effet escompté : Penn éclata de rire.

— Pour l'époque, sans aucun doute ! Mais revenons au présent. J'espère que tu bois ton thé sans lait, car j'avoue ne pas avoir pensé à en acheter.

— Ne t'inquiète pas. Un thé nature m'ira très bien.

Il prépara deux tasses, et ils montèrent à l'étage supérieur, aménagé en salon. Celui-ci bénéficiait également de fenêtres étonnamment grandes et livrant un panorama exceptionnel sur la mer. Des fauteuils et un canapé en cuir étaient disposés autour d'une cheminée en pierre, et des étagères chargées de livres et d'objets décoratifs en verre tapissaient le mur circulaire. Une sculpture d'une taille imposante et placée à côté d'une fenêtre retint plus particulièrement l'attention de Grace, qui s'approcha pour examiner de plus près les courbes bleues et blanches.

— C'est magnifique, murmura-t-elle. Je peux la toucher ?

— Elle est faite pour ça, répondit Penn que sa réaction semblait ravir. De toutes les œuvres de mon père, c'était sa préférée. Pourtant, il ne l'a jamais exposée. C'est moi qui l'ai sortie de la remise où il l'avait rangée et qui l'ai installée ici, faute de place suffisante au cottage.

— Excellente initiative ! Une telle création artistique ne mérite pas de rester cachée.

— Mon père serait touché par ton compliment. J'ignore pourquoi il l'a ainsi dissimulée au regard. Cela ne lui ressemblait pas.

Depuis qu'elle était entrée dans le château, Grace surveillait ses propos afin d'éviter de blesser Penn par un commentaire maladroit car elle savait le sujet sensible, et avait conscience de la faveur qu'il lui accordait en l'invitant dans son jardin secret. Là, c'était cependant plus fort qu'elle. Plus elle observait la sculpture, plus l'image de deux corps enlacés s'imposait à son esprit.

— Il n'y a ni tête, ni bras, bien sûr, néanmoins on croirait l'étreinte d'un homme et d'une femme.

Penn la rejoignit et étudia à son tour les formes fluides.

— Je ne l'avais encore jamais considérée sous cet angle, mais je pense que tu as raison. Ce qui expliquerait pourquoi mon père ne tenait pas à ce que des tierces personnes puissent l'admirer.

— Ta mère pourrait peut-être te renseigner.

— J'en doute. De toute façon, si tel était le cas, sa pudeur le lui interdirait. Après leur séparation, mes parents ont conservé des relations amicales, pas comme ces couples qui finissent par se détester avec autant d'ardeur qu'ils se sont aimés… Même quand ils vivaient encore ensemble, leurs rapports étaient si courtois que je me suis toujours demandé comment ils avaient fait pour me concevoir ! ajouta Penn en riant.

— J'espère ne pas avoir gâché ton plaisir en suggérant une connotation érotique.

— Pas du tout, au contraire. Cela me rassure presque, car ce lieu manque cruellement de touches personnelles.

Pourtant, il se détourna de la sculpture pour contempler le paysage marin à travers la vitre. Comme si l'amour et la sensualité qui se dégageaient de cette œuvre créaient en lui une émotion qui le submergeait.

Elle s'enhardit à poser la main sur son épaule.

— Penn, dit-elle avec douceur, pourquoi cet endroit génère-t-il en toi une sorte de ressentiment ?

Il poussa un soupir empreint de tristesse qui lui serra le cœur.

— Lorsque j'étudiais à la faculté de médecine, j'ai invité un groupe de copains au château pendant l'été. Nous avons passé un excellent moment et avons profité au maximum de la plage. À la rentrée universitaire suivante, j'ai eu vent de quelques commentaires. L'un de mes invités a suggéré que je devais mes bons résultats à certains appuis haut placés car, entre aristocrates, on se serre les coudes.

— C'est de la méchanceté gratuite. Chacun sait que, dans le monde actuel, les passe-droits se font de plus en plus rares et qu'on n'obtient pas ce qu'on veut simplement grâce à son réseau de relations.

— Oui et non. Il est étonnant de voir ce que certains sont prêts à t'accorder quand ils apprennent que tu portes le titre de lord. En revanche, tu as entièrement raison sur un point : j'ai travaillé aussi dur que mes condisciples pour décrocher mon diplôme.

— Sur le plan professionnel aussi, j'imagine que ton job ne t'est pas tombé tout cuit dans le bec.

— Parce que j'ai refusé une proposition très intéressante d'une clinique privée quand ma mère m'a avoué qu'elle avait demandé à un ami proche, actionnaire de l'établissement, d'intervenir en ma faveur et de pousser ma candidature. Pour avoir le poste que j'occupe aujourd'hui, j'ai dû faire mes preuves, même si quelques mauvaises langues prétendent le contraire.

Elle comprenait la frustration de Penn. Pour sa part, elle n'avait jamais eu à se soucier de savoir si elle devait sa carrière à un piston, et personne ne remettait en cause ses compétences.

— Laisse-les persifler. Ces insinuations ne sont que de la jalousie. Tu vaux bien plus que ces gens. Ne doute jamais de tes qualités professionnelles… et personnelles. Ce qui compte, c'est qui tu es vraiment, et ta personnalité ne se définit ni par ton titre, ni par cette propriété, aussi imposante soit-elle.

Un voile ternit l'éclat de son regard d'ordinaire d'un bleu si lumineux. Il y avait forcément autre chose. Grace en aurait mis sa main au feu. Elle ne tarda pas à en avoir la confirmation.

— Tout le monde ne réagit pas comme toi… Enfin, passons… C'est de l'histoire ancienne maintenant, et cela n'a plus aucune importance.

— De quoi parles-tu ?

— J'étais amoureux d'une jeune femme, il y a plusieurs années de cela, et au bout de deux ans, je l'ai demandée en mariage. Elle a accepté sans la moindre hésitation et a commencé à tirer des plans sur la comète. Elle se projetait déjà dans le rôle de châtelaine.

— Elle avait de la famille en Cornouailles ?

— Non. Elle était originaire de Londres. Toutefois, dans son esprit, il était inenvisageable de nous installer ailleurs qu'au château. J'ai essayé de la convaincre que la vie ici n'était pas aussi rose qu'elle semblait se l'imaginer, mais elle n'a rien voulu entendre. Pour elle, je devais renoncer à ma carrière de chirurgien et devenir un *gentleman-farmer*. Je n'ai pas cédé, et elle m'a quitté. À l'en croire, tout était ma faute, parce qu'elle était tombée sous le charme de cet endroit dès sa première visite et rêvait d'y habiter.

Pour avoir vécu une situation comparable, Grace savait quel effet cela produisait de se trouver confronté à un ultimatum. Elle aussi avait finalement dit non, mais elle y avait perdu une certaine confiance dans le monde qui l'entourait.

Elle se plaça face à lui et posa la main sur son torse.

— Penn, regarde-moi.

Il plongea son regard dans le sien et elle y vit le doute, mais surtout du désir et de la tendresse. Autant de sentiments qu'elle partageait… Alors, elle ne résista pas quand il glissa son bras autour de sa taille, l'attira contre lui et l'embrassa. Pas un baiser volé sur le quai d'une gare, non, un véritable baiser, à la fois langoureux et torride, qui pourtant n'exigeait rien, et auquel elle répondit avec la même ardeur.

— Je… Je ne voudrais pas te donner l'impression que je brûle les étapes, Grace, mais te sentirais-tu prête à… à envisager… ? demanda-t-il quand ils se furent écartés l'un de l'autre pour reprendre leur souffle.

Il semblait incapable d'aller jusqu'au bout de sa pensée, comme si ces mots qu'elle devinait lui coûtaient, comme s'il redoutait de se voir opposer un refus auquel elle ne songeait pas une seule seconde.

Elle décida donc de l'aider en terminant la phrase à sa place.

— D'envisager de visiter ta chambre ? Oui, Penn, je me sens prête.

Cinq semaines qu'ils s'étaient rencontrés par le plus grand des hasards. Cinq semaines qu'ils veillaient à ne rien laisser paraître de leur attirance mutuelle. La passion, trop longtemps refoulée, l'appel impérieux des sens, avaient vaincu la raison, et Grace se doutait qu'ils s'exprimaient aussi clairement sur son visage que sur celui de Penn en cet instant même.

— En t'amenant ici, je n'avais pas prémédité de…

— Tu n'es pas très doué pour ce genre d'exercice, murmura-t-elle.

— Non, admit-il d'un air contrit. Simplement, il est encore temps de changer d'avis, si tu le souhaites. Sache que je ne t'en tiendrai pas rigueur.

— Merci pour ta délicatesse. Moi aussi, j'ai peur, Penn. Néanmoins, je pense que nous n'avons plus réellement le choix. Alors, s'il te plaît, conduis-moi à ta chambre et fais-moi l'amour. Sinon je vais finir par croire que je ne t'inspire pas !

Le sourire qu'il lui offrit acheva de la rassurer sur ce point.

Il n'y avait plus rien d'hésitant dans sa manière de l'embrasser, ni dans la façon dont il l'entraîna deux étages plus bas et dont il ôta le couvre-lit.

— Accorde-moi une minute… ou plutôt deux. Je suis sûr d'avoir des préservatifs quelque part. En revanche, je ne me rappelle plus trop où je les ai rangés. Et n'en profite pas pour te sauver, hein ?

— Promis ! D'ailleurs, je n'en ai aucune envie. Je patienterai bien sagement… mais dépêche-toi quand même !

Il disparut par une porte, et elle l'entendit ouvrir et fermer des tiroirs en grommelant. Une fois seule, elle examina la pièce. Un mur séparait celle-ci en deux. Il était percé de deux portes menant vraisemblablement, l'une à la salle de bains – c'était celle qu'avait empruntée Penn –, et l'autre à un dressing, car le mobilier de la chambre se résumait à un grand lit et deux tables de chevet. Des rideaux de lin habillaient les fenêtres, contribuant à créer une ambiance douce et intimiste.

Partagée entre la nervosité et l'impatience, Grace sentait son cœur palpiter dans sa poitrine.

Non, elle ne ferait pas machine arrière. Elle n'avait déjà que trop temporisé.

Elle s'assit sur le bord du matelas et ôta ses sandales.

— Attends-moi pour le reste, dit Penn.

Du coin de l'œil, elle le vit glisser discrètement une boîte sous l'oreiller. Elle se leva et s'approcha de lui. Il lui emprisonna la taille tandis qu'elle entreprenait de lui déboutonner sa chemise. Son corps était encore plus viril qu'elle ne l'imaginait. Une fine toison sur le torse, des muscles puissants, mais pas trop saillants, aucune imperfection excepté une cicatrice de brûlure sur l'avant-bras qu'elle caressa du bout du doigt.

— Un souvenir de la verrerie ?

— Non, de la cheminée du salon, ici même, il y a dix ans.

Elle se pencha pour poser ses lèvres sur la peau légèrement rosée. Penn en profita pour faire glisser la fermeture Eclair de sa robe qui tomba en corolle à ses pieds.

— Appendicite ? s'enquit-il en passant le pouce sur la marque encore visible sur son abdomen.

— Oui, quand j'avais treize ans. Granny s'est occupée de moi, et c'est l'unique fois où, pendant un long moment, je n'ai pas pensé aux différentes tâches dont je devais m'acquitter.

— J'espère bien, moi aussi, réussir à te faire oublier tout le reste.

— C'est déjà le cas…

Il était d'une telle douceur, d'une telle délicatesse. Grace sut qu'avec lui, elle ne se trompait pas.

De chuchotements en baisers et de baisers en caresses, la pudeur céda la place à la passion, et quand Penn la pénétra, Grace se cambra, impatiente de prendre autant que de donner. Il se mit à aller et venir en elle, leurs hanches bougeant à l'unisson, tandis que des ondes électriques lui parcouraient le ventre. Puis il s'interrompit, et elle sentit qu'il glissait quelque chose de moelleux sous son bassin, un oreiller sans doute.

— Penn… ?

Il posa un doigt sur ses lèvres et lui sourit.

— Chut ! Ne t'inquiète pas, je ne vais pas te faire mal.

Alors, elle capitula, s'abandonnant aux sensations décuplées que provoquait cette position. À genoux entre ses cuisses, ses mains lui emprisonnant les hanches, il imprimait le rythme.

Complètement offerte, Grace ne s'était jamais sentie autant en accord avec elle-même. Les vagues de plaisir se succédaient, chacune plus forte que la précédente, se répandant dans tout son corps telle une traînée de feu, jusqu'à ce qu'elle n'en puisse plus de se retenir.

— Penn, gémit-elle, haletante.

— Viens, murmura-t-il d'une voix rauque.

Alors, elle céda. Ce fut comme une explosion dans sa tête, dans son corps, et quand Penn la rejoignit, l'orgasme fut si fort que des larmes se formèrent au coin de ses yeux.

Lorsqu'ils eurent tous deux repris leurs esprits, elle se blottit entre ses bras, et sentit une paix étrange l'envahir.

Ils passèrent l'après-midi à se donner mutuellement du plaisir, puis s'assoupirent, épuisés et comblés. Le soleil déclinait déjà à l'horizon quand ils s'éveillèrent.

— Oh zut ! Il est temps d'y aller, n'est-ce pas ?

Grace n'avait pas envie de partir, mais le sentiment omniprésent que quelqu'un avait besoin d'elle commençait à resurgir.

Penn consulta l'heure sur l'écran de son téléphone portable.

— Il n'est pas très tôt, confirma-t-il. Es-tu attendue quelque part demain matin ?

Elle réfléchit rapidement. Les visites à l'hôpital ne commençaient pas avant 10 heures, et ses cousines avaient prévu d'aller voir leur grand-mère.

— Non, pas vraiment.

— Dans ce cas, pourquoi ne pas rester au château ?

— Et si quelqu'un avait besoin de nous ?

— Il nous joindrait sur nos portables. Nous pourrions dîner ici – j'ai d'excellentes bouteilles de vin dans la cave –, y passer la nuit, et ne retourner au cottage que demain midi, après une balade sur la plage. Qu'en penses-tu ?

— Mais personne ne sait où nous sommes, objecta-t-elle pour la forme, car cette perspective l'enchantait.

— C'est justement ça qui est merveilleux, non ?

12.

Penn ne s'était jamais senti aussi heureux qu'au cours de ces dernières vingt-quatre heures. Qu'avait-il préféré ? Le dîner en peignoir dans la cuisine, la douche avec Grace et le contact de ses mains sur sa peau alors qu'elle le savonnait, les moments où, blottis dans le lit, ils échangeaient des confidences à voix basse tandis que la lueur de la lune à travers la fenêtre dessinait des figures mouvantes sur le parquet de la chambre, ou encore ces instants trop brefs où la passion les jetait dans les bras l'un de l'autre avant de les emporter dans un tourbillon de plaisir d'une intensité extraordinaire ? Il n'aurait su le dire.

Autant d'actes d'amour qui, du jour au lendemain, avaient transformé sa vision des choses d'une manière qu'il n'aurait jamais crue possible. Même cette forteresse qui lui avait valu plus de déboires et de déceptions que de bonheur était devenue une sorte de refuge, à l'écart du monde. Et tout cela par la seule présence de Grace.

Ils avaient prolongé leur séjour jusqu'à ce que leurs contraintes respectives les contraignent à partir, mettant un terme à cette parenthèse de pure félicité. Dans la voiture qui les ramenait à la verrerie, Grace s'était empressée de téléphoner à sa sœur pour s'assurer que leur grand-mère allait bien. Elle s'était changée et avait préparé son sac à la hâte tandis qu'il fonçait à son bureau pour récupérer son ordinateur portable et les dossiers qu'il comptait rapporter à Londres pour travailler si son emploi du temps le lui permettait. Ensuite, il avait dû rouler un peu vite pour rejoindre la gare, où ils n'étaient arrivés que cinq minutes avant le départ du train.

À présent, Grace était assise en face de lui, souriante et

détendue. Quelque chose en elle aussi avait changé, comme si un déclic s'était produit, comme si les cinq jours de labeur qui l'attendaient lui pesaient moins qu'avant.

— Alors, que penses-tu de ce week-end ? s'enquit-il, connaissant d'avance sa réponse, mais ayant envie de l'entendre.

— Fabuleux, et riche en événements.

Elle réfléchit quelques secondes avant d'ajouter :

— Comment allons-nous gérer la situation, Penn ?

— Je l'ignore. Néanmoins, puisque nous avons réussi à le faire une fois, il n'y a aucune raison pour que nous ne renouvelions pas l'expérience. Malheureusement, je serai très occupé cette semaine…

— Pas de problème. Moi aussi. En revanche, nous pourrons nous voir le week-end prochain ?

— J'y compte bien ! Rendez-vous dans *notre* train de vendredi soir ?

Elle lui répondit par ce sourire ravissant dont elle avait le secret et, soudain, les difficultés d'organisation ne lui parurent plus des obstacles insurmontables. Ensemble, ils sauraient trouver des solutions pour protéger leur amour naissant tout en assumant leurs multiples obligations.

Courant presque, Grace se fraya péniblement un chemin parmi la foule de passagers qui semblait s'être liguée contre elle pour lui faire rater son train. Son bagage était plus lourd que d'habitude parce qu'elle avait acheté quelques livres pour les offrir à sa grand-mère. Dans la mêlée, elle repéra Penn qui venait au-devant d'elle à grandes enjambées.

— Inutile de nous précipiter, il nous reste dix minutes avant le départ.

— Dans ce cas…

Elle lâcha son sac de voyage et se suspendit à son cou, réclamant un baiser, sans se soucier de la cohue.

Dès qu'ils furent installés à leurs places, ils retrouvèrent cette bulle qu'ils s'étaient créée et qui les isolait du reste du monde.

Leur intimité se prolongea au cottage où ils s'employèrent à rattraper le temps perdu pendant ces cinq longs jours de séparation. Ils passèrent ainsi dix heures merveilleuses, jusqu'à ce qu'il soit l'heure de quitter leur cocon pour se rendre au centre de rééducation dans lequel Granny avait été transférée trois jours plus tôt.

Penn avait tenu à l'accompagner, et Grace éprouvait une certaine nervosité à l'idée que cette visite conjointe allait officialiser leur relation. Car Granny en parlerait à Jessica qui, à son tour, ne manquerait pas de vendre la mèche auprès de leurs parents…

— McIntyre ? répéta Granny, songeuse. Il me semble que ce nom me dit quelque chose.

Grace jeta un regard navré à Penn qui, pourtant, ne parut pas importuné par la remarque.

— Êtes-vous l'un *des McIntyre* ? insista sa grand-mère qui, manifestement, n'avait pas perçu son embarras. Une vieille famille. Elle a habité la région pendant des années. Si je ne me trompe pas, son nom est associé à un autre, mais lequel ? Je ne m'en souviens plus.

Penn sourit.

— Vous avez raison. Tenez, je vous ai apporté un cadeau de la verrerie McIntyre.

Astucieuse diversion.

— Oh ! merci, mon cher, mais il ne fallait pas.

La vieille dame ouvrit la boîte et en sortit l'un des quatre cœurs qui se trouvaient à l'intérieur, soigneusement emballés dans du papier de soie.

— C'est pour décorer la fenêtre, Granny. Bien sûr, tu les remporteras quand tu rentreras à la maison.

— Excellente idée. Ils sont magnifiques et vont égayer cette chambre un peu impersonnelle, bien que très confortable.

— Je laisse à Grace le soin de les suspendre, déclara Penn en se levant.

Sans doute avait-il l'intention de visiter les lieux afin de s'assurer de la qualité des installations.

— Allez-vous jeter un coup d'œil à la salle de gym, mon cher ?

Granny était peut-être fragile et souffrait par moments de pertes de mémoire, mais elle était toujours aussi fine mouche.

— Cela m'intéresserait, en effet, d'y faire un tour. Vous m'accompagnez ?

Grace ne put réprimer un sourire. Penn avait trouvé ce subterfuge pour inciter la vieille dame à marcher et voir comment elle se remettait de son opération, à la fois sur le plan physique et psychologique, de nombreuses personnes âgées manquant d'assurance après une intervention chirurgicale de ce type.

Granny indiqua du doigt les consignes affichées sur la porte. Elles stipulaient qu'un patient ne pouvait sortir de sa chambre sauf s'il était escorté par une infirmière.

— Je pense qu'ils ne vous gronderont pas, car je suis chirurgien orthopédiste.

— Dans ce cas, volontiers.

Elle se leva à son tour et glissa son bras sous celui de Penn.

— Je n'aurais jamais cru qu'un jour, je tiendrais le bras à un lord, murmura-t-elle en adressant un clin d'œil à Grace. La salle de gym se trouve sur la droite, mon cher.

— Je suis désolée, dit Grace tandis qu'ils regagnaient la voiture de Penn, sur le parking du centre de rééducation. J'ignorais que ma grand-mère était au courant.

Il haussa les épaules, comme si cela n'avait aucune importance.

— Ce n'est pas grave. Beaucoup de gens de Cornouailles connaissent mon nom, en raison soit de la verrerie d'art, soit du château. Or, ta grand-mère en sait long sur l'histoire et les traditions locales. Nous avons eu une conversation fort intéressante au sujet des nasses à crabes pendant que tu discutais avec l'infirmière. Elle se rappelle que son père pêchait avec ces pièges en osier.

— Exact. Elle a d'ailleurs une photographie de lui en train d'en tresser un. Je crois même qu'elle a conservé une de ces nasses, quelque part au grenier.

— Vraiment ? Surtout, ne la jetez pas, car c'est devenu une antiquité de nos jours.

— Et que penses-tu de cet établissement ?

— Un excellent choix. Il possède des équipements dernier cri. Les chambres m'ont paru confortables, bien adaptées à des personnes à mobilité réduite, et âgées de surcroît. Le personnel est aux petits soins avec les patients tout en les encourageant à être le plus indépendant possible. Non, vraiment, elle n'aurait pas pu mieux tomber.

— C'est ce que je crois aussi. Granny a l'air de s'y sentir bien et a déjà lié connaissance avec plusieurs voisins et voisines de chambre.

— Elle a aimé les cœurs ?

— Adoré ! C'est très gentil de la part de Phil de les avoir faits. D'autant qu'il préfère les dauphins.

— Peut-être devrait-il suggérer l'idée à Andy, car j'ai trouvé qu'ils rendaient vraiment bien comme décorations de fenêtre, avec la lumière qui filtrait au travers.

— À propos, Phil a-t-il accepté la promotion que tu lui as proposée ?

Penn se mit à rire.

— En réalité, il dirige *déjà* l'atelier. La seule nouveauté dans mon offre, c'est l'augmentation de salaire. Va comprendre ! Il se fait prier, comme si officialiser ses responsabilités le plaçait en porte-à-faux vis-à-vis de ses collègues qui, pourtant, le reconnaissent comme leur chef.

C'était tout Penn d'inciter les personnes à développer leurs compétences sans pour autant les bousculer.

Lorsqu'ils rentrèrent à la verrerie, le parking visiteurs était presque complet. Sachant qu'après une matinée d'absence, Penn souhaiterait s'assurer que tout se passait bien à l'atelier, Grace se rendit directement à la boutique. Emma lui réserva un accueil chaleureux.

— Tout est sous contrôle, annonça-t-elle. J'ai un assistant pour la journée. Phil lui a demandé de me donner un coup de main afin qu'il puisse se former à toutes les étapes, de la fabrication à la vente. J'avoue qu'il se débrouille très bien avec les clients.

D'un mouvement de tête, elle indiqua Andy, en grande conversation avec un couple qui semblait suspendu à ses lèvres.

— Penn sera certainement heureux de l'apprendre.

— Je le lui dirai. Et comment va votre grand-mère ?

— Elle se rétablit plus vite que je ne l'espérais, et elle a beaucoup apprécié les cœurs.

— Moi aussi. J'ai d'ailleurs demandé à Phil s'il accepterait d'en refaire pour moi, et il n'a pas refusé, ce qui, chez lui, est bon signe.

La jeune fille tourna la tête vers la porte que venaient de franchir un homme et une femme, suivis d'un gros chien marchant docilement derrière eux.

— Excusez-moi une minute, Grace.

Elle souhaita la bienvenue aux nouveaux arrivants tout en leur expliquant avec le sourire que les animaux de compagnie n'étaient pas acceptés dans la boutique. La maîtresse eut beau protester, affirmant qu'il était parfaitement éduqué et ne poserait aucun problème, Emma tint bon.

Personne ne semblait avoir remarqué que le chien, qui n'était pas en laisse, en avait profité pour s'éloigner. Il paraissait fasciné par les jeux de lumières colorées qu'émettaient les objets en exposition. Pressentant une catastrophe imminente, Grace s'avança, mais avant qu'elle ait eu le temps d'intervenir, l'animal se dressa sur ses pattes arrière pour examiner ces curiosités de plus près. Il heurta un dauphin qui tomba par terre. Alertée par le bruit, Emma fit volte-face et se précipita vers lui. Trop tard hélas pour l'empêcher de renverser une étagère en verre qui explosa littéralement sur le sol.

Penn prit conscience qu'un problème de taille s'était produit en voyant un gros chien s'échapper de la boutique en courant, poursuivi par un homme qui s'époumonait pour le rappeler. En approchant, il aperçut Emma, pétrifiée et livide. La jeune fille regardait fixement son avant-bras qui saignait abondamment. Il lâcha son carton de T-shirts et se rua à l'intérieur. Alors qu'il passait le seuil, il entendit Grace.

— Pouvez-vous vous écarter, s'il vous plaît ? ordonna-t-elle sur un ton poli, mais ferme, aux curieux qui s'étaient attroupés. Andy, merci de vérifier que personne d'autre n'est blessé et de faire évacuer le magasin.

Elle passa son bras autour de la taille d'Emma et la guida jusqu'à la chaise située derrière la caisse. Elle l'aida à s'asseoir, puis ouvrit la petite armoire à pharmacie fixée au mur derrière elles. En deux enjambées, il l'avait rejointe. Sans se concerter, ils enfilèrent des gants chirurgicaux, et il tendit une compresse stérile à Grace qui l'appliqua sur la plaie.

— Aïe, gémit Emma, les yeux embués de larmes.

— Désolée, il faut que j'appuie pour stopper l'hémorragie.

— Tout ce sang ! se lamenta la jeune fille. J'en ai plein mon T-shirt tout neuf.

— Ne t'inquiète pas pour ça, Em, je t'en donnerai un autre. Grace et moi allons te soigner.

— Je sais… Merci.

— Penn, je crois que cela va nécessiter quelques points de suture, déclara Grace après avoir examiné la coupure.

Il ne se donna pas la peine de le vérifier par lui-même. Il avait entièrement confiance dans le diagnostic de Grace.

— J'ai une trousse médicale complète au cottage. Ça te va si je m'en charge, Em, ou préfères-tu que je te conduise aux urgences ?

— Je… Je ne sais pas, balbutia la jeune fille, une larme roulant sur sa joue.

Grace se pencha vers elle et posa une main sur son épaule.

— Penn a beau être le patron ici, il a besoin de votre accord pour procéder à un acte médical. C'est à vous de décider.

— Je m'en remets à toi, Penn. Promets-moi de ne pas me faire trop mal.

— Promis ! répondit-il avec un sourire qui se voulait rassurant. Ce ne sera pas très agréable, mais tu ne souffriras pas le martyre. Te sens-tu en état de marcher jusqu'au cottage si Grace te soutient ?

— Bien sûr ! répliqua la jeune fille qui retrouvait un peu de son énergie habituelle. Quel désastre ! ajouta-t-elle en contemplant les bris de verre éparpillés sur le sol. Ce maudit chien a cassé une étagère complète d'objets.

— Ce n'est pas la faute d'Emma, monsieur McIntyre, intervint Andy qui s'était approché discrètement après avoir chassé tout le monde de la boutique. Elle était en train de…

— Je sais, Andy, je sais. Merci et bravo pour ton efficacité. Peux-tu, s'il te plaît, fermer la porte à clé derrière nous et aller à l'atelier pour informer Phil de l'incident ?

— Bien sûr. Ensuite, je balaierai tout ça. Bon courage, Em. Je penserai bien fort à toi.

Une fois au cottage, Penn alla chercher une serviette de bain propre qu'il étendit sur la table de la cuisine, invitant Emma à poser son avant-bras dessus. Cédant à sa curiosité naturelle, celle-ci ne put s'empêcher de jeter un coup d'œil à l'intérieur de la sacoche médicale. Lorsque Penn opérait, ses patients étaient endormis et il craignit de devoir commenter chacun de ses gestes.

Aussi sut-il gré à Grace quand elle emprisonna le visage de la jeune fille entre ses mains, l'obligeant avec douceur à tourner la tête vers elle.

— Laissons Penn œuvrer, dit-elle gentiment.

— Je ne peux pas regarder ?

— Je pense qu'il ne vaut mieux pas. Sinon, vous risquez de bouger. Et puis, un chirurgien a besoin de se concentrer.

— OK, souffla Emma, dépitée.

— Andy paraissait très inquiet pour vous.

— Oui. C'est très sympa de sa part… Aïe, ça brûle !

— Désolé, Em. Je suis obligé de désinfecter la plaie. Je vais ensuite t'injecter un anesthésique local. Après cela, tu ne sentiras plus rien. L'entaille n'étant pas profonde, je n'en aurai pas pour longtemps à la recoudre.

— D'accord. Je te fais confiance.

— Dois-je comprendre qu'il y a un petit quelque chose

entre Andy et vous ? s'enquit Grace avec un sourire complice, s'employant à détourner l'attention de la jeune fille.

— Peut-être. Nous verrons… Et vous ?

— Moi ? Est-ce que, *moi*, je m'intéresse à quelqu'un en particulier ? C'est bien la question ?

— Exact.

Penn retint instinctivement son souffle, et dut produire un effort considérable pour ne pas perdre sa concentration. Il se demandait ce que Grace allait répondre. Il n'avait échappé à aucun membre du personnel de la verrerie que, depuis deux week-ends, elle séjournait avec lui au cottage. Tous savaient que sa grand-mère était hospitalisée non loin d'ici, mais sans doute n'étaient-ils pas dupes. Leur discrétion n'en était que plus appréciable.

— Cela se pourrait.

Et il sentit son cœur s'emballer.

Penn avait donné le meilleur de lui-même et il y avait fort à parier que, d'ici quelques mois, Emma ne conserverait de sa mésaventure qu'une cicatrice si fine que personne ne la remarquerait à part elle. Quand Emma affirma qu'elle était en état de retourner travailler, il s'y opposa catégoriquement, précisant qu'il ne réagissait pas en tant que médecin, mais comme patron. Grace accompagna la jeune fille à l'étage afin qu'elle nettoie les traces de sang séché sur ses mains et troque son T-shirt taché contre un neuf, tout aussi rose.

Entre-temps, la boutique avait eu droit à un ménage en règle et avait rouvert ses portes aux visiteurs. Phoebe avait abandonné son poste à l'atelier pour l'occasion. Tandis que Penn reconduisait Emma chez ses parents, Grace monta au bureau pour l'attendre et s'installa sur le canapé.

Elle se leva d'un bond quand il l'y rejoignit une heure plus tard.

— Tout s'est bien passé ?

— Oui. Emma a retrouvé sa volubilité légendaire. J'ai indiqué à sa mère les soins à lui prodiguer et promis de revenir demain pour une visite de contrôle. Tu pourrais m'accompagner, puisque notre relation ne tardera pas à être de notoriété publique.

Elle aurait mieux fait d'éluder la question d'Emma, mais cela avait été plus fort qu'elle.

— Cela t'ennuie ?

Il l'enlaça et l'attira contre lui.

— Pas le moins du monde, au contraire. De toute façon, il ne s'agissait plus vraiment d'un scoop. Et toi ?

— Moi non plus.

— La seule chose qui me soucie, c'est que tu risques d'être exposée à une certaine défiance à cause de mon titre et de mon château.

— Ne t'inquiète pas. Je saurai me défendre.

— Juste pour en avoir le cœur net : quand tu as répondu à Em « cela se pourrait », entendais-tu qu'il subsistait néanmoins un doute dans ton esprit ?

— Il s'agissait d'une simple précaution oratoire.

— Ouf, me voilà soulagé ! s'exclama-t-il en l'embrassant. Que dirais-tu d'aller au cottage pour nous en assurer ?

— *Maintenant ?*

— Oui, maintenant.

— Tu n'as pas peur que les gens se posent des questions ?

— Personne ne nous verra. Je connais un raccourci.

Alors Grace ne se fit plus prier. Elle le suivit sur le balcon, puis dans l'escalier qui conduisait à un passage à l'abri des regards. Et lorsqu'il claqua la porte du cottage derrière eux, elle oublia tout le reste pour ne penser qu'à lui.

13.

Les trois derniers week-ends avaient été merveilleux. Grace avait rendu visite à sa grand-mère les samedis et dimanches matins. Elle tenait Jessica au courant des progrès de leur aïeule sur le plan médical, informations que celle-ci transmettait à leurs cousines. Le reste du temps, Grace le passait avec Penn.

Elle avait changé. Après la façon dont Jeremy avait abusé de sa gentillesse, elle s'était jetée à corps perdu dans le travail et s'était occupée de sa grand-mère, à l'exclusion de toute autre chose. Et chaque fois que Penn lui démontrait qu'il la considérait comme sa priorité absolue, elle reprenait confiance en elle, cessant de se dévaloriser. À son contact, elle s'épanouissait.

Cependant les contraintes du quotidien, ses obligations et celles de Penn constituaient un sérieux obstacle. D'autant que l'échéance se rapprochait et que ces jours heureux étaient comptés.

Elle avait déjeuné avec Jess, Carrie et Mags le samedi précédant la sortie de leur aïeule du centre de rééducation pour discuter de leur future organisation. Lorsqu'elle regagna la verrerie, elle trouva Penn dans son bureau, plongé dans la lecture d'une pile de documents.

— Granny rentrera chez elle comme prévu, la semaine prochaine, lui annonça-t-elle.

— C'est une bonne nouvelle.

— Oui… même si cela signifie que c'est notre dernier week-end ensemble.

— Grace… ?

Sans doute avait-il perçu son désarroi car il tendit la main vers elle. Elle vint s'asseoir sur ses genoux, et il la serra dans ses bras.

— Moi aussi, je suis partagé entre deux sentiments : le plaisir d'apprendre que ta grand-mère s'est rétablie et la frustration de savoir que nous disposerons de moins de temps à passer tous les deux.

— Crois-tu vraiment que nous y arriverons, Penn ? Il y a pire catastrophe, j'en ai conscience, mais parfois j'ai peur que nos rapports en souffrent et finissent par se détériorer.

— Pour moi, une chose est sûre : te rencontrer m'a rendu plus optimiste. Notre relation mérite que nous luttions pour la préserver, et je ferai tout mon possible pour que nous y parvenions.

— Je t'aime, Penn. Je ne veux pas te perdre.

— Moi aussi, je t'aime.

L'ardeur de son baiser lui insuffla un regain d'énergie. Après tout, aucun obstacle n'était insurmontable pour qui était prêt à se battre.

— Voilà ce que je te propose, ma chérie : nous allons nous esquiver cet après-midi et nous réfugier jusqu'à demain matin là où personne ne nous retrouvera.

— Tu as un lieu particulier en tête ? Dois-je prévoir une tenue habillée pour la soirée ?

— J'envisageais plutôt que nous nous déshabillions pour l'occasion. Un château me paraît tout à fait approprié pour la situation.

Grace éclata de rire.

— Quelle curieuse coïncidence ! Je connais justement l'endroit idéal !

Sa grand-mère avait regagné sa maison depuis trois semaines, et elle s'en sortait vraiment bien. En ce qui la concernait, Grace ne pouvait pas en dire autant…

Ils avaient décidé de se voir deux soirs par semaine à Londres, mais cela se révélait plus difficile à organiser qu'ils ne le pensaient. Grace travaillait jusqu'à 20 h 30 le lundi et le jeudi afin de recevoir les patients qui ne pouvaient se libérer durant la journée. Quant à Penn, il rentrait souvent tard et ne savait jamais si une urgence ne le retiendrait pas à l'hôpital. Pourtant, ils se tenaient à leur programme initial même si, parfois, Penn se glissait dans son lit tard dans la nuit, les mains et les avant-bras sentant encore l'odeur du savon désinfectant. À présent, ils ne se connaissaient pas toujours sous leur meilleur jour, et savaient comment réagissait l'autre quand il était fatigué, stressé ou préoccupé. Pour autant, leur amour ne cessait de grandir.

Ils se téléphonaient souvent, échangeaient des SMS, et lorsqu'ils étaient ensemble, ils s'efforçaient de ne penser qu'à eux. Et puis il y avait les trajets en train du vendredi soir, même si le plaisir des retrouvailles était un peu terni par le fait de savoir qu'une fois arrivés à la gare de Newquay, ils devraient se séparer. Le meilleur moment de la semaine, c'était le retour à Londres le dimanche soir, avec la perspective d'une nuit dans les bras l'un de l'autre.

Au bout de cinq semaines, Grace observa un changement de mauvais augure dans leur relation, car Penn commença à lui envoyer des présents. Elle accepta le premier sans trop d'appréhension. Elle n'avait plus de ce gel de douche d'une marque de luxe, dont elle adorait le parfum et que Jess lui avait offert à Noël dernier. Le lundi soir, à son retour de la clinique, un colis l'attendait sur le palier, devant la porte de son appartement. À l'intérieur, elle découvrit plusieurs flacons du fameux gel de douche, ainsi que de la crème pour les mains et du lait pour le corps de la même gamme. Elle avait aussitôt écrit à Penn pour le remercier, tout en lui signifiant à demi-mot qu'il n'était pas nécessaire de la couvrir de cadeaux.

Le lendemain, ils avaient passé la soirée et la nuit ensemble, mais le cœur n'y était pas autant que d'habitude. Échaudée par son expérience avec Jeremy, Grace ne pouvait se départir d'un certain malaise. Qui plus est, Penn avait reçu plusieurs appels téléphoniques de Phil à propos d'une grosse commande que la verrerie risquait de ne pas être en mesure d'honorer.

Et puis le bijou était arrivé. Par chance, il n'avait pas été déposé devant sa porte, mais livré directement à la clinique. La gorge nouée, Grace avait ouvert le paquet. Il contenait un bracelet tennis en diamant. De toute évidence, Penn l'avait choisi avec soin car il était discret. Néanmoins, ce cadeau d'une valeur extravagante parut complètement disproportionné à Grace qui n'était pas accoutumée à porter de tels joyaux. Cette fois, son message de remerciement avait manqué de spontanéité.

Comment devait-elle interpréter un présent d'une telle valeur ? Cachait-il quelque arrière-pensée ? Et si l'histoire se répétait ?

Ces questions l'avaient taraudée pendant le restant de la semaine. Elle passa néanmoins le bracelet à son poignet pour rejoindre Penn à la gare le vendredi en fin d'après-midi, tout en prenant soin de le dissimuler sous sa manche afin qu'il ne suscite pas la convoitise d'individus mal intentionnés.

Elle sentit fondre son inquiétude quand elle s'assit à côté de Penn et qu'il l'attira contre lui pour l'embrasser. Elle se faisait des idées, et c'était aussi ridicule qu'injuste.

— Comment vas-tu, ma chérie ?

— Très bien, répondit-elle, consciente qu'il s'agissait d'un demi-mensonge.

Elle releva sa manche pour lui montrer le bracelet, et il eut un sourire soulagé.

— Dois-je comprendre qu'il te plaît ?

— Il est somptueux. Je le garderai pour les grandes occasions.

Somptueux au point qu'elle n'avait pas osé l'exhiber devant Mia, de peur que son amie juge le cadeau un peu trop ostentatoire.

Elle posa la tête contre l'épaule de Penn, évitant ainsi son regard perspicace. Cet homme avait le don de lire en elle et de deviner ses pensées les plus secrètes. Pas question de le blesser ou de passer pour une ingrate.

— Porte-le plus souvent, s'il te plaît. Comme ça, j'aurai l'impression d'être avec toi, puisque nous ne pouvons pas nous voir aussi souvent que je le souhaiterais.

Elle éprouva un léger pincement au cœur.

— La seule chose que j'ai envie de porter en permanence sur moi, c'est l'odeur de ta peau, murmura-t-elle.

— Message reçu cinq sur cinq, répondit-il d'un ton amusé. Fini les bijoux, je trouverai d'autres idées. Y a-t-il une chance que tu réussisses à te libérer un après-midi de ce week-end ?

— Malheureusement non, et j'en suis la première désolée. Les enfants de Jessica sont malades et Mags a pris du retard sur le développement d'un site Internet qu'elle a promis à son client pour lundi.

— Décidément, les demoiselles Chapman sont soumises à rude épreuve en ce moment.

— Le problème, c'est que cela ne risque pas de changer de sitôt. Nous avons réfléchi toutes les quatre à l'éventualité d'embaucher une aide à domicile. Toutefois, cela coûte une fortune, et je doute que Granny accepte d'avoir une personne étrangère chez elle du matin au soir. Par ailleurs, elle refuse d'aller en maison de retraite.

— J'imagine que tu t'es proposée pour effectuer les recherches ?

— Exact, soupira Grace.

Elle y avait consacré tout son temps libre, négligeant les tâches ménagères hebdomadaires, de sorte que son appartement ressemblait à un véritable capharnaüm.

Il hocha la tête d'un air entendu.

— Si je peux vous aider, vous pouvez compter sur moi, tu le sais, n'est-ce pas ?

— Oui, et je t'en remercie.

Pour autant, pas question de solliciter Penn financièrement, même s'il en avait largement les moyens. Il en allait de sa dignité… et de la longévité de leur relation.

Il dut sentir sa réticence car il s'empressa de changer de sujet.

— Toujours d'accord pour que nous rentrions ensemble à Londres dimanche soir et que tu dormes à la maison ?

— Bien sûr. C'est sans doute égoïste de ma part, mais j'ai hâte d'y être.

Un voyage en train n'était sans doute pas l'idée que se faisaient la plupart des gens d'un rendez-vous romantique…

Penn avait réservé une surprise à Grace pour leur soirée. Plus de bijoux – il avait compris le message –, et plus de produits de soin pour le corps – avec ce qu'il lui avait déjà offert, elle avait de quoi tenir six mois. Alors, il avait pensé à un dîner gastronomique en tête à tête chez lui.

Conformément à sa demande, sa gouvernante s'était chargée de recevoir le traiteur. En revanche, contrairement à ses instructions selon lesquelles elle devait tout laisser dans la cuisine, elle avait pris l'initiative de dresser une table magnifique. Cela partait d'un bon sentiment, et Penn rédigea un mot de remerciement à son intention.

Songeur, il alluma les bougies. Ce soir, ils prendraient le temps de déguster des mets fins tout en discutant. Peut-être aborderaient-ils les difficultés d'organisation que ces dernières semaines avaient mises en évidence, et peut-être parviendraient-ils à trouver une solution ensemble. Ensuite seulement, ils céderaient à la tentation et, comme ils en avaient désormais l'habitude, ils monteraient quatre à quatre à l'étage tout en semant leurs vêtements en chemin.

La sonnette retentit, et il s'empressa d'aller accueillir sa visiteuse. Grace se tenait sur le perron. Elle était rayonnante. Elle se jeta dans ses bras.

— Moi aussi, je suis ravi de te retrouver ! dit-il en riant.

Avant qu'il puise en lui la volonté de l'en empêcher, elle avait déjà dénoué sa cravate et défait les deux premiers boutons de sa chemise.

— Grace… s'il te plaît… attends !

Elle s'écarta, l'air soudain soucieux.

— Il y a un problème ?

— Absolument aucun. Viens.

Il la prit par la main et l'entraîna dans le séjour. Sur la table drapée d'une nappe blanche brodée, rien ne manquait : chandelier, verres en cristal, assiettes en porcelaine et couverts en argent rutilants. La bouteille de champagne refroidissait dans le seau à glace. Elle accompagnerait tout le repas, qui se composait de caviar et de toasts en entrée, suivis d'une roulade de saumon assortie de salade, puis d'une mousse au citron en dessert.

— Je me suis dit que, pour une fois, nous pourrions dîner…

— C'est splendide ! s'exclama Grace en prenant place à table.

Il crut néanmoins remarquer une certaine raideur dans son

maintien et se demanda s'il devait s'inquiéter. En aurait-il fait trop, de nouveau ? Grace préférait les choses simples et discrètes.

Il servit le champagne.

— À l'avenir ! lança-t-il en levant sa flûte.

— Oui, à l'avenir, répéta-t-elle avec moins d'enthousiasme qu'il n'en espérait.

Ils trinquèrent.

— Hum, il est délicieux. Merci. Sommes-nous en train de célébrer un événement particulier ?

Il saisit l'occasion qu'elle lui offrait.

— J'ai pas mal réfléchi à propos de nous deux... J'ai vraiment envie de passer plus de temps avec toi... à condition que tu le souhaites également...

Il avait l'impression de marcher sur des œufs. Elle lui sourit et il éprouva un immense soulagement.

— J'en ai aussi très envie. On ne se voit pas assez, c'est vrai.

— Pour y parvenir, il nous faut trouver ensemble une solution, car celle-ci ne se présentera pas d'elle-même. Je sais que tu es dans une situation délicate, mais j'ai une proposition à te soumettre.

Elle but une grande lampée de champagne, comme si elle voulait se donner du courage pour entendre la suite.

— J'aimerais embaucher une aide-soignante pour ta grand-mère. Une personne qualifiée et sympathique, dont elle apprécierait la compagnie. Cela vous soulagerait toutes les quatre et te permettrait d'être plus disponible.

Le rictus de Grace ne lui échappa pas, mais la jeune femme ne l'avait pas interrompu, ce qu'il interpréta comme un signe positif.

— Poursuis ton raisonnement, se contenta-t-elle de murmurer. Car j'imagine que ce n'est pas tout.

— Non, en effet. J'adorerais que nous nous installions ensemble... ici, ou ailleurs si tu préfères. Nous pourrions aller en Cornouailles le week-end. Tu rendrais visite à ta grand-mère pendant que, de mon côté, je m'occuperais de la verrerie. Je sais que tu te moques éperdument de mon statut social, ce qui me rassure. En revanche, je n'ai pas hérité que du titre de lord et du château. Je dispose également de revenus financiers plus que confortables, et je souhaiterais que tu en profites aussi.

Bien qu'elle n'ait émis aucune objection jusqu'à présent, il sentait Grace de plus en plus tendue. Son sourire avait disparu, et elle venait de vider d'une traite son reste de champagne.

— Cela fait beaucoup de changements, et je ne te demande pas de me répondre maintenant. Toutefois, j'aimerais vraiment que tu y réfléchisses.

— C'est tout réfléchi, Penn. Je ne peux pas accepter.

— Puis-je savoir pourquoi ?

— Cela m'est tout simplement impossible. Je ne doute pas que tu aies largement de quoi subvenir à mes besoins. Il te suffit d'un claquement de doigts et, hop, toutes mes difficultés disparaissent comme par magie. Pour autant, il s'agit de *mes* difficultés, et il m'appartient de les surmonter.

Penn eut l'impression de recevoir un uppercut en pleine figure. Finalement, Grace se moquait peut-être du titre et du château, mais leur différence de rang social lui posait un réel cas de conscience. En rejetant ainsi sa proposition au nom de ses principes, sans même consentir à prendre du recul, elle lui renvoyait la même image que beaucoup d'autres avant elle.

— Je pensais que nous partagions nos problèmes, Grace.

Elle évita soigneusement de le regarder.

— Le plus souvent, oui, mais en l'occurrence, non.

— Pourquoi ?

— *Primo*, parce que je ne suis pas la seule personne concernée. *Secundo*, parce que cela touche chez moi une corde extrêmement sensible. Plus tard… peut-être.

— Je croyais que tu me connaissais suffisamment pour comprendre que ma proposition était désintéressée et que je ne chercherais pas à en tirer un quelconque avantage, rétorqua-t-il.

L'amertume qu'il avait accumulée au fil des années, à force d'être mis à l'écart en raison de ses origines familiales, remontait à la surface.

— A priori, je me suis trompé. Toujours la même rengaine !

Une fois de plus, j'ai droit à un procès d'intention parce que j'ai le tort d'être riche et aristocrate.

Se sentant oppressé, il se leva et se rendit à la cuisine.

— Tu es injuste, se récria Grace d'une voix légèrement tremblante. Je sais que beaucoup de gens t'ont blessé à cause de ça, mais je ne suis pas comme eux. Et si, après tout ce qui s'est passé entre nous, tu as encore cette opinion de moi, je ne vois pas comment j'arriverai à te convaincre du contraire. Par ailleurs, je te rappelle que moi aussi, j'ai souffert.

Une rage sourde l'envahit. Pas contre Grace, mais contre lui-même, contre sa naïveté, ou sa présomption, d'avoir cru qu'avec elle, il en irait différemment.

— Je n'ai rien de comparable avec ton ex, ce pervers narcissique. Je croyais pourtant te l'avoir prouvé à maintes reprises. Et pour te paraphraser, « si tu as encore cette opinion de moi, je ne vois pas comment j'arriverai à te convaincre du contraire ».

Il inspira profondément et retourna s'asseoir à table. Il aimait cette jeune femme de tout son cœur, et il ne pouvait se résoudre à renoncer à son rêve de bâtir un avenir avec elle. Grace semblait pétrifiée sur sa chaise.

— Peut-être devrions-nous faire une pause et en reparler plus tard, dit-il, se voulant conciliant. Avec le recul, tu envisageras sans doute les choses sous un autre angle.

— C'est-à-dire ? Tu crois qu'une fois calmée, je me rangerai à ton avis et que je reviendrai en rampant implorer ton pardon. Désolée, j'ai déjà donné, Penn. Alors, n'y compte pas.

— Grace, *s'il te plaît* ! Ce n'est pas ce que je signifiais, et tu le sais pertinemment. En revanche, ne me demande pas de rester les bras croisés à te regarder te démener pour te dépêtrer de tes problèmes, alors qu'il existe une solution simple et facile à mettre en œuvre.

Ses beaux yeux verts s'emplirent de larmes.

— Finalement, tu as raison sur un point. Peut-être vaut-il mieux faire une pause ce soir.

Sur ces mots, elle se leva et se dirigea vers le vestibule.

Quoi ? Quand il avait suggéré de « faire une pause », il entendait interrompre cette discussion stérile et essayer de rembobiner le film pour profiter de cette soirée.

— Grace ! Tu surréagis !

— Vraiment ?

Quelques secondes plus tard, elle apparut à la porte. Elle avait déjà enfilé sa veste et pris son sac à main.

— As-tu l'intention de changer d'avis ? Parce que moi, non. Et je considère qu'il s'agit d'une divergence de fond.

Il devait absolument mettre un terme à cette querelle avant que des paroles définitives ne soient prononcées. Pour autant, Grace avait raison. Ils étaient englués dans un dilemme profond, et il n'entrevoyait aucune porte de sortie.

— Je continue de penser que ton refus est contre-productif.

— Dans ce cas, au revoir, Penn.

Et elle fit volte-face. Il entendit ses talons claquer sur le marbre du vestibule, puis la porte d'entrée se refermer. Quel gâchis, après tout ce qu'ils avaient vécu ensemble, après tout ce qu'ils s'étaient promis !

Deux semaines s'étaient écoulées depuis leur altercation. En général, au bout de ce délai, et moyennant une plongée à corps perdu dans le travail, un cœur brisé commençait à cicatriser. Du moins, c'est ce que Penn avait lu quelque part. Alors pourquoi le sien saignait-il toujours autant ? Seules les heures passées au bloc opératoire offraient à Penn un répit à son tourment, car il devait alors concentrer toute son attention sur ses patients.

Trois jours plus tard, il rendit visite à sa mère à l'occasion de son anniversaire. Il lui apportait la première édition d'un roman de Charles Dickens, l'un de ses auteurs favoris, ainsi qu'une bouteille de champagne millésimée qu'il avait pris soin de rafraîchir avant de venir.

— Oh ! comme c'est gentil ! Merci, mon chéri. Je relirai ce titre avec grand plaisir, d'autant que cet exemplaire comporte les illustrations originales. Et maintenant, trinquons.

Elle sortit deux coupes en cristal ciselé qu'il remplit.

— Tu as l'air épuisé. Tu dors au moins ?

— Oui.

Enfin, quand il finissait par se coucher, tard dans la nuit, et qu'il tombait, terrassé par la fatigue…

— C'est cette verrerie délabrée qui te met dans un tel état ? Oh ! pardon ! Je ne devrais pas en parler ainsi. Je sais que ton père l'adorait et que sa survie te tient à cœur. C'est tout à ton honneur, mais il ne faut pas que tu y laisses ta santé.

— Ne vous inquiétez pas pour moi, mère.

— Viens t'asseoir à côté de moi, s'il te plaît. J'ai une nouvelle à t'annoncer.

— Je suis tout ouïe, dit-il en prenant place sur le sofa.

— J'ai décidé de m'installer à Londres.

— N'y vivez-vous pas déjà ? répliqua-t-il, interloqué, en jetant un regard circulaire au salon superbement décoré. Le quartier de Maida Vale aurait-il fait sécession avec la capitale à mon insu ?

Elle pouffa.

— Ne sois pas bête, mon chéri ! Ce que je veux dire, c'est que cette maison que j'adore va devenir officiellement ma résidence principale. Et non plus le château où je ne mets quasiment plus jamais les pieds. Je suis sûre que tu accepteras de m'y héberger s'il me vient l'envie d'y aller.

— Ah, je comprends ! Vous ne voulez plus de votre appartement là-bas, c'est ça ?

— Exact. J'ai effectué les démarches nécessaires. Désormais, l'ensemble du château et les terres alentour t'appartiennent en totale propriété.

Penn se rembrunit. Il ne parvenait pas à se réjouir. Désormais, il mesurait les responsabilités qui pesaient sur ses seules épaules et depuis que Grace avait marqué les lieux de son empreinte, il n'était pas retourné à la forteresse.

— Je sais que tu ne t'es jamais senti très à l'aise là-bas et que tu préfères séjourner à la verrerie, mais une fois que tu y auras mis ta patte, tes sentiments changeront.

— Mère, nous avons déjà discuté à maintes reprises de ce

sujet. Comme je me tue à vous le répéter, j'ai déjà un métier : je suis chirurgien.

— Justement !

Les bulles du champagne avaient dû monter à la tête de sa mère.

— Je crains de ne pas comprendre où vous voulez en venir.

— Je ne te parle pas de faire repeindre telle ou telle pièce, ni de décider où cacher ces affreuses armures qui m'ont toujours angoissée. Je te parle d'utiliser ta vision de chirurgien pour transformer ce lieu et lui restituer sa mission initiale : servir la communauté locale.

— J'y penserai, promit Penn. D'ailleurs, peut-être souhaiteriez-vous récupérer l'imposante sculpture de verre que j'ai mise dans mon salon ? J'imagine qu'elle a quelque chose à voir avec père et vous.

— Ah, enfin ! Je me demandais combien de temps il te faudrait pour t'en rendre compte.

— À ma décharge, l'absence de têtes et de bras ne m'a pas facilité la tâche.

— Nous craignions que ce ne soit un peu trop explicite. Ton père et moi avons vécu une relation passionnelle. À propos, mon fils, comment va ta vie amoureuse ?

Aïe ! Encore un sujet qu'il aurait préféré éviter d'aborder !

En quittant l'hôtel particulier, Penn se sentait le cœur un peu plus léger. Sa mère était parfois fantasque et difficile à suivre, mais c'était une femme intelligente et clairvoyante, et son message commençait à faire son chemin dans le cerveau de Penn. Sans doute aurait-il gagné à l'écouter davantage lorsqu'elle lui avait expliqué en quoi consistait le sens des responsabilités de la lignée des lords de Trejowan.

Sans doute aussi aurait-il dû être plus attentif au besoin viscéral d'indépendance de Grace avant de proposer de but en blanc une aide financière qui la renvoyait à l'humiliation qu'elle avait subie…

Il inspira une grande bouffée d'air frais et décida de rentrer chez lui à pied. Un plan commençait à se former dans son esprit. Un plan susceptible de résoudre tous ses problèmes… du moins l'espérait-il.

14.

À chaque fois que Grace se rendait à la gare de Paddington, elle éprouvait spontanément un sentiment d'impatience. Et puis, elle se souvenait que Penn ne serait pas là à l'attendre, qu'elle ne le verrait pas non plus pendant le week-end. Elle avait passé la première demi-heure des trois derniers trajets à destination de la Cornouailles, le visage dissimulé derrière un magazine, de peur de ne pouvoir retenir ses larmes.

Ses larmes, elle les laissait couler la nuit, dans la solitude de sa chambre, mais elles survenaient aussi parfois inopinément durant la journée. Alors, elle se réfugiait dans son bureau pour donner libre cours à son chagrin. Un jour, elle n'en aurait plus à verser mais, elle en avait la conviction, ce n'était pas demain la veille. Il lui faudrait du temps pour se remettre de ce fiasco… à condition qu'elle parvienne à s'en remettre.

Elle aimait Penn, et lui aussi l'aimait, elle n'avait aucun doute là-dessus. Néanmoins, cela ne les avait pas empêchés de s'éloigner l'un de l'autre. Penn n'était pas le seul à blâmer. Elle-même avait une grande part de responsabilité dans cet échec si douloureux. C'est d'ailleurs ce que sa grand-mère lui avait dit quand elle l'avait surprise en pleurs et avait insisté pour connaître la raison d'une telle tristesse. Malheureusement, les initiatives de Penn, dictées par sa générosité naturelle, étaient précisément celles qu'elle n'était pas encore prête à accepter.

Tous deux demeuraient emprisonnés dans le passé, marqués par des blessures qui, peut-être, ne cicatriseraient jamais et qui rendaient leurs projets de vie respectifs inconciliables. Pour autant, pendant ces trois dernières semaines, Grace n'était pas restée passive face à l'adversité. Elle avait pris des décisions qui allaient changer le cours de son existence, un pis-aller sans doute, mais il fallait bien réagir.

En milieu de semaine, elle avait reçu un message l'informant que sa réservation avait été modifiée et que son placement dans le train avait changé. Après avoir composté son billet et franchi le portillon d'accès au quai, elle constata qu'elle voyagerait dans la voiture de queue, la plus petite de la rame. Elle appuya sur le bouton d'ouverture automatique des portes. Sans succès. Elle marcha donc jusqu'au wagon suivant où un contrôleur aiguillait les passagers, et lui présenta son nouveau billet électronique qu'elle avait téléchargé sur son téléphone.

— Montez dans cette voiture. Vous rejoindrez la vôtre par l'intérieur.

— Merci.

Le compartiment était vide, ce qui lui parut d'autant plus étrange qu'à en juger par les étiquettes apposées sur les dossiers, tous les sièges étaient réservés. Elle sentit monter une bouffée d'angoisse. Pourvu qu'elle ne se retrouve pas avec une bande de supporters de football, ou un groupe de touristes allant visiter la Cornouailles ! Elle en était là de ses réflexions quand une silhouette familière se matérialisa devant elle. Son cœur bondit dans sa poitrine.

— Penn ! Que fais-tu ici ?

Alors elle comprit. Il avait réservé l'ensemble des places pour s'assurer que personne ne viendrait les déranger !

— Je voulais te parler, répondit-il en guise d'explication. Te dire tout d'abord combien je suis désolé, mais pas uniquement. Si tu ne souhaites pas m'écouter, sache que ton siège initial est toujours disponible.

L'émotion lui noua la gorge, au point qu'elle craignit d'éclater en sanglots.

— Je préfère m'en tenir à celui inscrit sur mon billet, parvint-elle à murmurer d'une voix étranglée.

— Puis-je m'asseoir à côté de toi ?

— Bien sûr. Même si j'ai l'impression qu'en l'occurrence, tu as l'embarras du choix.

Il lui adressa un sourire hésitant, comme s'il redoutait sa réaction.

— Une initiative un peu extrême, je l'admets. Toutefois, la fin justifie les moyens. Aussi n'ai-je pas l'intention de m'excuser pour ça, ni pour avoir prévu une collation.

D'un mouvement de tête, il indiqua un panier qui semblait bien garni.

— Après tout, ajouta-t-il sur le ton de la plaisanterie, je suis un lord et je possède un château fortifié. Je peux me permettre quelques excentricités quand le jeu en vaut la chandelle. Or, ta compagnie m'importe plus que tout. Tu m'as tellement manqué.

— Toi aussi, tu m'as manqué.

Elle surprit l'expression bouleversée de son beau regard si bleu et résista à l'envie de se jeter dans ses bras.

— Alors, tu restes ?

— Oui, je reste. Et je mangerais volontiers un des sandwichs que tu as apportés.

— Avant cela, pouvons-nous avoir une conversation ?

— D'accord.

Ils avaient franchi un premier obstacle. Toutefois, d'autres s'annonçaient.

— J'ai eu tort, Grace. Je voulais tout te donner, mais ce faisant, je décidais de tout sans tenir compte de tes véritables besoins ou désirs. J'aimerais que les choses changent entre nous.

— De quelle manière ? s'enquit-elle, priant pour qu'il ne soit pas trop tard compte tenu des nouvelles dispositions qu'elle s'apprêtait à prendre.

— Je t'aime et je n'envisage pas la vie sans toi. Si tu m'accordes une seconde chance, je te propose un partenariat, chacun de nous y apportant sa contribution.

Elle sentit ses yeux s'embuer.

— L'idée me paraît merveilleuse. Malheureusement, je n'ai pas grand-chose à apporter.

— Détrompe-toi, ma chérie. À présent, je mesure le parti que je peux tirer du patrimoine dont j'ai hérité en l'utilisant à bon escient, au lieu de l'ignorer délibérément. Cependant, j'ai besoin de toi pour y arriver.

Elle n'était pas sûre de comprendre, mais elle se devait d'être honnête envers lui.

— Je n'aurais pas demandé mieux que de t'aider. Toutefois, je crains que ce ne soit plus possible. De mon côté, certaines choses ont changé au cours des trois dernières semaines. J'ai décidé de quitter Londres et mon emploi à la clinique pour m'installer définitivement en Cornouailles et m'occuper de ma grand-mère, et je ne peux plus faire machine arrière.

Elle vit son visage s'éclairer.

— Très bien. Dans ce cas, je déménagerai aussi. Auras-tu des jours de liberté ?

— Non… enfin, si, balbutia-t-elle, abasourdie. Néanmoins, j'ai prévu de travailler comme kinésithérapeute deux jours par semaine, Jessica et mes cousines assurant la relève auprès de Granny. Quoi qu'il en soit, Penn, tu ne peux pas partir comme ça, abandonner ton métier de chirurgien, juste pour me suivre ! Jamais je n'exigerais un tel sacrifice de ta part. Tu as refusé une fois, rappelle-toi, et tu as eu raison.

— La situation n'est pas comparable. Je n'envisage pas de renoncer à ma carrière médicale pour jouer les aristocrates nantis. La Cornouailles manque cruellement de chirurgiens, et le domaine offre pas mal d'opportunités. Il suffit d'un peu d'inventivité.

Grace commençait à entrevoir un avenir plus radieux, tout en n'osant pas encore y croire. Aussi resta-t-elle silencieuse, attendant la suite.

— J'ai eu une discussion très intéressante avec ma mère, il y a peu. J'ai beaucoup réfléchi notamment à l'une de ses remarques selon laquelle la mission première de notre lignée consiste à servir et protéger notre communauté locale. Or, j'éprouvais un tel rejet pour mon titre et ce château que, jusqu'alors, je n'ai rien entrepris de tel. Imagine un centre de rééducation, construit au milieu des arbres, au pied de la colline à l'est. Tu pourrais y travailler si le cœur t'en dit. Et il ne s'agit que d'une possibilité parmi de nombreuses autres.

— Oh ! Penn, ce serait… merveilleux. Mais est-ce vraiment ce que tu veux ?

— Oui, sans l'ombre d'une hésitation. Je t'aime et je veux vivre avec toi. Cette solution nous permettrait, par ailleurs, de nous occuper de ta grand-mère et de veiller, du moins dans un premier temps, au bon fonctionnement de la verrerie. Ensemble, nous formons une équipe de choc, et nous sommes de taille à relever tous ces défis, j'en ai la conviction absolue.

Incapable de résister plus longtemps, Grace s'approcha et se blottit contre lui.

— Pardon d'avoir douté de tes intentions, murmura-t-elle. Pardon d'avoir cru que tu cherchais à prendre l'ascendant sur moi. Si tu savais combien je le regrette. Quand tu m'as proposé de financer l'aide-soignante pour ma grand-mère, j'ai eu peur d'être de nouveau redevable. Maintenant, j'ai compris que le problème ne se posait pas en ces termes.

— Et tu serais prête à réviser ta position ?

— Si l'offre tient toujours, pourquoi pas. Cela ne pourrait qu'être bénéfique à Granny car, au fond, elle s'en veut terriblement d'obliger ses petites-filles à lui consacrer la plupart de leur temps libre... *Mon Dieu*, j'ai l'impression de nager en plein rêve !

— Il te suffit d'un « oui » pour que le rêve devienne réalité.

Elle inspira profondément et plongea son regard dans le sien, consciente de la gravité des paroles qu'elle s'apprêtait à prononcer.

— *Oui*, Penn. Je t'aime, et c'est avec toi que je veux construire mon avenir. *Oui*, oui à tout, et même au château où nous avons déjà passé des moments délicieux.

Elle emprisonna son visage entre ses mains, voulant sceller leur accord par un baiser, mais il se contenta d'effleurer ses lèvres avant de la repousser tendrement.

— Attends, je n'ai pas fini.

Alors, il mit un genou à terre devant elle et, d'un ton solennel, il demanda :

— Grace, acceptes-tu de devenir ma femme ? Je te promets de te chérir jusqu'à ce que la mort nous sépare.

De grosses larmes roulèrent sur ses joues. Des larmes de bonheur, cette fois.

— Avec joie, répondit-elle d'une voix tremblante.

Une émotion intense voila le regard de cet homme à qui elle venait de s'unir pour la vie. Il se releva, puis sortit de sa poche une petite boîte qu'il ouvrit. L'écrin contenait une bague ancienne magnifique, sertie d'un rubis étincelant.

— Dans ce cas, permets-moi de t'offrir ce présent en gage de mon amour. Ce bijou appartient à ma famille depuis des générations, mais ma mère ne l'a jamais porté. S'il ne te plaît pas ou si tu préfères une bague plus moderne, je comprendrai.

Elle la prit et la passa à son annulaire.

— Elle me va parfaitement. Finalement, elle était faite pour moi, non ? ajouta-t-elle avec un petit rire mutin.

Pour toute réponse, il se pencha vers elle et l'embrassa avec fougue.

— Une dernière chose à t'avouer, déclara-t-il quand ils s'écartèrent pour reprendre haleine. J'ai conservé le numéro de téléphone portable de ta sœur. J'ai pris la liberté de l'appeler pour lui demander si elle accepterait de s'occuper de votre grand-mère ce week-end. Nous avons conclu un marché. Je dois lui envoyer un SMS pour l'informer si sa présence est requise ou non.

— Elle l'est. Puis-je savoir ce que tu lui as promis en échange ?

— Une caisse de bouteilles de vin rouge de la cave du château. Apparemment, Jessica n'aime pas le champagne. En revanche, toi si, et j'en ai prévu… au cas où nous aurions quelque chose à célébrer. Tu le sais, je suis d'un naturel optimiste.

Elle éclata de rire en le voyant sortir du panier une bouteille de champagne, vêtue d'une housse isotherme, et deux flûtes qu'il s'empressa de remplir.

— À cette soirée particulière, dit-il en levant son verre, et à tous les instants que nous partagerons jusqu'à la fin de nos jours.

— Penn, n'oublie pas le train !

Il lui adressa un sourire complice.

— Oui, tu as raison, ma chérie. À ce train du vendredi qui nous a conduits jusqu'aux portes du paradis.

Épilogue

Six mois plus tard

Penn franchit les grilles grandes ouvertes de la forteresse et gara son véhicule à côté de l'entrée permettant d'accéder à leurs appartements. En leur absence, le grand sapin qu'ils avaient choisi avait été érigé au centre de la cour et décoré en prévision des fêtes de Noël qui se dérouleraient ici même.

— Que penses-tu de notre lune de miel jusqu'à présent ? s'enquit Grace avec un sourire complice.

— Je n'aurais pas rêvé mieux.

Il se pencha pour l'embrasser.

— Attends de voir ce que j'ai organisé pour notre voyage de noces officiel, l'été prochain !

Elle sortit de la voiture et huma l'air glacial.

— Tu crois qu'il fait assez froid pour que nous ayons de la neige ?

— Cela ne me surprendrait pas.

Il lui prit la main et, ensemble, ils se dirigèrent vers l'arbre pour l'admirer de plus près.

— Tu ne veux vraiment pas me dire où nous allons ?

— Sable, soleil et amour sur la plage au son des vagues : voilà les trois seuls indices que j'accepte de te donner.

Il éclata de rire.

— C'est un peu mince, mais je m'en contenterai.

Ils s'étaient mariés au château, deux semaines auparavant. Une fois leurs invités partis et la grande tente blanche démontée, il avait passé le meilleur week-end de sa vie, seul avec Grace. Puis, ils avaient tous deux repris le travail.

Ils avaient effectué une visite au chantier de la future clinique qu'ils faisaient construire sur les terres du domaine et avaient discuté avec le maître d'œuvre de la prochaine étape qui débuterait en janvier. Elle concernait plus particulièrement l'espace réservé aux équipements de rééducation, la salle de consultation de Grace ainsi que le bureau qu'il occuperait entre deux interventions chirurgicales à l'hôpital de Truro.

Penn avait officialisé la passation de pouvoir à la verrerie, la semaine précédente, et pour célébrer l'occasion, chaque verrier avait réalisé une fleur, l'ensemble composant un bouquet de mariée aussi beau qu'original. Phil et Phoebe assureraient désormais conjointement la direction de l'atelier. Un gérant avait été embauché, et une consultante recrutée à temps partiel pour guider le tout nouveau comité marketing dans ses décisions. Penn siégeait au conseil d'administration mais, dorénavant, la destinée de l'entreprise paternelle était entre les mains de l'équipe qui y travaillait.

Grace avait supervisé le transfert de sa grand-mère au château pour les fêtes de fin d'année et la préparation du petit appartement où la vieille dame résiderait en compagnie de son aide-soignante, Sadie. Penn apercevait les silhouettes des deux femmes, assises devant la fenêtre à contempler les lumières clignotantes multicolores du sapin.

— Crois-tu que ta grand-mère va rester ?

— C'est fort probable. Elle adore cet endroit. De là où elle est, elle peut assister aux allées et venues dans la cour, se promener dans le château lorsque la météo ne se prête pas à une balade dehors. Sadie a l'air plus que partante, et Granny a déjà dressé une liste des affaires qu'elle souhaiterait rapatrier de son cottage.

— Tant mieux ! Bien qu'elle habite dans ses propres appartements, elle se sentira en sécurité, nous sachant à côté. Et puis, cela soulagera ta sœur et tes cousines.

— À propos, tu as vu comme les enfants se sont amusés

comme des fous le week-end dernier ? Carrie a eu un mal de chien à récupérer les siens au moment du départ.

— C'est précisément la vocation de ce lieu. Un refuge pour ceux qui en ont besoin, et un terrain de jeux extraordinaire pour les aventuriers en herbe.

— Tu t'y sens chez toi, maintenant ? demanda Grace en se blottissant contre lui.

— Avec toi à mes côtés, oui. Merci, ma chérie, d'avoir opéré ce miracle. C'est grâce à toi si j'ai appris à aimer cet endroit. Finalement, rien ne te résiste. Tu as pris d'assaut cette redoutable forteresse, et mon cœur aussi.

Elle eut ce sourire lumineux qui le subjuguait. Alors, il l'emprisonna entre ses bras et, pour la énième fois de la journée, ils s'embrassèrent.

Retrouvez prochainement, dans votre collection

BLANCHE

Le secret d'un ambulancier, d'Alison Roberts - N°1666

SÉRIE : PÈRE ET FILS - 1/2

Le premier jour de Brianna en tant qu'ambulancière urgentiste est chargé d'émotion. Non seulement elle intervient sur une situation dangereuse, mais surtout elle doit faire équipe avec un homme qu'elle pensait ne jamais revoir. Quel choc de retrouver Jonathan Morgan ! Bien qu'elle ne l'ait pas croisé en sept ans, jamais Brianna n'a oublié le sourire de Jonathan – le même que celui de leur enfant…

L'espoir du Dr Morgan, d'Alison Roberts

SÉRIE : PÈRE ET FILS - 2/2

Chirurgien pédiatrique, le Dr Anthony Morgan répare le cœur de ses petits patients, sans avoir jamais été capable de panser ses propres blessures. Fâché avec son fils, Jonathan, depuis de nombreuses années, il nourrit le secret espoir d'une réconciliation familiale. Un rêve que l'infirmière Elsie pourrait l'aider à réaliser, en lui présentant le petit-fils qu'ils ont en commun !

Retrouvailles à Brasilia, de Luana DaRosa - N°1667

Diagnosticienne de renommée mondiale, Yara est de retour à Brasilia, pour apporter son expertise sur un cas difficile. Alors qu'elle voudrait ignorer le passé, son cœur s'emballe au contact de Salvador Martins. Son amour de jeunesse est devenu un brillant médecin et un parent attentif à l'éducation de son neveu. L'homme idéal en somme, à ceci près que Yara n'a pas de temps à consacrer à l'amour…

Ce bonheur à t'offrir, de Janice Lynn

Infirmier passionné, Tristan enchaîne les missions intérimaires. C'est un choix de sa part : l'aventure sans attaches lui convient parfaitement. Jusqu'au jour où, à l'occasion d'un remplacement à l'hôpital de Chattanooga, il rencontre Jenny. Sa douce collègue, maman d'un adorable petit garçon, le fait soudain douter de son mode de vie. Et si le bonheur était là, sous ses yeux, auprès de Jenny ?

Leur mission : sauver des vies.
Leur destin : trouver l'amour.

BLANCHE

Le souhait d'une infirmière, de Carol Marinelli - N°1668

Infirmière dans un hôpital de Londres, Libby rêve d'une vie calme... et d'un bébé. Mais sa rencontre avec Alistair Lloyd vient bouleverser ses plans. Secouriste de métier, il n'a rien d'autre à lui offrir qu'une liaison torride. Une relation passionnée à laquelle elle ne réussit pas à mettre un terme, hélas ! Comment renoncer à celui qui la fait vibrer quand elle espère en secret qu'il puisse changer pour elle ?

Le bébé de Dolphin Island, de Marion Lennox

Le Dr Ben Duncan lui propose un poste de médecin sur Dolphin Island ? Anya n'en revient pas de cette aubaine. Situé au large de la Grande Barrière de corail, ce paradis est le cadre idéal pour un nouveau départ. Et puis, l'idée de travailler au côté de Ben n'est pas pour lui déplaire. Seulement voilà, quand la passion s'invite dans leur relation professionnelle, Anya se prend à rêver que l'idylle se transforme en histoire d'amour...

Rencontre en Méditerranée, de Connie Cox - N°1669

La mer, les voyages et une vie sans attaches : voilà les raisons pour lesquelles Annelise a choisi d'exercer son métier de médecin sur un bateau de croisière. Car la chose à laquelle elle tient le plus au monde, c'est son indépendance, qu'elle soit professionnelle ou sentimentale. Sauf que le jour où, pendant une mission, elle rencontre le beau Nikos Christopoulos, Annelise sent sa vie basculer. À l'encontre de tous ses principes, elle est tombée amoureuse...

Sous le charme du Dr St Claire, d'Emily Forbes

Caspar St Claire, le célèbre médecin, veut l'interviewer dans le cadre du reportage qu'il tourne actuellement dans l'hôpital où elle travaille ? Annie est désemparée : il est hors de question qu'elle accède à sa demande, elle qui, venue à Blue Lake pour changer de vie, apprécie plus que tout l'anonymat que lui offre cette grande ville. Pourtant, Caspar est si attentionné envers elle que bientôt elle sent sa résolution faiblir...

HARLEQUIN

Leur mission : sauver des vies.
Leur destin : trouver l'amour.

HARLEQUIN
www.harlequin.fr

BLANCHE

HARLEQUIN

Deux enfants pour un médecin, de Dianne Drake - N°1670

Chirurgien dans l'armée, Matt McClain est un homme de terrain, sans la moindre attache. Aussi tombe-t-il des nues lorsqu'il devient soudain responsable de deux enfants. À peine est-il nommé tuteur de son neveu orphelin que la belle Ellie lui annonce qu'elle est enceinte de lui, après leur éphémère liaison… Toujours en déplacement, comment pourrait-il offrir un foyer digne de ce nom à ces êtres innocents ? Décidé malgré tout à assumer cette famille inattendue, Matt espère compter sur l'aide d'Ellie…

La fiancée retrouvée, de Louisa George

Quand elle reçoit l'expert chargé d'examiner le centre médical qu'elle a ouvert dans la petite ville où elle a grandi, Mim sent le sol se dérober sous ses pieds. Car cet expert n'est autre que Connor Wiseman, avec qui elle a brutalement rompu ses fiançailles quelques années plus tôt. Et, s'il y a bien une chose dont elle est sûre, c'est qu'aujourd'hui Connor ne lui fera aucun cadeau, malgré l'attirance qu'ils éprouvent encore l'un pour l'autre…

Leur mission : sauver des vies.
Leur destin : trouver l'amour.

HARLEQUIN
www.harlequin.fr

VOTRE COLLECTION PRÉFÉRÉE DIRECTEMENT CHEZ VOUS

Vous souhaitez découvrir nos collections ? Une fois votre 1er colis à prix mini reçu, si vous souhaitez continuer à recevoir nos livres, cela se fera automatiquement. Vous n'avez aucune obligation d'achat et cette offre est sans engagement de durée !

Dans votre 1er colis, 2 livres au prix d'un seul
+ en cadeau le 1er tome de la saga *La couronne de Santina*.
8 tomes sont à collectionner !

☛ COCHEZ la collection choisie et renvoyez cette page au
Service Lectrices Harlequin – CS 20008 – 59718 Lille Cedex 9 – France

Collections	Prix 1er colis	Réf.	Prix abonnement (frais de port compris)
❑ **AZUR**	4,75€	AZ1406	6 livres par mois 31,49€
❑ **BLANCHE**	7,30€	BL1603	3 livres par mois 25,15€
❑ **LES HISTORIQUES**	7,30€	LH1202	2 livres par mois 17,69€
❑ **PASSIONS**	7,80€	PS0903	3 livres par mois 26,79€
❑ **BLACK ROSE**	7,90€	BR0013	3 livres par mois 27,09€
❑ **HARMONY***	5,99€	HA0513	3 livres par mois 20,76€
❑ **SAGAS***	7,99€	SG2303	3 livres tous les 2 mois, 29,46€
❑ **VICTORIA**	7,80€	VI2115	5 livres tous les 2 mois 42,59€
❑ **GENTLEMEN***	7,50€	GT2022	2 livres tous les 2 mois 17,95€
❑ **NORA ROBERTS***	7,90€	NR2402	2 livres tous les 2 mois prix variable**
❑ **HORS-SÉRIE***	7,70€	HS2812	2 livres tous les 2 mois 18,65€

*livres réédités / **entre 18,45€ et 18,85€ suivant le prix des livres

F23PDFM

N° d'abonnée Harlequin (si vous en avez un) |_|_|_|_|_|_|_|

Mme ❑ Mlle ❑ Nom : ____________

Prénom : ____________ Adresse : ____________

____

Code Postal : |_|_|_|_|_| Ville : ____________

Pays : ____________ Tél. : |_|_|_|_|_|_|_|_|_|_|

E-mail : ____________

Date de naissance : ____________

Date limite : 31 décembre 2023. Vous recevrez votre colis environ 20 jours après réception de ce bon. Offre soumise à acceptation et réservée aux personnes majeures, résidant en France métropolitaine, dans la limite des stocks disponibles. Prix susceptibles de modification en cours d'année. Vous pouvez demander à accéder à vos données personnelles, à les rectifier ou à les effacer. Il vous suffit de nous écrire en nous indiquant vos nom, prénom et adresse à : Service Lectrices Harlequin CS 20008 59718 LILLE Cedex 9. Service Lectrices disponible du lundi au vendredi de 9h à 17h : 01 45 82 47 47.